Fahimeh Farsaie

Eines Dienstags beschloss meine Mutter Deutsche zu werden

Roman

Ulrike HELMER Verlag

Gefördert durch die
KUNSTSTIFTUNG NRW

Bibliografische Information Der Deutschen Bibliothek

Die Deutsche Bibliothek verzeichnet diese Publikation in der Deutschen Nationalbibliografie; detaillierte bibliografische Daten sind im Internet über http://dnb.ddb.de abrufbar.

Umschlaggestaltung: Atelier KatarinaS, NL
Druck: Wilfried Niederland Verlagsservice,
Frankfurt am Main
Printed in Germany
ISBN 3-89741-200-4

Gesamtverzeichnis sendet gern: Ulrike Helmer Verlag,
Altkönigstraße 6a, D-61462 Königstein/Taunus
E-Mail: info@ulrike-helmer-verlag.de

Besuchen Sie uns im Internet
www.ulrike-helmer-verlag.de

Ich bedanke mich ganz herzlich bei allen, die mich bewusst oder unbewusst, gewollt oder ungewollt beim Verfassen dieses Romans unterstützt haben, unter anderen Helga Resch, Karin Clark, G. Kranz, Wiltrud M., Ch. Theisen und last but not least meiner heiß geliebten Tochter Golbarg!

1.

»Ich will Deutsche werden.«

Mit diesem Satz versetzte meine Mutter unsere Kleinfamilie in einen schweren, bis heute anhaltenden Aufruhr. Abbas Agha*, mein Vater, war der Erste, der die Auflehnungsflagge hisste. Denn er ist ein schrecklich stolzer Perser. Er war es immer, überall und in jeder Hinsicht. Daher ahmt er bei jeder Gelegenheit unseren aus dem Volk stammenden Nationalhelden Dash Akoll* nach. Selbst wenn er in der Morgendämmerung in seinem Restaurant hinter der Kasse sitzt und auf das trübe Tageslicht starrt, das aus dem Kölner Himmel tropft, schwelgt er in seinem persischen Stolz. Er schwebt auf einem persischen Teppich, gewoben aus Ehre und Stolz, wenn er die fette Luft seiner Kebab-Bude einatmet und, um Zeit totzuschlagen, die Kassenschublade auf- und zumacht. Ohne sein persisches Nationalgefühl verlöre Abbas Agha das Gleichgewicht wie eine Katze ohne Schnurrbart.

Beim Abendessen hielt meine Mutter tapfer dem bösen Blick Abbas Aghas stand, und nachdem sie die unentbehrlichen Vorteile ihres Deutschwerdens einzeln aufgezählt hatte, fügte sie hinzu: »Es ist mir eigentlich egal, welche Nationalität ich habe; die persische, deutsche ...«

»Siiiiiiiimaaaaaa!«

Mein Vater brüllte warnend ihren Namen. Seine Stimme schwoll mit jeder Silbe. Er versuchte wie Dash Akoll zu klingen, der in unserer Erinnerung wie der persische Schauspieler Behrooz Woussoghi aussah.

Sima ließ sich nicht einschüchtern, zwinkernd sagte sie: »Was ist? Ist doch wahr. Wo meine Kinder leben, bin auch ich zu Hause. Da bin ich glücklich! Ob es in Iran ist oder auf dem Planeten Mars, ist in meinem Alter völlig egal!«

So alt ist meine Mutter gar nicht. Sie ist sogar ein paar Jahre jünger als mein Vater, der immer noch glaubt, gleichaltrig mit dem jungen Omar Sharif zu sein. Als der die Rolle des Häuptlingssohns eines einflussreichen Stammes im Film »Lawrence von Arabien« spielte, selbstverständlich. Ab und zu ahmt er Omar Sharif sogar nach, wenn er uns seine Macht demonstrieren will.

Wir lernten ziemlich früh, den Bezug auf das »Alter« nicht besonders ernst zu nehmen. »Nein, sehr spät«, interveniert mein Bruder Reza, immer wenn ich das laut auszusprechen wage. Vielleicht hat er Recht. Ich begriff es erst vor kurzem, mit zwanzig, und er schon mit fünfzehn. Seitdem will er nicht mehr Reza, sondern Ryan genannt werden.

Früher versuchte Sima Khanoom* unermüdlich, unser Leben in allen Einzelheiten nach den »Geboten des Alters« zu gestalten. Sie pflegte immer zu sagen: »Jedes Alter setzt ein bestimmtes Verhalten voraus.« Sie war der Ansicht, dass man die Verhaltensweise, die für ein gewisses Alter bestimmt sei, nicht zu einem ungeeigneten Zeitpunkt an den Tag legen dürfe. Das sei fatal. Man würde ja Tag und Nacht auch nicht gegeneinander austauschen.

Nach dieser unumstrittenen Logik durfte ich mit sechzehn meine dichten Augenbrauen nicht zupfen. Ich musste mit jenen schwarzen Balken, die wie Haare an Ziegenbeinen aussahen, bis zu meinem achtzehnten Lebensjahr herumlaufen. Reza, oh sorry, Ryan wagte bis vor kurzem nicht, Ohrringe zu tragen. Und nun? Nun hängen überall allerlei goldene und silberne Ringe von seinen Ohrläppchen, an der Nase, am Hals!

Abbas Agha* sieht in Ryan das »Licht seiner Augen«. Er soll als ältester und einziger männlicher Erbe »den Hort seiner kleinen, heiligen Familie« wie einen Backofen stets warm halten. Ryan ist gleichzeitig sein Leben, seine Seele, sein »Djahn«*. Als ob Djahn ein Bestandteil von Ryans Name wäre, benutzt Abbas Agha diesen Zusatz ausnahmslos, selbst im Streit. Es wäre ein Affront, wenn Ryan Djahn einmal nicht mit dem ehrfürchtigen Namen des Augenlichts von Abbas Agha angesprochen würde. Ryan war bis zu seiner Pubertät von diesem Ausdruck der väterlichen Zuneigung völlig entzückt. Doch nun, wo er sich auf dem Weg ins Erwachsenendasein befand und dabei war, alles, unter anderem seine Unschuld und seine mädchenhafte Stimme, zu verlieren, war er nicht mehr begeistert, besonders wenn Abbas Agha die Formel »Djahn, Djahn« wie der gütige Dash Akoll chauvimäßig betonte. Ryan Djahns Verdrossenheit ließ sich an den Nuancen seiner Stimme erkennen, die ab und zu zwischen hell und dunkel wechselte, selbst in einem einzigen kurzen Satz. Ehrlich gesagt amüsierte ich mich köstlich über diesen Klangsalat.

Jedenfalls, als wir lernten, keinen allzu großen Wert mehr auf das Alter und seine Ansprüche zu legen, stellten wir zu unserem Erstaunen fest, dass die von unserer Mutter erklärten Verbotsbereiche langsam schrumpften. Selbstverständlich unterließ Sima Khanoom ihre altersbezogenen Argumentationen nicht. Sie versuchte nur ihre Ausdrucksformen entsprechend den pädagogischen Methoden, die sie sich als versierte Lehrerin über Jahre in Iran angeeignet hatte, auszubauen. Nachdem sich Ryan zum ersten Mal an der linken Augenbraue gepierct hatte, begann Sima Khanoom mit unsichtbaren Geistern zu reden. Sie tauchten stets wie auf Befehl auf und hörten ihre Beleidigungen und Erniedrigungen widerstandslos an. Als Sima Khanoom in Ryans Unterlippe einen zweiten Ring entdeckte, beschimpfte sie die fiktiven Gespenster unverhohlen, dass sie keinen Funken Menschenwürde besäßen, dass sie den Segen, als freie Wesen leben zu dürfen, nicht zu schätzen wüssten und freiwillig als niederträchtige Sklaven aufträten.

Ryan, der sich angesprochen und sichtlich beleidigt

fühlte, fragte: »Tschuldigen Sie, Mutter. Sprechen Sie so mich an?«

Aufgebracht schob meine Mutter den Kebab mit gebratenen Tomaten, der aus Abbas Aghas Restaurant geliefert worden war, in die Mikrowelle und antwortete scheinheilig: »Nein, Liebes. Ich meine die Leute, die sich so benehmen.«

Selbstverständlich sprach meine Mutter uns niemals direkt an, wenn wir ihr Missfallen erregten, zielte aber mit ihrer neuen Methode darauf ab, Schuldgefühle in uns hervorzurufen. Oft gelang es ihr. In mir lösten ihre Vorhaltungen stechende Schmerzen aus, als seien Holzsplitter in mein Fleisch eingedrungen.

2.

Der Tag, an dem uns meine Mutter über ihre Entscheidung in Kenntnis setzte, war kein günstiger Tag. Es war ein regnerischer Dienstag. Dienstage sind grundsätzlich langweilig und garstig. Sie sind weder energisch wie der Montag noch ermutigend wie der Freitag, an dessen Ausklang sich die Erwartung des nahenden Wochenendes knüpft. Am Mittwoch stellt sich ein neuer Energieschub ein bei dem Gedanken daran, dass der Woche das Kreuz gebrochen ist. Dem Dienstag fehlt dieses schwache und trübe Licht, das den Mittwoch zart erhellt. An einem Dienstag in einen Unfall verwickelt zu werden, der mich lebenslang lähmt, würde mich überhaupt nicht wundern. Aus Angst vor den unheilbaren Folgen dieses Tages verabrede ich mich dienstags auch nie mit Peter.

In der Tat, jener Dienstag war so trüb wie der Atem eines kranken Menschen. Ich stellte mir meinen Vater vor, der an diesem Tag die ganze Zeit hinter der lautlosen Kasse in seinem Restaurant saß und sehnsüchtig auf das turbulente Leben starrte, das draußen wirbelte. Von ihrer Alterslast gebeugt ging höchstwahrscheinlich auch meine Mutter an diesem Tag allein in unserer Vierzimmerwohnung auf und ab und fragte sich: »Was soll ich jetzt tun?«

Es ist die Frage, die sich Sima Khanoom stets und in jeder Situation stellt. Denn sie ist meist so in Gedanken versunken, dass sie vergisst, was sie schon erledigt hat und was noch zu tun ist. Manchmal lautet die Antwort, sie solle sich nun waschen, da ihre Notdurft schon verrichtet sei. Dann wieder, sie solle sich heftig mit Abbas Agha streiten, weil für sie das alles nicht mehr zum Aushalten wäre.

Am Ende eines solchen geplanten, durch die Was-soll-ich-jetzt-tun-Frage ausgelösten Streits hatte Sima Khanoom einmal meinen Vater so massiv unter Druck gesetzt, dass er unsere wunderschönen Seidenteppiche verkaufte und Holzparkett auf dem nackten Boden verlegte. Sima Khanoom war ausgesprochen begeistert. Sie zog ihre roten Pumps an, trippelte geräuschvoll durch die Wohnung und meinte zufrieden: »Ach, wie schön! Jetzt kann ich tagsüber wenigstens meine eigenen Schritte hören, kann merken, dass ich noch lebe und meine Ohren in Ordnung sind.«

Ihre noch recht ordentlichen Ohren bereiteten jedoch Abbas Agha später große Schwierigkeiten, weil er gezwungen war, den vor etwa einem Jahr gekauften Kühlschrank Marke Siemens zu veräußern und einen neuen anzuschaffen. Das ununterbrochene Summen des alten Geräts hatte angeblich Sima Khanoom das Gehirn wie eine Bohrmaschine durchlöchert und ihre Ohren taub gemacht.

Die Tatsache, dass meine Mutter grundsätzlich mit ihren Ohren Probleme hat, stört uns mittlerweile nicht mehr. Fatal ist nur, dass sie manchmal vergisst, dass sie überhaupt welche hat. Dann schließt sie ihre Augen und redet pausenlos wie ein Wasserfall. In solchen Situationen finden weder ich noch Abbas Agha oder Ryan bei ihr Gehör.

An jenem trüben Dienstag verhielt sich meine Mutter so, als ob sie ohne Ohren auf die Welt gekommen wäre. Beim Abendessen, während sie das Tablett mit dem aromatisch duftenden Basmatireis auf den Tisch stellte, teilte sie uns mit, Deutsche werden zu wollen. Im Reisdampf, der sich ungeduldig zum Kronleuchter schwang, strich sie sich kurz durch ihre grauen Haare und fuhr fort: »Wäre super, wenn es klappen würde. Muss nur den Antrag schnell stellen. Man weiß ja nicht, was passieren wird, jetzt wo die Große Koalition dran ist. Vielleicht ändern sie das Gesetz wieder ...«

Mein Vater unterbrach sie empört und brüllte mit Dash Akoll-Stimme: »Was? Willst du wirklich Deutsche werden?

Willst du unsere Kleinfamilie zerstören? Ist dir gleichgültig, was die persische Gemeinde hier sagt? Ist dir egal, wie ich meinen Kopf danach vor meinen Landsleuten, vor meinem Volk hochhalten soll?«

Meine Mutter zeigte sich erstaunt. Zuerst streifte sie mich und Ryan Djahn mit einem kurzen Blick, dann wandte sie sich höflich an Abbas Agha: »Darf ich mal fragen, welches Volk Sie meinen?«

Diese Frage versetzte Abbas Agha-Dash Akoll, der sich immer als ein Mann aus dem Volk bezeichnete und ein Leben lang für die Rechte der einfachen Leute gekämpft hatte, plötzlich in Verlegenheit. Seine Zugehörigkeit und Verbundenheit zur persischen Volksgemeinschaft lag seiner Ansicht nach unmissverständlich auf der Hand. Niemand durfte sie in Frage stellen. Verwirrt zeigte er auf die gebratenen Tomaten auf dem Tisch und sagte: »Na, das Volk eben. Ich meine diese Perser.«

Sima Khanoom ignorierte zu Recht die als Volk angesprochenen gebratenen Tomaten, blickte sich um, und da sie niemanden außer mir und Ryan entdeckte, begann sie, die haltlosen Argumente meines Vaters zu analysieren. Mit Fragen wie »Meinst du Frau X oder Herrn Y?« blätterte sie sämtliche bekannten und unbekannten Perser in ihrem Gedächtnisregister durch und schied ausnahmslos alle als nicht dem persischen Volk zugehörig aus. Der duftende Reisdampf löste sich im Licht des Kronleuchters auf. Das Kebab-Fett gerann. Die Haut der gebratenen Tomaten platzte. Meine Mutter jedoch war immer noch damit beschäftigt, die Perser in verschiedenen Ländern und Städten der Welt auszusortieren und der Gruppe der Nicht-zum-Volk-Gehörigen zuzuordnen.

Als ich genervt von ihren Ausführungen den Fernseher einschaltete und Ryan Djahn im Begriff war, zum Kiosk um die Ecke zu gehen, um seinen Hunger wie immer mit Chips und Cola zu stillen, gelangte meine Mutter zu der abschließenden Feststellung, dass in den persischen Volksgemeinschaften im Ausland nicht ein aus dem Volk stammender Mensch existierte, vor dem Abbas Agha sein Haupt hochhalten sollte. Am Schluss fügte sie hinzu: »Außerdem, du konntest als Mitglied der Toudeh-Partei* jederzeit deinen Kopf hochhalten, auch nach dem historischen Verrat dieser Partei an der Volksbewegung* Anfang der fünfziger Jahre und nach ihrer üblen Unterstützung des Khomeini*-Regimes. Da dürfte es dir eigentlich nicht schwer fallen, es weiter zu tun, auch wenn ich Deutsche werde!«

Mein Vater, der sich wie gewöhnlich den Diskussionen über Verrat oder Nichtverrat der Toudeh-Partei zu entziehen versuchte, rettete sich in die autoritätstrotzende Stimme des Schauspielers Omar Sharif und sagte: »Nun, es ist spät. Darüber reden wir ein anderes Mal.«

Er begab sich ins Wohnzimmer, holte die Kassette von »Lawrence von Arabien« aus dem Regal und steckte sie in den Videorecorder, um sie sich zum tausendsten Mal anzuschauen.

Abbas Agha sieht dem großen Schauspieler Omar Sharif tatsächlich nicht unähnlich. Besonders seine großen braunen Augen erinnern an Sharifs Stieraugen. Vielleicht deshalb oder auch, weil er selbst vor Zeiten in Iran ein hochrangiger Offizier gewesen war, versucht Abbas Agha Sharifs Stimme und sein Verhalten als Häuptlingssohn nachzuahmen. Dann bildet er sich ein, wieder von der unwiderstehlichen Aura von Macht und Autorität umhüllt zu sein, die ihm einst sein angriffsbereiter Stierblick und der Glanz seiner nun wertlosen Militärorden verliehen hatten. Aus unerklärlichen Gründen lassen wir uns stets von seiner Omar Sharif-Pose einschüchtern und beharren nie auf der Fortsetzung unangenehmer Diskussionen. Sogar Sima Khanoom, dank ihrer gar nicht mehr so ordentlichen Ohren, zieht es vor, sich nicht mit ihrem Omar Sharif-Double anzulegen.

So blickte sie an jenem Abend auf die kalt gewordenen

Speisen auf dem Tisch, die unter dem weißen Licht des Leuchters wie eingefroren wirkten, und fragte erstaunt: »Warum habt ihr nicht zugelangt? Jetzt ist das Essen kalt und ungenießbar.«

Sima Khanoom ist grundsätzlich nicht die Art Frau, die auf die Idee käme, dass ihre allzu entbehrlichen Ausführungen eventuell unseren Appetit verdorben haben könnten. Als ich sie ganz vorsichtig darauf ansprechen wollte, war sie zutiefst beleidigt. Wie immer rief sie ihre unsichtbaren Geister herbei und begann, das Holz ihrer »mütterlichen Pflicht« und »unserer unverschämten Undankbarkeit« zu hobeln und Splitter und Späne des Tadels zu verstreuen.

»Es ist sinnlos, sich von morgens bis mitternachts für die Familie aufzuopfern. Statt sich zu bedanken, heißt es am Ende, alles sei falsch, was man getan hat.«

Je mehr ich mich bemühte, das Missverständnis auszuräumen, desto geringer war mein Erfolg. Außerdem fühlte ich mich von ihren schmerzhaft stechenden Tadel-Splittern wie gelähmt. Sie drangen so tief in meine Seele ein, dass keine Pinzette sie herausgebracht hätte. So flüchtete ich mit dem Gedanken an Peter und an seine Schutz und Trost versprechende Schulter aus der Wohnung.

3.

Peter empfing mich, obwohl unter Stress, erfreut und umarmte mich liebevoll. Als Beweis seines Mitgefühls griff er auf sein Patentrezept zurück: »Nimm endlich Abstand von deiner Familie, mein Schatz. Sie nutzen deine Schwäche für Harmonie rücksichtslos aus.«

Bei der Vorstellung, dass Abbas Agha und Sima Khanoom meine Schwäche rücksichtslos ausnutzten, brach ich in Lachen aus. Sie waren es doch, die unserer Zukunft wegen Tag und Nacht schufteten. Dennoch widersprach ich Peter nicht. Von Streitereien hatte ich für heute genug, dazu noch ein kulturelles Missverständnis aus dem Weg zu räumen ging über meine Kräfte.

Peter ist Buchhändler von Beruf. Seine internationale Krimi-Sammlung ist bundesweit einmalig. Ständig sortiert er die Bücher nach Genre und nach den Namen der Autoren in alphabetischer Reihenfolge. Dann ordnet er sie in die vorgesehenen Regale ein. Auch sein Leben arrangiert er nach einer ähnlich strikten Ordnung, nach umständlich durchdachten, nur ihm verständlichen »kurzfristigen und langfristigen Plänen«, die er sorgfältig auf Zetteln notiert, die am Kühlschrank hängen. Sein Verhalten im Alltag ist unwillkürlich davon in Mitleidenschaft gezogen, was sich auf unsere Beziehung auswirkt. Stets redet er von »meinem Problem«, »deinem Problem«, von »meinem Geld« und »deinem Geld«, was mir völlig fremd ist. Peters scharfer Verstand gleicht einem Computer, so dass für ihn Gott und die Welt allein durch die Zahlen Null und Eins darstellbar und verständlich sind, unsere Liebesbeziehung nicht ausgenommen.

Ich verkroch mich in seinen Armen, vergaß die Holzspäneschmerzen und sagte sanft: »Aber Peter, es sind meine Eltern. Du redest so, als ob sie Fremde wären.«

Peter mit seinem 0/1-Verstand wie ein Computer, den er mir übrigens gründlich erklärte, meinte, es gäbe keinen Unterschied zwischen Verwandten und Fremden, wenn »persönliche Interessen« im Spiel sind. Stolz fügte er hinzu: »Das weiß ich, seit ich siebzehn bin!«

In seinem siebzehnten Lebensjahr war Peter von zu Hause ausgezogen und in eine Wohngemeinschaft umgesiedelt. Als Nichtraucher hatte er keine großen Ausgaben. Seine allein erziehende Mutter Margrit unterstützte ihn mit einem bescheidenen monatlichen Taschengeld. Die Großmutter übernahm seine GEW-Rechnungen. Er selbst arbeitete in der Freizeit als Fensterputzer und Transporthelfer, um seine restlichen Ausgaben zu decken. Auf dem von der Umzugsfirma gestellten T-Shirt, das er aus Zeitmangel manchmal sogar in der Schule trug, stand in großen Lettern: Ihren Umzug zu erledigen, ist unsere Pflicht.

So hatte Peter am eigenen Leib erfahren, wie hart Geldverdienen sein kann. Hart lernte er auch, seine Einkünfte zu sparen.

Im Gegensatz zu Peter geht mein Vater leichtsinnig mit Geld um. Selbst während er den Tagesumsatz zählt, blickt er träumerisch in die oftmals regnerische Nacht, als sei er beauftragt, Regentropfen statt Geld zu zählen. Er vertieft sich mit so viel Ernst in jene nasse Finsternis, als sei Regen ein seltenes, seltsames, jährlich nur einmal in Deutschland zu beobachtendes Ereignis und als entginge seinen Augen eines der Weltwunder, ließe er diesen bizarren Vorfall unbeachtet. Wenn Peter dagegen den Preis eines eben verkauften Buches in die Kasse tippt, konzentrieren sich all seine Sinne allein darauf; erst erfasst er die Ziffern mit den Augen, dann registriert er sie in seinem Gedächtnis. Anschließend spürt er sie förmlich in seinen geübten Fingern, wenn er die Kassentasten berührt und die Zahlen eingibt. Am Schluss errechnet sein trainiertes Gehirn nach dem 0/1-System die bis dato prozentual eingenommene Handelsspanne. Da Peters exklusive Krimi-Angebote äußerst gefragt sind, schwebt ständig ein melodisches Kassengeklingel in der Luft, als zwitschere ohne Unterlass eine Nachtigall in seinem Laden.

4.

Nach jenem düsteren Dienstag gelang es meinem Vater nicht, Sima Khanooms Entscheidung zu ändern. Auch die Autorität Dash Akolls konnte sich nicht durchsetzen. Nicht einmal von Omar Sharifs Bullenblick ließ Sima Khanoom sich einschüchtern. Ihr Entschluss blieb unüberwindbar. Als Abbas Agha sie zum tausendsten Mal mit Dash Akoll-Stimme fragte: »Warum, zum Teufel, willst du Deutsche werden?«, antwortete ich an ihrer Stelle, zermürbt von den unendlichen Streitereien: »Unseretwegen. Sie will einfach ohne Angst und Sorge um ihr Aufenthaltsrecht bei ihren Kindern bleiben dürfen. Ist das so schwer zu verstehen?«

»Nein, das ist nicht schwer. Aber um in diesem verfluchten Land bleiben zu können, gibt es hundert andere Möglichkeiten.«

Ich kannte keine einzige. Trotzdem sagte ich: »Vielleicht haben Sie ja sogar Recht. Aber Ihre verehrte Frau hat sich für diesen Weg entschieden. Ist das so schlimm?«

Es fiel meinem Vater oft schwer, eine freie Entscheidung der Mitglieder seines »gemütlichen, warmen und hellen Familienhorts« zu respektieren. Meine Verteidigung brachte ihn erst recht in Wallung. Er bekam einen roten Kopf, riss die Augen auf und brummte empört: »Na, so was! Ich bin dir also egal, wie? Gut zu wissen, dass auch du auf ihrer Seite stehst!«

Seit geraumer Zeit gelangte mein Vater immer wieder zu dieser Schlussfolgerung. Nur ließ er sie so klingen, als sei er gerade erst darauf gekommen. Problematisch war, dass ich nie das Bedürfnis verspürte, dieses je nach Standpunkt bittere oder süße Fazit zurückzuweisen oder zu bekräftigen. Also schwieg ich auch dieses Mal und hoffte, Abbas Agha würde die Diskussion nicht weiterführen, sondern ins Wohnzimmer entschwinden und seinen Trost in einem Dash Akoll-Video suchen.

Doch mein Vater hatte Recht. Ich konnte gar nicht auf seiner Seite sein, auf der Seite von Abbas Agha—Dash Akoll, den mein Großvater mütterlicherseits »einen echten Hurensohn« nannte, denn er habe sich bei Nacht und Nebel aus dem Staub gemacht, sobald er Wind davon bekam, dass im Land dicke Luft herrschte.

Immer wenn der Großvater gegen seinen Schwiegersohn, den Deserteur wetterte, versuchte meine Mutter, ihn vom Gegenteil zu überzeugen. Obwohl sie selbst von der Flucht meines Vaters ungeheuer betroffen gewesen war, führte sie geduldig aus: »Er war in einer Zwickmühle, Agha Djahn. Als hochrangiger Offizier hat er für die Freiheit gekämpft. Er ist kein normaler, simpler Dissident. Wäre er erwischt worden, hätte man ihn sofort hingerichtet. Deshalb ist er geflüchtet, nicht um im Ausland ein schönes Leben zu genießen.«

Da mein Großvater nach einer Weile einsah, dass er den Kampf mit dem Todesengel seines Schwiegersohns – wäre der im Lande geblieben und hingerichtet worden – nicht siegreich hätte führen können, holte er eben noch weiter aus. So ließ er jedes Mal seinen Umhang auf die Schultern rutschen, fuchtelte mit dem Stock in der Luft herum und kreischte: »Dieser Hurensohn hätte von Anfang an einen großen Bogen um die Politik machen müssen. Kein anständiger Mensch legt sich mit einem vom Volk gewählten Regime an, erst recht kein Offizier, der Mitglied der geheimen Militärorganisation einer kommunistischen Partei ist. Tausendmal hab ich gesagt: Mischt euch in solche Machenschaften nicht ein. Dreht eure Fahne nach dem Wind. Diese Regierung ist wie ein Esel. Ihr solltet ihn satteln und die Zügel straff anziehen. Basta!«

Meine Mutter hielt rigoros dagegen und warf ein: »Das sind keine Esel, Agha Djahn. Diese Mullahs sind schlimmer als tollwütige Wölfe. Bis jetzt haben sie alle zerfleischt und zerfetzt, die gewagt haben, sich gegen sie aufzulehnen, oder? Man muss doch die Tatsachen sehen.«

Mein Großvater ignorierte aber die Realität lieber. Zum tausendsten Mal wetterte er gegen die Vorfahren meines Vaters, verbrannte sie komplett in den lodernden Flammen seiner Wut und zerstreute die Asche ohne Gewissensbisse in der Luft.

Die Wirkung dieser Tirade auf die Physis meiner Mutter war für mich immer wieder erstaunlich; sie wurde krumm wie ein Fragezeichen, nahm meine Hand und verließ das Zimmer.

Meine Großmutter gab ihrer Tochter daraufhin stets zu verstehen, sie solle das Geplapper des Vaters nicht ernst nehmen. Sein übles Benehmen sei altersbedingt.

Doch meine Mutter schämte sich, dass sie nun, nachdem sie jahrelang als Lehrerin finanziell für ihre Familie gesorgt hatte, ihre Beine wieder unter den Tisch des Vaters stecken musste. Sie wurde plötzlich äußerst sparsam, versuchte weniger Wasser und Strom zu verbrauchen. Mit der Ausrede, sie wolle abnehmen, aß sie kein Abendbrot mehr und legte eine Mahlzeit auf zwei Tage um. In der Nacht träumte sie schlecht und murmelte dabei stöhnend: »Oh, Abbas, guck auf mein düsteres Leben. Schau, was du mit mir gemacht hast.«

Später bemühte sich mein Vater sehr, Sima Khanoom davon zu überzeugen, dass nicht der Offizier Abbas Azad, sondern der Führer Ruhollah Khomeini ihr Leben verdüstert hatte. Meine Mutter beharrte dennoch unerschütterlich auf ihrer Meinung. Einmal unterbrach sie am Ende einer heftigen Auseinandersetzung die erschöpfenden Ausführungen Abbas Aghas und schrie ihn ärgerlich an: »Ihr seid alle aus demselben Holz geschnitzt, wenn es um die Rechte der

Frauen und Kinder geht. Da macht es keinen Unterschied, ob ihr Abbas oder Nietzsche, Khomeini oder Lenin heißt!«

Sima Khanoom kochte vor Wut, so dass mein Vater sofort das Schlachtfeld verließ. Doch um das letzte Wort zu behalten, sagte er beleidigt: »Ach, vergiss es. Man kann sowieso kein offenes Ohr bei dir finden!«

Ich glaube, in dem Moment, als meine Mutter für sich die Gleichung Abbas = Khomeini = Nietzsche = Lenin entdeckte, entschied sie sich auch, gelegentlich ohne Ohren auszukommen.

5.

Abbas Agha kam einen Schritt auf mich zu und brummte noch einmal: »Keine Hemmungen! Sag klipp und klar, dass es dir egal ist, ob es mich gibt oder nicht. So viel bin ich euch wert!«

Das stimmte so nun auch wieder nicht. Wenn mein Vater und der Inhalt seiner oft stummen Kasse nicht gewesen wäre, hätte ich nicht weiter studieren können. Als Kind war es mir ziemlich egal, dass er ein »echter Hurensohn« war. Denn wenn er kein Hurensohn gewesen wäre, hätte er ein Märtyrer sein müssen, wie meine Mutter behauptete, und zwar ein toter. Denn während des Iran-Irak-Kriegs gab es auch lebendige Märtyrer. Meine Großmutter verkündete immer, alle Kriegsinvaliden seien lebendige Märtyrer. Hätten die Passdaran* meinen Vater damals verhaftet und ins Gefängnis gesteckt, wäre auch er durch Folter und Furcht in einen »lebendigen Märtyrer« verwandelt worden. Vorausgesetzt, man hätte ihn nicht sofort hingerichtet.

Abbas Agha wollte nicht in einem iranischen Gefängnis verschwinden, sondern noch eine Weile in Deutschland leben. Den Ehrentitel »lebendiger Märtyrer« verlieh er sich aufgrund seines märtyrerischen Aussehens selbst, nachdem er einen Monat lang durch Berg und Tal auf der Flucht gewesen und endlich in Deutschland gelandet war. Sein märtyrerisches Aussehen bewahrte er sich anscheinend auch während des Asylverfahrens. Er wurde sofort als einfache Arbeitskraft beim Bau eines Tunnels beschäftigt, damit niemand ihn zum Wirtschaftsflüchtling stempeln konnte, der durch politisches Asyl das reiche und wohlhabende Deutschland berauben wolle, wie es in politischen Debatten so gerne hieß.

Auf diese Weise verschwand Abbas Agha vor Sonnenaufgang unter der Erde und tauchte nach Sonnenuntergang wieder an die Oberfläche. Zwischen Sonnenauf- und Sonnenuntergang setzte mein Vater beim Schaufeln all seine Kraft und Energie um in Schweiß, Blut und Tränen, bis er eines Tages bemerkte, dass sein Körper jede Flüssigkeit verloren hatte und seine Haut aufgerissen war wie bei einem geräucherten Fisch.

Dieser Zustand überwältigte Abbas Agha so plötzlich, dass er nicht einmal mehr dazu kam, den Grund seines Trockenheitsgefühles zu analysieren. Er fiel einfach um, zum gedämpften Klang der Schaufel, mit der er sechs Monate lang die Eingeweide der Erde ausgegraben hatte und die über die gesamte Zeit seine einzige Vertraute gewesen war.

»Ein einmaliges Erlebnis, wenn man einer Schaufel sein Herz ausschüttet!« So lautete die einzige Moral, die mein Vater aus seiner Märtyrerzeit zog. Jedes Mal, wenn er auf seine »einmaligen Erlebnisse« zu sprechen kam, brach er in Lachen aus. Er lachte auch beim Erzählen der erschütternden Ereignisse seiner Flucht, während Tränen über seine Wangen rollten.

»Im Krankenhaus waren alle neugierig. Jeder wollte wissen, welch wichtige Rolle die Schaufel in meinem Leben gespielt hatte, da ich im Koma und im Traum ständig nach meiner بیل، بیل Schaufel rief. Zuerst dachten sie, meine Frau oder meine Tochter hießen so.«

»Schaufel« gehörte zu den ersten deutschen Worten (neben »Bahnhof«, »egal« und »Scheiße«), die mein Vater lernte. Ohne diese Ausdrücke kam er in seinem Alltag auch später nicht mehr zurecht. Mit ihnen war er in der Lage, sich gegen die allgemeinen Vorurteile zu verteidigen, die unweigerlich mit der Unterschrift unter einen Asylantrag einhergingen: dass er nämlich nach Deutschland gekommen sei, um diese Wohlstandsgesellschaft zu ruinieren und die Deutschen ihrer Arbeitsplätze und Wohnungen zu berauben.

Als mein Vater erfuhr, dass der zu »Schaufel« gehörige Artikel feminin ist, war er tief enttäuscht. Es war ihm nicht recht begreiflich, wie ein derart kraftvoller Gegenstand, der ihm einerseits als Werkzeug einen gesicherten Aufenthalt in Deutschland ermöglicht und es ihm andererseits erlaubt hatte, wie ein Ochse die Erde umzupflügen, weiblichen Geschlechts sein konnte.

Vielleicht denkt er, wenn er aus dem Fenster auf die Straße starrt, statt auf seinen Umsatz zu achten, auch an die Schaufel und deren weiblichen Artikel und lacht heimlich in sich hinein.

6.

Abbas Agha musterte mich immer noch mit seinem Stierblick à la Omar Sharif und wollte wissen, ob mir seine Existenz oder Nicht-Existenz egal wäre. Ich konnte ihm dabei leider nicht weiterhelfen, weil ich mir selbst nicht im Klaren war. So stand ich unwillig auf und ging wortlos in die Küche. Hartnäckig lief er hinter mir her.

In Abbas Aghas »warmem und hellem Familienhort« stand nun jeden Abend zum Abendessen das Thema »Einbürgerung, ja oder nein« auf der Tagesordnung und brachte unser Leben durcheinander. Es war wieder ein düsterer Dienstag, als meine Mutter sich notgedrungen dazu gezwungen sah, ihren Koffer zu packen, um uns wegen Abbas Aghas ablehnender Haltung zu verlassen, und auch ich meine Sachen auf dem Bett anhäufte und meinem Vater zu verstehen gab, wenn er die Entscheidung seiner Frau nicht akzeptiere, würde ich ihm ebenfalls abhanden kommen.

Augenblicklich schlüpfte er in die Gestalt Omar Sharifs und gab sich affektiert autoritär: »Ach, jetzt drohst du mir auch? Unverschämt! Also, so weit bist du, ja? Von Anfang an war mir klar, dass du auf der Seite deiner Mutter stehst, dass du ihre Tochter bist!«

Hätte ich seiner Meinung nach die Tochter unseres berühmten Dichters Hafiz* sein sollen? Weder der große Dichter noch mein lieber Vater waren da, wenn ich sie dringend brauchte. Nur meine Mutter unterstützte mich, und zwar immer und überall. Etwa als ich auf unserer Flucht vor Angst ständig zitterte. Da war es meine Mutter, die fest meine Hand hielt und mich tröstete. In jenen turbulenten Tagen war ich wie besessen von der Furcht, irgendwann verloren zu gehen. Als wir damals von einem Bus auf einen Lastwagen umsteigen oder einen Packesel mit einem Mofa tauschen mussten. Als wir stundenlang mit einem Kamel in der Wüste herumirrten und dann in einem schrottreifen PKW Zuflucht fanden. Endlos war mir die Flucht mit all diesen unterschiedlichen Verkehrsmitteln damals vorgekommen. In den ersten Tagen hatte ich mir vorgestellt, wir unternähmen nur einige zufällige Ausflüge, obwohl Sima Khanoom mir bereits gesagt hatte, dass ich mich wie »Alice im Wunderland« auf eine abenteuerliche Reise vorbereiten sollte. Was sie tatsächlich damit meinte, ahnte ich nicht. Ich war aber froh, eine Weile Abstand von meinem netten Großvater zu bekommen. Der fuchtelte immer noch mit seinem Stock in der Luft herum und beschimpfte die Vorfahren meines von Hinrichtung bedrohten Vaters so heftig, dass sie sich im Grabe umgedreht hätten, wäre es ihnen zu Ohren gekommen. Nach einer Weile, als die Alicesche Reise zum Zwang wurde, hatte ich gar keinen Spaß mehr daran. Ich sehnte mich sogar manchmal nach meinem Großvater, seinen Flüchen und Schmähungen. Vielleicht, weil das Wunderland, das wir entdecken sollten, nicht so wunderbar war, wie mir meine Mutter versprochen hatte. Es war eine uferlose Wüste, ohne Anfang und Ende; nur die Menschen, die uns begleiteten, waren alle höchst wundersam.

Da gab es sieben oder acht Männer mit dichten Schnurrbärten, die ständig zum Horizont starrten und dir ihre gelben Zähne zeigten, wenn dich ihr Blick ungewollt streifte. Sie grinsten dich an mit einem verklemmten, furchterregenden Lächeln.

Einer, ohne Brille und fast blind, hieß Herr Nokteh Bin. Später, als meine Mutter den anderen von unserer Flucht erzählte, führte sie ihn als Registeramtsbeamten ein. Manche Männer der Gruppe verspotteten ihn hinter seinem Rücken seiner Hofsprache wegen und äfften ihn nach. Vor dem Schlafengehen verabschiedete er sich jeden Abend mit dem Satz: »Ich darf mich, gnädige Mitreisende, jetzt empfehlen.« »Hassan–das Sprichwort«, dessen Äußerungen stets mit Sprichwörtern gespickt waren, vertrat die Ansicht, Herr Nokteh Bin würde das Exil nicht länger als ein Jahr überleben, weil es ihm niemals gelingen könne, die deutsche Hofsprache zu erlernen. Denn im Exil würde es die Seele töten, wenn man beredt und dennoch sprachlos sei. Meine Mutter prophezeite, »Hassan–das Sprichwort« werde sogar schon nach sechs Monaten Exil durchdrehen. Es sei ebenso unmöglich, die deutsche Sprache so weit zu beherrschen, dass man in Sprichwörtern reden könne.

Das Erscheinungsbild des Reiseführers, den alle A Sardar nannten, war am schrecklichsten. Alles an ihm sah wirr und wüst aus; von seinem vollen Bart und den Augenbrauen bis zu seinem großen Tuch, das er mehrmals um den Kopf gewickelt hatte. Sogar seine Hose war so geschlungen, dass es aussah, als seien die engen Beinpartien in den Zwickel eingebunden oder umgekehrt. Er ähnelte den Biestern, die ich von meiner Großmutter her kannte. Mansureh Khanoom, meine Großmutter, hatte mich immer gemahnt, ein braves Mädchen zu sein und die Suppe ohne Meckern aufzuessen. Sonst rufe sie ihre vertrauten Ungeheuer und befehle ihnen, mich in einem Zug zu verschlingen.

Als ich A Sardar zum ersten Mal sah, brach ich vor Angst in Tränen aus. Ich hatte nicht gewusst, dass auch meine Mutter mit diesen Ungeheuern bekannt war. Das Schlimmste war, dass ich nicht begreifen konnte, warum sie sie ausgerechnet in diesem Moment rief. Hatte ich vielleicht etwas falsch gemacht? Ich war während unserer ganzen Wunderland-Reise völlig brav gewesen. Und auch an diesem Tag jammerte ich nicht, obwohl ich den ganzen Tag nur ein paar Tropfen Wasser zu trinken bekommen hatte. Nur um ein Stück Brot hatte ich meine Mutter ab und zu angefleht und war von ihr bis zur Ankunft im »nächsten« Dorf vertröstet worden. Einige dieser nächsten Dörfer lagen bereits hinter uns, und der schrottreife Kombi sauste unbeirrbar weiter. Fuhren wir an Siedlungen vorüber, warnte uns A Sardar jedes Mal: »Hier können wir nicht anhalten. Es ist gefährlich. Die Dörfler gehören nicht zu unserer Sippe. Keinen Mucks! Zieht eure Tücher über den Kopf, damit man euch nicht sehen kann!«

Die Männer vermummten sich noch fester mit ihren großen Tüchern und sanken tiefer in sich, in der Hoffnung, von niemandem gesehen zu werden.

Ich saß auf dem Schoß meiner Mutter im hinteren Raum des offenen Kombis und spielte mit ihrem Tschador, um meinen Hunger zu vergessen. Plötzlich knurrte mein Magen so sehr, dass es mir schwarz vor Augen wurde. Aus Angst zu erblinden schrie ich: »Brot! Ich will Brot!« Ehe meine Mutter reagieren konnte, blickte A Sardar aus dem Zwischenfenster des Kombis so böse auf mich, dass ich glaubte sterben zu müssen. Von unendlicher Furcht gepackt, begann ich zu heulen. Alle zappelten vor Entsetzen, kümmerten sich um mich und bettelten mich an, doch noch eine Weile, nur bis zum nächsten sicheren Dorf, still zu halten. An der Brust meiner Mutter weinte ich mir leise die Seele aus, bis ich schließlich einschlief. Ich merkte nicht, wann wir das nächste sichere Dorf erreichten. Als ich meine rot geschwollenen Augen aufschlug, die immer noch vom Tränensalz brannten, drückte mir meine Mutter ein großes Stück Brot mit Käse in die Hand und sagte: »Das hat dir Onkel Sardar aufbewahrt.«

7.

Abbas Agha haute mit voller Kraft auf den Tisch und brüllte noch einmal mit Omar Sharif-Stimme: »Antworte mir! Warum redest du nicht? Ich will wissen, ob ihr überhaupt Wert auf mein Wort, meine Ehre, auf mich persönlich legt oder nicht? Oder ist nur das wichtig, was Sima sagt, was sie tut?«

Aus einer Mücke einen Elefanten zu machen, ist die Stärke meines Vaters. Außerdem besitzt er großes Talent, die Dinge zu verkomplizieren. Er bauscht eine Lappalie so lange auf, bis man nicht mehr weiß, auf welchen Aspekt des Themas man eingehen soll. Deshalb schwieg ich auch weiterhin. Während ich über eine vernünftige Antwort grübelte, kam es mir in den Sinn, dass Abbas Agha heute Nacht wieder von seiner Schaufel träumen könnte, um ihr sein Herz auszuschütten.

Mein Vater musterte meine Lippen eine Weile und da er endlich begriff, dass ich sie nicht auseinander bekommen würde, ließ er von seinem Gebaren ab. Er blickte zur Decke hinauf und sagte mit seiner eigenen, ratlos klingenden Stimme: »Oh weh, schau mal, wie einfach meine Familie zerstört wird, mein warmer und heller Familienhort.«

Obwohl er den Satz im Passiv formulierte, lag es auf der Hand, dass er mich und meine Mutter als Zerstörerinnen seiner Familie ansah.

Plötzlich ging die Tür auf und Ryan Djahn betrat die Wohnung. Abbas Aghas Augenlicht war seines Vaters letzte Rettung. Hilfe suchend blickte er ihn an: »Reza Djahn, komm du und sprich mit diesen Damen. Ich hab mir den Mund fusselig geredet. Aber sie haben wohl Knöpfe in den Ohren.«

Tatsache war, dass er kein vernünftiges Wort mit uns geredet hatte. Was er reden nannte, war nackte Omar Sharif-Drohung. Eine Weile versuchte er auch, uns seinen Willen mit der heroischen Autorität eines Dash Akoll aufzuzwingen. Dazu kam, dass er immer wieder Sima Khanoom beschuldigte, seine Würde und Ehre verletzt und geraubt zu haben.

Das »Augenlicht« des Abbas Agha würdigte uns keines Blickes. Es war tief beleidigt, weil es nicht mehr Reza gerufen werden wollte. Ryan Djahn kam rückwärts auf uns zu, während er mit einer Hand wie immer den Ring an seiner Augenbraue drehte und mit der anderen die Fernbedienung betätigte, um von einem Fernsehkanal zum anderen zu zappen. Sein Hosenbund hing ihm auf dem Po, der aufgeblähte Zwickel reichte bis zum Knie.

Meine Mutter ergriff ihren Koffer und ehe sie ihn hochhob, fragte sie Ryan: »Wo bleibt denn deine Begrüßung سلام, mein Sohn?«

Abbas Agha unterbrach sie rasch: »Ja! Bitte schön! Die schlechten Manieren hat er von den Deutschen, von diesem grünäugigen Jungen, Kai. Wie ein Esel platzt er immer hier ins Haus, ohne auch nur ein einfaches Hallo zu sagen. Und jetzt willst du auf Biegen und Brechen Deutsche werden?«

Ryan drehte sich kurz zu uns um und warf Abbas Agha einen düsteren Blick zu, weil er seinen Freund beleidigt hatte, hielt aber den Mund. Sima Khanoom grinste, nahm den Koffer und sagte: »Okay. Ich gehe jetzt. Redet ihr zuerst miteinander. Ich erfahre dann alles, wenn ich mich demnächst bei euch melde.«

Ich war bereit, meiner Mutter zu folgen, und zerrte entschlossen am Reißverschluss des Sackes, in den ich all meine Sachen gestopft hatte. Sobald Ryan merkte, dass es ernst war, hörte er abrupt auf, den Ring an seiner Augenbraue zu drehen und die Programme umzuschalten. Mein Bruder, der sich immer lässig und leger ausdrückte, sprach diesmal höflich und gefasst, halb auf persisch, halb auf deutsch:

»Wohin gehen Sie denn wollen? Sie haben in dieser fremden Stadt در این شهر غریب nicht Freunde.«

Meine Mutter stand schon am Ausgang. Ohne sich umzudrehen, erklärte sie der Wohnungstür: »Wohin schon? Ins Frauenhaus!«

Erstarrt hielt ich mit dem Schließen des Reißverschlusses inne. Augenblicklich beschloss ich, Peters Rat zu folgen und Abstand von meiner heiligen Familie zu nehmen, bevor sie mein Leben völlig zerstörte. Peter würden die Worte fehlen, wenn er hörte, dass meine Mutter Zuflucht im Frauenhaus gesucht hatte.

Ryan Djahn drehte vor Ratlosigkeit dieses Mal den Ring an seiner Unterlippe. Darin erschöpfte sich die Weisheit von Abbas Aghas männlichem Erben. Mein Vater, der mit zwei Sprüngen am Ende des Flurs landete, um die Tür abzuschließen, rief entsetzt: »Wie bitte?! Wohin?! Wohin sonst alle geschlagenen Frauen gehen? Wir haben dich alle nur mit Samthandschuhen angefasst, oder? Warum willst du unsere Ehre absichtlich beschmutzen?«

Während meine Mutter mit Abbas Agha um den Schlüssel rang, den er nach Abschließen der Tür in die Hosentasche zu stecken versuchte, schrie sie lauter: »Diese Ehre ist nur deine Ehre, nicht unsere. Außerdem, was ist schlimm am Frauenhaus? Auch das ist ein Teil der deutschen Kultur, die ich sowieso kennen lernen muss.« Und mit einem kräftigen Ruck riss sie meinem Vater den Schlüssel aus der geballten Faust.

Ich stieß Ryan Djahn an, der mittlerweile wieder mit seinem Augenbrauenring beschäftigt war, damit er Sima Khanooms Koffer in die Küche brachte. Ryan Djahn sprang auf und rutschte zur Tür, wobei seine Hosenbeine den Boden fegten. Schwermütig und um männliche Festigkeit seiner Stimmbänder bemüht, sagte er wie ein zimperliches Mädchen: »Wollen Sie uns wirklich verlassen? Was machen wir denn بدون شما ohne Sie?«

Sima Khanoom, von Ryans Leid und Trauer unbeeindruckt, nahm sanft seine Hand, um ihn von der Tür fortzuziehen. Dabei sagte sie ebenfalls betrübt: »Ohne mich habt ihr es doch besser. Besonders diesem Abbas Agha geht's dann hervorragend. Geh beiseite! Ich muss raus.«

Da begriff Abbas Agha plötzlich, dass meine Mutter wirklich entschlossen war, uns zu verlassen. Er nahm wieder Dash Akolls Gestalt an und schwor auf Gott und die Welt, dass Sima Khanoom ein falsches Bild von ihm habe, dass er Tag und Nacht arbeite, nur um die Wünsche seiner Familie zu erfüllen, um seinen Familienhort hell und warm zu halten. Besonders wolle er, dass Sima Khanoom glücklich und zufrieden sei ... Und weiteres sinnloses Gerede, an das ich mich nun nicht mehr erinnern kann. Am Schluss versicherte er besorgt: »Glaub mir, ein Stachel in deinem Fuß ist für mich so schmerzvoll wie ein Metallpfahl in meinem eigenen Auge!«

Das war nicht nur für Sima Khanoom, sondern auch für Ryan Djahn und mich völlig neu. Staunen und tiefe Rührung ließen Tränen in Ryans Augen hervorschießen, die wiederum mich zum Handeln ermutigten. Um die katastrophalen Folgen zu verhindern, die ein Stachel im Fuß Sima Khanooms oder ein Metallpfahl im Auge von Abbas Agha verursachen könnten, schubste ich Ryan Djahn in Richtung unserer Mutter, damit er ihr um den Hals fiel. Ich selbst packte den Griff ihres Koffers. Ob Ryan tatsächlich über Sima Khanooms Weggehen entsetzt war oder seine Rolle wie ein versierter Schauspieler spielte, konnte ich in diesem Moment nicht genau abschätzen. An ihrem Hals hängend flennte er halb auf persisch, halb auf deutsch: »Um Gottes Willen, Mama, verlassen Sie uns nicht! Ohne Sie sind wir echt verloren!«

Hastig den Koffer an Abbas Agha vorbeizerrend, antwortete ich anstelle meiner Mutter laut: »Mach dir keine Sorgen, Ryan Djahn. Mama geht nirgendwohin. Papa sagte mir eben, dass er jetzt einverstanden ist, dass Mama Deutsche wird. Nicht wahr, Papa?!«

Abbas Agha murmelte eine Weile verwirrt vor sich hin. Doch er konnte kein klares Wort sprechen. Stattdessen stellte uns Sima Khanoom in aller Deutlichkeit eine neue Bedingung, die, wie ich befürchtete, die Aufführung des Streit–Koffer–Schlüssel–Flennen–Stücks in vier Akten automatisch wieder in Gang setzen würde: »Nur unter der Bedingung, dass euer Vater mich als Managerin seines Betriebs anstellt. Ich meine, nur auf dem Papier. Ich will im Einbürgerungsantrag bei der Frage nach meinem Beruf nicht Hausfrau eintragen müssen.«

8.

An jenem düsteren Dienstag, an dem uns Sima Khanoom ihre Bedingungen mitteilte, begann sie, Deutsche zu werden. Zuerst beschäftigte sie sich mit den Voraussetzungen, die man erfüllen musste, um einen deutschen Pass zu erhalten. Obwohl äußerliche Anpassung als Voraussetzung in den Verordnungen des Innenministeriums nirgendwo vermerkt war, färbte meine Mutter ihre Haare allmählich hell und heller. Sie legte ihre Standardkleidung, ausgeleierte Pullover und abgenutzte Jeans, beiseite und bestellte sich aus Katalogen ständig neue Hosenanzüge, elegante Jacken und Röcke. Fast jeden Tag kaufte sie ein anderes buntes Halstuch, das sie angeblich zufällig gesehen hatte, und band es sich um den Hals, um die wenigen Falten zu verbergen. Ihre Aktentasche Marke Samsonite, mit der sie wie eine selbstbewusste und kompetente Managerin wirkte, kaufte sie, nachdem Ryan und ich die Aufführung des Vierakters Streit–Koffer–Schlüssel–Flennen erfolgreich wiederholt und Vater bedrängt hatten, sie nur der Form halber anzustellen. Abbas Agha wäre es natürlich recht gewesen, wenn meine Mutter mit Hand angelegt und die Verantwortung für die Küche übernommen hätte. Mit dem Argument, sie werde das nicht schaffen, weigerte sich meine Mutter vehement. Als Gymnasiallehrerin habe sie nie mit Zwiebeln, Spieß und Schafsspeck zu tun gehabt, nur mit Büchern und Federkielen. Jedenfalls stellte Sima Khanoom nach unserer gelungenen Vorführung endlich bei der zuständigen Behörde einen Antrag auf Gewährung der deutschen Staatsangehörigkeit.

Die gesetzlichen Voraussetzungen zur Einbürgerung bezogen sich nicht auf das Äußere der Bewerber, sondern auf ihre inneren Einstellungen. Antragstellerinnen und Antragsteller hatten sich zuerst mit der deutschen Mentalität vertraut zu machen und sich dann den »deutschen Lebensverhältnissen« anzupassen. Es stellte sich aber allmählich heraus, dass der Begriff »deutsche Mentalität und Lebensart« äußerst verwirrend war. Denn jeder definierte ihn anders. Je mehr sich Sima Khanoom mit diesem Thema beschäftigte, umso weniger wurde sie daraus schlau. Zuerst beschlagnahmte sie unsere Geschichts- und Geographiebücher und las sie alle durch. Sie verfolgte in den Zeitungen die Diskussionen zwischen Politikern unterschiedlicher Parteien und diversen Fachleuten. Nie versäumte sie Interviews mit amtierenden Abgeordneten und Ministern zum Thema Einwanderung, Einbürgerung und Fragen, wer ein Deutscher und was deutsche Kultur sei. Besonders machte sie sich mit CDU-Stellungnahmen und -Programmen so gründlich vertraut, dass sie über die internen Meinungsunterschiede zwischen den einzelnen Flügeln mehr wusste als langjährige Parteimitglieder. Sie kannte sogar weniger bekannte von ihnen beim Namen.

Die Menschenkenntnis meiner Mutter ist beispielhaft. In zwanzig Jahren solider Erfahrung als Lehrerin und der Auseinandersetzung mit etlichen Schülertypen entwickelte sich diese elementare Fähigkeit bis zur Perfektion. Manchmal reicht ihr ein kurzer Blick, die Seele eines Menschen zu erfassen und Charaktere an ihrem Verhalten zu erkennen. Meist erweisen sich ihre Einschätzungen als wahr. Den Menschenschieber A Sardar etwa beschreibt sie als einen netten Onkel, der uns habe helfen wollen. Er sei nicht so wie andere Schmuggler gewesen, die Flüchtlinge einfach in der Wüste ausrauben, ihnen Geld und Schmuck stehlen und plötzlich verschwunden seien. Zwar nannte sie ihn auch Knäuel-Onkel, doch wahrscheinlich nicht seines wirren Aussehens wegen, sondern aufgrund seines verwirrenden Benehmens, das sogar die Männer unserer Fluchtgemeinschaft beunruhigte. Er behauptete, ein Gedächtnis wie ein Elefant zu haben und sich in der Gegend bestens auszukennen. Doch war er nicht in der Lage, die Entfernung zwischen zwei Dörfern einzuschätzen und konnte uns erst recht nicht sagen, wie lange noch bis Karatschi zu fahren war. Dabei fand er es stressig, dass seine »ungeduldigen Fahrgäste« ihn ständig löcherten. Wurde er eindringlich gefragt: »Wie lange müssen wir noch fahren?«, schüttelte er verstimmt den Kopf und erwiderte: »Ihr nervt mich gewaltig mit euren überflüssigen Fragen. Was für ungeduldige Fahrgäste habe ich diesmal zu transportieren, oh Gott! Eine halbe Stunde. Ab jetzt sind wir nicht viel mehr als eine halbe Stunde unterwegs. Guck mal da! Siehst du die blühenden Bäume? Da ist das nächste Dorf, sein Wasser ist so klar wie Tränen. Das Kleidchen dieses süßen Fräuleins ziehen wir dort aus, schubsen sie in den Bach und lassen sie nackt im Wasser spielen, solange sie will.«

»Das süße Fräulein« war ich. Jedes Mal, wenn ich hörte, dass sie vorhatten, mich ins Wasser zu werfen, packte mich ein so ungeheures Entsetzen, dass ich rasch Zuflucht unter dem Tschador meiner Mutter suchte. Seitdem der Knäuel-Onkel sein Käsebrot für mich aufbewahrt hatte, wusste ich wenigstens, dass er mich nicht wie die Ungeheuer Mansureh Khanooms auffressen wollte. Oft ging mir auf unserer Flucht durch den Kopf, dass es nicht schlecht wäre, wenn dieses Knäuel-Ungeheuer sich um uns kümmern könnte, besonders wenn ich in schlaflosen Nächten hörte, dass meine Mutter heimlich unter ihrem Tschador weinte, weil mein Hurensohn-Vater sich so rasch aus dem Staub gemacht hatte, ohne an uns zu denken. Es war dringend notwendig, einen Beschützer zu arrangieren, da unsere Wunderreise jeden Tag abenteuerlicher und gefährlicher wurde.

Bis zur Hälfte der Strecke etwa konnten wir nachts bei Freunden des Knäuel-Onkels übernachten. Doch nahe der Grenze zu Pakistan trauten wir uns nicht einmal, das Dorf zu betreten, das als nächstes am Weg lag. Denn in diesem Gebiet hatte der Knäuel-Onkel statt Freunden viele Feinde. Deshalb mussten wir in der unendlichen Wüste zwischen den Dörfern zelten und zitterten die ganze Nacht – vor Kälte, aus Angst vor den Angriffen der Wölfe, aus Furcht vor den Bissen der Schlangen, deren Rascheln zu hören war. Der Knäuel-Onkel wollte uns stets beruhigen: »Keine Angst. Sie sind nicht giftig. Ich schwöre beim Heiligen Mula Ghodss, die sind harmlos.«

Keiner schenkte ihm Glauben. Keiner kannte seinen Heiligen Mula Ghodss. So blieb die Gruppe von seinen Schwüren unbeeindruckt. Hinter seinem Rücken flüsterten alle: »Er weiß nicht einmal, wie groß die Entfernung zwischen diesen Dörfern ist. Woher will er wissen, ob die Schlangen in diesen Kaffs giftig sind oder nicht.«

Als der Knäuel-Onkel von diesem misstrauischen Gemurmel Wind bekam, benahm er sich noch verwirrender. Eines Abends, als wir rund um ein schäbiges Tuch zusammenhockten und trockenes Brot mit Joghurt aßen, sprang A Sardar plötzlich hoch, schlich lautlos durch den Zelteingang ins Freie und tauchte nach einer Weile mit einer glänzenden schwarzen Schlange vor uns wieder auf. Er hielt den Kopf der Schlange mit seiner von Joghurt triefenden Hand fest und wickelte ihren reglosen Körper um seinen Arm. Vor Schreck steckte ich meinen Kopf unter den Tschador meiner Mutter und begann wie immer zu heulen. Ich schluchzte so laut, dass ich vom Streit zwischen der Gruppe und dem Knäuel-Onkel nichts mitbekam. Nach einer Weile hörte ich auf, weil das entsetzliche und anhaltende Bellen eines wilden Hundes zu mir drang. Ich fürchtete, der Knäuel-Onkel habe zu seiner Verteidigung einen Hund auf die Gruppe losgehetzt. Der Oberkörper meiner Mutter war ständig in Bewegung, als ob sie heftig mit jemandem ringen würde. Vielleicht mit der schwarzen Schlange, die A Sardar ihr zugeworfen hatte, um sich zu rächen, dachte ich. Mich packte eine gewaltige Angst. Mein Herz pochte in meiner Kehle. Plötzlich jedoch begann der Knäuel-Onkel lauter zu bellen als der Hund. Er brüllte zweimal hintereinander: »Die sind nicht giftig! Ich schwöre! Auf das Licht dieser Petroleumlampe!«

Eine kalte Stille füllte das Zelt. Ich blieb im Schoß meiner Mutter versteckt aus Furcht vor der Vorstellung, alle, auch sie, hätten das Zelt verlassen, weil der Knäuel-Onkel sie mit der Schlange vergiften wollte, um mit ihnen abzurechnen. Dann wäre ich in diesem Zelt und in dieser Nacht allein gelassen, verloren in der Wüste, in der Welt, und nicht einmal mehr meine Mutter wäre am Leben, um mich zu retten.

Plötzlich packte eine Hand meine Schultern und zog daran. »Kopf hoch, mein liebes Mädchen. Setz dich gerade hin! Ich muss meine schlaffen Beine ausstrecken.«

Ich hob meinen Kopf. Weder Schlange noch Schlangenfänger waren zu sehen. Der Hund bellte nicht mehr. Alle saßen still um das Tuch. Die Joghurtschüssel war immer noch voll. Über das Tuch zerstreut lagen die dünnen Brotstücke. Alles sah genau so aus wie es vor der Vorführung von Knäuel-Onkels Schlangenfang-Spiel gewesen war. Nur das Licht der Petroleumlampe hatte sich verändert, es flackerte aus Mangel an Brennstoff. Auch wenn alles durcheinander geraten war, blieb die Welt für mich greifbar und hielt mich. Alles konnte wieder geregelt und neu geordnet werden. Sogar den abschreckenden Umständen der Reise und dem stechenden Schmerz der Vaterlosigkeit konnte ich standhalten. Denn Sima Khanoom, meine Mutter, mit einem kurdischen Kopftuch um den Hals, das ihr überhaupt nicht stand, lebte noch, saß neben mir und streckte mit viel Weh und Ach ihre Beine aus und sagte: »Um Gottes Willen, schau mal, das Licht. Das von der Petroleumlampe. Es verglimmt. Der Docht verbrennt bald völlig, weil nicht mehr genug Öl in der Lampe ist. Auf so ein Licht kann nur A Sardar schwören!«

Alle starrten auf die Petroleumlampe, als ob bisher niemand im Zelt die beängstigende Finsternis wahrgenommen hätte. Dann wiederholten sie einzeln das Gelöbnis des Schlangenfängers A Sardar und stellten fest, dass kein Wort davon der Wahrheit entsprach. Hassan–das Sprichwort lachte.

»Das nenne ich ein indianisches Ehrenwort nach der Art des Heiligen Abbas*.«

Ihm war eingefallen, dass der Knäuel-Onkel bei seinem Schwur sowieso nicht auf die Petroleumlampe, sondern auf den Zeltbalken gedeutet hatte.

»Wenn ich nichts in die falsche Pupille gekriegt habe, ist etwas faul im Staate Dänemark!«, fügte er hinzu.

Herr Nokteh Bin bestätigte Hassans Beobachtung: »Warum hat er nur ›die sind‹ statt ›diese Schlange ist‹ gesagt? Noch eindeutiger hätte er zum Beispiel sagen können: ›Diese Art von Schlangen hier in der Gegend‹. Warum hat er es nicht getan?«

Die Diskussion über Schlangen, Schlangengift und Schlangenbisse und über A Sardars Ehrenwort dauerte so lange an, bis dieser ohne Schlange ins Zelt zurückkehrte. Gleichgültig hob er das trübe Glas der Lampe hoch, löschte die schwache Flamme am verbrannten Docht mit seinen unheimlichen, feuerfesten Fingern und meinte: »Wisst ihr was? Wenn ihr sterben wollt, und zwar nicht am Biss einer giftigen Schlange, sondern aus Angst vor Schlangengift, könnt ihr ruhig sterben. Also, alle Schlangen in dieser Gegend sind gefährlich. Zufrieden?«

9.

Meine Mutter warf die Zeitung mit voller Wucht in eine Ecke und rief aufgeregt: »Derartige Aussagen sind höchst gefährlich. Sie schüren nichts als Hass und Unsicherheit in dieser Gesellschaft.«

Mein Vater, der immer noch auf der Suche nach schlagfertigen Argumenten war, um meine Mutter auf seinen Kurs zu bringen, hob hastig die Zeitung auf und las die von meiner Mutter markierten Stellen laut vor. Sie stammten aus einem Artikel des CSU-Politikers Beckstein, in dem deutsches Blut und deutsche Kultur, deren Schutz vor ausländischen Einflüssen die wichtigste nationale Pflicht sei, in den Himmel gelobt wurden. Mein Vater war von der Lektüre so begeistert, als ob der bayerische Innenminister diesen Artikel nur zur Bestätigung von Abbas Aghas Theorien niedergeschrieben hätte. Erfreut sagte er: »Bitte schön! Ich hab von Anfang an gesagt, dies hier ist ein verdammtes Land.«

Nach diesem Vorfall wurden Sima Khanooms Ohrenprobleme wieder akut. Jeder Ton drang in ihren Schädel und hallte mit doppeltem Echo nach. Von nun an versuchte sie immer wieder, Abbas Agha zum Umzug zu bewegen, denn der Straßenlärm sei unerträglich geworden. Tatsächlich hörte meine Mutter Geräusche, die wir überhaupt nicht wahrnahmen: Die dröhnenden Wagen der Müllabfuhr, in die genau vor dem Fenster ihres Zimmers sämtliche Mülltonnen der Straße geleert wurden; das Lockgebimmel der Straßenverkäufer, die ständig in unserem Viertel unterwegs waren und bis zum Verkauf der letzten Kartoffel und Zwiebel eifrig ihre Schellen betätigten; die Kirchenglocken, die zwei Straßen von unserer Wohnung entfernt jede Viertelstunde läuteten. Selbst Töne, die sie bisher als angenehm empfunden hatte, bohrten sich nun durch die Schädeldecke direkt in ihr Gehirn; das Getöse der Schulkinder etwa, die lachend und albernd auf dem Schulweg an ihrem Fenster vorbeigingen; der Pausenlärm auf dem nahen Schulhof, den sie früher als Zwitschern der Sperlinge bezeichnet hatte. Bisher hatte ihr das fröhliche Lärmen der Kinder immer signalisiert, dass das Leben weiterging, dass sie noch lebendig war, dass man die Hoffnung auf eine bessere Zukunft nie aufgeben durfte. Nun, beteuerte sie, bekäme sie Atemnot, wenn sie während des Lesens der Statements von Merz und Merkel oder Beck und Böhmer derartige Geräusche hörte. Sie hätte das Gefühl, dem Durchdrehen nahe zu sein. Stöhnend klagte sie: »Hätte ich doch nur einen Moment Ruhe, ein bisschen Sicherheit. Wann geht meine Qual zu Ende? Wie lange soll ich dem Druck noch die Stirn bieten?«

Schließlich linderte der älteste und einzige männliche Erbe Abbas Aghas ihre Pein mit dem einfachen Vorschlag flexiblen Standhaltens. Eines Abends am Essenstisch, als der Konflikt über den unerträglichen Lärm einen neuen Höhepunkt erreicht hatte, empfahl Ryan Djahn meiner Mutter, zunächst Türen und Fenster fest zu schließen; wenn die schrecklichen Geräusche sie weiterhin in ihrem Zimmer angriffen, solle sie sich in die Küche zurückziehen. Wenn die Kinder ihre Tumultaktionen unter dem Küchenfenster veranstalteten, müsse sie sich eben im Wohnzimmer verschanzen, und so weiter und so fort ...

Mein Vater, der sich aufgrund dieses Vorschlags nicht mehr mit Umzugfragen beschäftigen musste, klopfte mehrmals stolz auf die Schulter seines Augenlichtes und sagte gerührt: »Prima, sehr klug! Das ist die beste Lösung. Damit hast du gezeigt, dass du mein Sohn bist.«

Dann leierte er mit der Stimme Dash Akolls einen Vers des großen iranischen Dichters Saadi* herunter: »Einen

Jungen, der von seinem Vater nichts erbt, nenne nicht Sohn, sondern einen Fremden.«

Der so reichhaltig mit seinem Erbe beschenkte Junge Ryan bereute als erster seine Lösungsvorschläge. Denn er musste nun, da Umziehen kein Thema mehr war, sowohl den bösen Blick Sima Khanooms aushalten als auch Abbas Aghas Litanei anhören, und zuletzt blieb ihm nichts anderes übrig, als sich in den Genuss des unberührten Kebabs zu retten, der wie ein steifer Schlauch in kaltem Fett lag. Ich war im Begriff, meiner Mutter den Vorschlag zu machen, sich nicht länger mit all den Artikeln und Vorträgen zu beschäftigen. Denn ich war der Auffassung, dass nicht der Schul- und Straßenlärm Sima Khanoom in den Wahnsinn trieb, sondern das Gerede und Geschreibe gewisser Volksparteien, welches sich allerdings als »respektable Meinung der Mehrheit« sehr gut verkaufte. Doch ich sagte nichts. Sie hätte auch mich bezichtigen können, gegen ihr Deutschwerden zu sein.

Mehr als Sima Khanooms böser Blick und Abbas Aghas salbadernde Stimme rief der Zwang zum Verzehr schlauchartiger Kebabstücke in Ryan eine ungewöhnliche Reaktion hervor. Abbas Agha war mit seinem Geleier noch nicht zu Ende gekommen, da sprang Ryan plötzlich auf, huschte zur Tür und sagte aufgeregt auf persisch: »Ach, fast vergessen! Mit Kai verabredet, Chemie üben! Bin zu spät!«

Es wunderte mich immer wieder, wie Ryan Djahn es schaffte, sich auf persisch in einer Reihe von abgehackten Sätzen auszudrücken und trotzdem verstanden zu werden. Wenn mich Sima Khanoom damals nicht gezwungen hätte, Persisch zu sprechen, würde ich jetzt vielleicht auch wie Ryan sprechen. Ich habe dunkel in Erinnerung, dass es in dieser Frage keinen ernsthaften Konflikt zwischen Abbas Agha und Sima Khanoom gab – ein sehr seltenes Ereignis. Obwohl sich die Art meiner Mutter, mich zu motivieren, von der Methode meines Vaters gewaltig unterschied. Er war der Auffassung, dass die persische Sprache honigsüß sei und dass wir, egal wo wir uns befinden, Perser seien und für immer blieben und dass der geehrte Iran auch unsere begehrte Heimat sei. Es sei unsere unumgängliche Pflicht, unser kulturelles Erbe – also auch die Sprache – zu kennen, zu bewahren und zu verbreiten. Meine Mutter brachte irdische und wirksamere Argumente ein. Wir dürften nicht vergessen, betonte sie aufgrund ihrer schlechten Erfahrungen immer entschieden, dass nichts stetig und alles vergänglich sei. Wir müssten vorbereitet sein, richtig und rechtzeitig zu handeln, und zwar in jeder außergewöhnlichen Notsituation.

»Stell dir mal vor, du musst allein in den Iran. Du gibst einem Taxifahrer am Flughafen die Adresse deines Großvaters. Wie kannst du merken, dass er dich wirklich zu deinem Opa fährt, wenn du die persische Schrift nicht kennst und die Straßennamen nicht lesen kannst?«

Ich wäre ungern freiwillig in den Iran zurückgekehrt, weil ich keine schönen Erinnerungen an meine »begehrte Heimat« hatte, an den herausfordernden Stock des Großvaters und seinen Umhang. Dennoch war ich schlauer als Ryan Djahn, der dachte, er sei in Deutschland zu Hause und keiner könne ihn zwingen, nach Teheran, in ein fremdes Land zurückzukehren. Abbas Agha versuchte mehrmals, ihn mit seinem Nachlass in Iran zu bestechen. Er müsse doch irgendwann nach Teheran, um sein Vermögen von jenem »blutrünstigen Regime« zurückzuverlangen. Vergebens. Jedes Mal, wenn mein Vater über Ryan Djahns ungewollte Erbschaft sprach, fragte dieser mich höchstens neugierig nach der Bedeutung von ›blutrünstig‹ auf Deutsch, obwohl ich es ihm bereits x-mal erklärt hatte.

Auf jeden Fall motivierte mich meine Urangst davor, in den Straßen meiner »begehrten« Heimat verloren zu gehen, mehr als der honigsüße Geschmack persischer Worte, meine Muttersprache nicht zu verlernen. Um gerecht zu sein, muss ich betonen: Ohne die nächtliche Unterstützung meines Vaters wäre ich der Sprache nicht so mächtig geworden. Er legte viel Wert darauf, mir als Kind Gute-Nacht-Geschichten vorzulesen. Egal wo er sich befand, jeden Abend, ehe ich zu Bett ging, stürzte er in die Wohnung, um mir aus klassischen Büchern wie »Hossain, der Kurde aus Schabester«* oder »Der Meisterkämpfer Samak«* oder »Die Altstadt von Teheran«* vorzulesen. Da aber jene aufregenden Geschichten in einer für Kinder unverständlichen Sprache geschrieben waren, übersetzte er mir jeden Abschnitt, nachdem er das Original einmal vorgelesen hatte. Das einzige, was mich in diesen abenteuerlichen Nächten gewaltig störte, war die Geruchsmischung aus Schafsspeck, Zwiebeln und Fett, die meinen Vater wie ein unsichtbarer Nebel umhüllte. Ganz abgesehen davon, dass er mich mit seiner überflüssigen Fragerei, ob ich alles verstanden hätte, immer wieder weckte.

Meine Mutter deutete erneut auf die schlappen Kebabstücke und den Reis und rief überrascht: »Du heiliger Strohsack! Das Essen ist richtig kalt geworden. Habt ihr keinen Appetit mehr?«

10.

Ryan Djahn schlich, um einer Antwort zu entgehen, geräuschlos durch die halb geöffnete Tür hinaus und machte sich auf den Weg zu Kai. Selbstverständlich nicht aus Lerneifer oder der Chemie wegen, sondern um auf den Boden zu spucken, über die Streber in seiner Klasse zu lästern und dabei Cola aus Dosen zu schlürfen. Mehr als hundertmal warnte ich ihn, er werde sich mit diesem Giftgetränk den Magen durchlöchern. Wenn er sich trotz meiner Warnung dafür entschied, solle er aber ein Mindestmaß an Verantwortung seiner und der kommenden Generation gegenüber beweisen und statt aus Dosen gefälligst aus Flaschen trinken. Ich ging sogar so weit, ihm die Nachteile aus ökologischer Sicht zu erklären, dass die Herstellerfirmen nämlich zur Wiederaufbereitung von Dosen, deren virulenten Inhalt er seinem verwahrlosten Magen zuführte, so viel Strom verbrauchten, wie man zum Kochen von vierzig Tassen Kaffee braucht. Dies sei für die Umwelt ebenso schädlich wie Coca-Cola für seinen Verdauungstrakt.

Das letzte Mal, als ich versuchte, Abbas Aghas einzigen männlichen Erben für umweltgerechtes Verhalten zu gewinnen, brummte er mürrisch: »O.k., demnächst werde ich nach jeder Dose Cola an der Kreuzung lauern und vierzig Deutsche darum bitten, an dem Tag eine Tasse Kaffee weniger zu trinken. Einverstanden? Sind wir jetzt quitt? حالا بی حساب!«

Ryan Djahn trinkt Cola aus der Dose zur Demonstration seiner Muskelkraft, über deren beispielloses Ausmaß er mit seinen Freunden Wetten abschließt. Nachdem er die letzten Tropfen in die Kehle hat rinnen lassen, greift er die Dose an den Enden und versucht, sie zu zerknüllen. Die Rolle seiner Freunde beschränkt sich auf die Begutachtung, ob er die Dose mit einem Ruck zu einer perfekten Schleife formen kann. Anderenfalls verliert Ryan Djahn, der zurzeit in jeder Hinsicht seine Manneskraft beweisen will, seine Wette. Sollte das geschehen, wirft er die demolierte Dose auf den Boden, kickt sie wie einen Stein den ganzen Weg grollend bis zur Haustür oder kauft sich eine neue Dose, um seine Muskelkraft einem weiteren Test zu unterziehen.

So ist es kein Wunder, dass Ryan Djahn ständig unter Bauchschmerzen leidet. Abbas Agha, der mit den Ereignissen außerhalb seines Blickfelds nicht vertraut ist, sorgt sich um die feinfühlige Seele seines männlichen Erben. Vielleicht sitzt er gerade wieder, den bizarren Regen beobachtend, vor seiner stummen Kasse und versucht, Ryans sensibles Wesen zu ergründen. Vor kurzem bat er Sima Khanoom, den Sohn seiner schlechten und »beschämenden« Noten in Chemie, Physik und Mathe wegen nicht dauernd zu tadeln. Vorwurfsvoll bekräftigte er: »Setz den Jungen nicht so unter Druck! Merkst du nicht, er hat so schon ein schlechtes Gewissen und könnte ein Magengeschwür haben. Dass ein 15-Jähriger ständig unter Bauchschmerzen leidet, ist nicht normal, oder? Lass ihn bitte in Ruhe. Du machst ihn mit deinen Vorwürfen fertig. Streue bitte kein Salz mehr in seine Wunden.«

Meine Mutter streute also eine Weile kein Salz mehr auf Ryans Wunde. Dennoch heilten die Löcher in seinem Magen nicht. Im Gegenteil: Noch weitere tauchten auf, in seinem Bauchnabel, in den Augenbrauen und an seiner Unterlippe. Nach einer Weile merkte ich, dass sogar sein gutes Benehmen Löcher bekam wie ein Stück Wollstoff, das von Motten zerfressen wurde. Abbas Aghas Augenlicht vergaß seinen höflichen Umgang mit den Älteren (also auch mit mir) und wurde taktlos dreist. Ohne einen Hauch von Schamgefühl behauptete er etwa, ich hätte niemals unter den grausamen

Umständen der Flucht gelitten. Er erklärte, ich wäre zu dieser Zeit zu klein gewesen, um die Geschehnisse verstehen zu können. Er beharrte rücksichtslos darauf, alles, was ich von unserer Aliceschen Reise erzählte, hätte sich entweder in meiner Phantasie abgespielt oder wäre eine gefälschte Kopie dessen, was meine Mutter wiederholt berichtet hatte. Hätte ich ihm nicht irgendwann Grenzen gesetzt, wäre sogar A Sardar die Fähigkeit abgestritten worden, Schlangen zu fangen!

Nachdem Sima Khanoom mit dem Salzstreuen aufgehört hatte, erklärte sich Abbas Agha alias Omar Sharif bereit, Ryans Erziehung oder vielmehr Umerziehung in die Hand zu nehmen. Denn Sima Khanoom war sowieso mit wichtigeren Dingen als der Resozialisierung des männlichen Erben unserer Familie beschäftigt. Vor lauter Aufregung benahm sie sich manchmal wie Knäuel-Onkel. Es reichte schon, wenn Ryan oder ich sie ansprachen. Das Wort »Mama« war noch nicht ganz verklungen, da schrie sie zum Himmel: »Seht ihr nicht, dass ich beschäftigt bin? Ich muss all diese Dinge lernen! Sie sind so kompliziert und verwirrend, dass ich gar nicht mehr weiß, wo ich anfangen soll!«

Die Dinge, die Sima Khanoom sich einzuprägen versuchte, bezogen sich überwiegend auf historische oder aktuelle Informationen, mit denen niemand etwas anzufangen wusste: Die deutsche Nationalhymne wurde um 1841 zum ersten Mal gesungen; Oliver Kahn, der Torhüter Bayern Münchens, erhielt 2000 den Titel ›bester Fußballspieler des Jahres‹; der letzte Außenminister, Joschka Fischer, war gewalttätig, als er in einer Sponti-Villa in Frankfurt wohnte. Damals habe er bei einer Demonstration einen Polizisten namens Jürgen Weber angegriffen.

Einmal warf mein Vater ein: »Also, wenn du dabei bist, dich über Deutschland und die Deutschen zu informieren, solltest du auch lernen, dass Rechtsradikale im Jahr 1999 mindestens 36 Menschen umgebracht haben und etwa

10.000 deutsche Touristen jeden Tag in den so genannten Dritte-Welt-Ländern unterwegs sind, um mit Kindern Sex zu machen. Das sind auch Deutsche, oder?«

Meine Mutter hielt sich bedeckt: »Ich lerne, was man mich eventuell bei der Prüfung fragen könnte.«

Und las weiter an einer Meldung über das Gerichtsverfahren gegen den Kölner Thomas Drachen, der 1996 den Hamburger Multi-Millionär Reemtsma entführt und ein Lösegeld in Höhe von 30 Millionen Mark gefordert hatte. Die nächste Meldung, die meine Mutter mit Bestürzung vorlas, handelte von der Heimkehr des nach Florida geflüchteten Fußballtrainers Christoph Daum. Wegen des Konsums von Kokain in die Schlagzeilen gekommen, war er nach Köln zurückgekehrt, um seine Unschuld zu beweisen. Auch Boris Becker enttäuschte Sima Khanoom zutiefst: Laut Medien konnte das russische Fotomodell Anna Omakova beweisen, dass der berühmte Ex-Tennisspieler sie in einer Wäschekammer geschwängert hatte, und forderte Unterhalt für sein neugeborenes Töchterchen.

Beim Anblick der kostenpflichtigen sowie der unentgeltlichen Zeitungen, die seine gnädige Frau auf dem Boden ausgebreitet hatte und denen sie ihre Weisheiten entnahm, schäumte mein Vater eines Tages dermaßen vor Wut, dass er die dreifache Rolle Abbas Agha—Omar Sharif—Dash Akoll spielte: »Was nutzt dir all dieser Quatsch? Damit vergiftest du nur deine Seele!«

Sima Khanoom argumentierte daraufhin gelassen, dass jener vergiftende Quatsch zu den Themen gehöre, für die sich mindestens 95% der deutschen Bevölkerung interessieren. Das sei eine Tatsache und wir hätten sie zu akzeptieren, wollten wir in dieser Gesellschaft leben. Sie fügte hinzu: »Damals hast du dich auch nicht aufgeregt, als 98% der persischen Bevölkerung das blutrünstige islamische Regime wählten. Du sagtest, das sei die Entscheidung des Volkes. Man müsse sie respektieren. Was ist inzwischen passiert, dass jetzt die Meinung des deutschen Volkes nicht zählen soll?«

Sima Khanoom ließ meinem Vater keine Zeit, sich zu verteidigen. Sie wandte sich an uns und fragte naiv, wieviel Prozent der 2500 Schüler an unserer Schule sich mit solchem Quatsch beschäftigten?

Meine Mutter hatte Recht. Auch Ryan Djahn und ich diskutierten oft mit Freunden über derartige Themen. Es war uns unbegreiflich gewesen, wie der begehrte und reiche Boris Becker eine Affäre mit einem einfachen und erfolglosen Fotomodell haben und sich mit ihr in einer Wäschekammer vergnügen konnte. Einige meiner Freunde nahmen sich damals aber sogar vor, die Beckersche Methode bei erster Gelegenheit selbst auszuprobieren, um festzustellen, ob Sex unter ähnlichen Umständen zu den ganz besonderen Erlebnissen zählte.

Im Gegensatz zu den anderen war mir der Gedanke zuwider, Peter in einem Wäscheraum, zwischen den Hemdsärmeln und Hosenbeinen fremder Menschen zu lieben. Peter würde dieses Liebesnest vermutlich auch nicht gefallen, da es seine buchhändlerischen Methoden und sein computergesteuertes Gedankensystem in Gefahr brächte. Ich könnte mir vorstellen, dass er nach liebevollen Verrenkungen, umgeben von unzähligen halb getrockneten Klamotten, nicht mehr wüsste, ob er beim Einpacken eines Buches zuerst die linke oder die rechte Ecke des Geschenkpapiers umschlagen soll.

Ryan Djahn hielt sich hinsichtlich der Beckerschen Beischlafmethoden bescheiden zurück. Ab und zu holte er zwar aus der Tiefe seiner Kehle mädchenhaft helle Ja- oder Nein-Töne hervor, aber das war alles. Denn er selbst schien, im Gegensatz zu seinen Altersgenossen, noch keine rechte Beziehung zum anderen Geschlecht zu haben.

Das war sogar Sima Khanoom aufgefallen. Sie machte sich deswegen aber keine großen Sorgen, obwohl das sexuelle Verhalten ihres Sohnes den Anforderungen seines Alters definitiv nicht entsprach. Stattdessen warf sie mir vor, am Telefon mit den Jungs zu flirten und ständig die Leitung besetzt zu halten. Ich solle mir an Ryan ein Beispiel nehmen. Wenn Mädchen ihn anriefen, gab er entweder vor, tief und fest zu schlafen, oder gestikulierte, er wolle auf keinen Fall mit ihnen reden. Wenn das tatsächlich stimmte, stellte sich die berechtigte Frage: Woher kamen seine Knutschflecken an Hals und Oberarmen? Was mir schon mehrfach aufgefallen war: Ryan Djahn sprang jedes Mal wie unter Strom auf und stürzte ans Telefon, wenn Kai anrief. Er verschwand dann in einer versteckten Ecke der Wohnung und flüsterte so leise, dass niemand von seinem Gespräch etwas mitbekam. Mein Vater war von der Freundschaft seines Augenlichts mit dem grünäugigen Kai sowieso nicht begeistert. Er schrieb die Löcher in Ryans Nabel und Gesicht, auch seine hängende Hose allein Kai und seinem üblen Einfluss zu. Ryan blieb sein Augenlicht, das er bevormunden möchte, als ob dieser weder selbstständig handeln noch sich eine eigene Meinung bilden könnte. Als sein einziger männlicher Nachwuchs ihm mitteilte – und das selbstverständlich an einem Dienstag –, er wolle seine Schulter tätowieren lassen, fragte er empört: »Wer hat dich zu diesem Unsinn überredet? Ich hab dir tausendmal gesagt: Lauf nicht hinter diesem grünäugigen Deutschen her! Bei uns tätowieren sich nur Drogendealer und Schwerverbrecher. Willst du, dass dich alle verspotten?«

Ryan Djahn versuchte, seine hell klingenden Stimmbänder zu bändigen und fragte mit brüchiger Stimme: »Wen meinen Sie? Wer sind alle?«

Diese einfältige Frage brachte Abbas Agha aus der Fassung. Grimmig antwortete er: »Wer alle sind? Alle Perser selbstverständlich!«

Ryan räusperte sich und meinte eigensinnig: »Ich lebe aber nicht in Iran, sondern …«

Offizier Abbas Agha wurde ungeduldig und unterbrach Ryan: »Das ist gleichgültig. Wir sind und bleiben Perser, egal wo wir leben. Ab sofort darfst du mit diesem grünäugigen Deutschen nicht mehr verkehren. Sonst gibt es kein Taschengeld, verstanden?«

Wütend spielte Ryan Djahn eine Weile mit den Ringen an Augenbraue und Unterlippe herum. In seiner Kehle gurgelte es, doch kein Wort kam aus seinem Mund. Offensichtlich fiel es ihm schwer, die gedrückte Stimmung zu ertragen. Auch mich schaffte der ewige Schlagabtausch. Ich sehnte mich nach frischer Luft, von der es in unserer 120 Quadratmeter großen Wohnung keinen Kubikzentimeter mehr zum Atmen gab. Deshalb packte ich meine Sachen. Ich würde übers Wochenende zu Peter fahren und mich von ihm trösten lassen.

11.

Die aufmunternde Vorstellung, in einer halben Stunde in Peters Arme zu sinken, beruhigte mich. Peter ist »Mein starkes Bärchen«. Wenn er mich umarmt, kommt alles von alleine ins rechte Lot. Ich vergesse meinen Kummer und meine Nöte. Dann kommen mir die größten und kompliziertesten Schwierigkeiten einfach und lösbar vor. Anfänglich brachte ich den Kosenamen »Mein starkes Bärchen« schwer über die Lippen. In Peters Ohren mochte das liebevoll und zärtlich klingen, für mich hörte es sich aber grob und derb an. Bevor ich Peter kennen lernte, beschimpfte ich immer Ryan Djahn mit »Du dicker Bär« im Sinne von faul und untauglich. Doch seitdem sich Peter mit dieser »Beschimpfung« geschätzt und geliebt fühlt, klingt es auch in meinen Ohren anders.

Um mein starkes Bärchen auf einen spontanen und also gänzlich ungeplanten Liebesakt vorzubereiten, holte ich mein Handy aus der Tasche, kaum dass ich aus der U-Bahn an der Haltestelle »Neumarkt« ausgestiegen war, und wählte seine Telefonnummer. Ich hielt mich am Geländer fest, während ich mit der Rolltreppe hochfuhr. Ausgerechnet in dem Moment, als Peter an den Apparat ging, spürte ich etwas Klebriges unter meiner Handfläche; es war gelbe Spucke, die sich mit Unterbrechungen über die ganze Länge des Geländers hinzog. Von der Berührung des Speichels eines womöglich kranken Menschen, der Gift und Galle in der Öffentlichkeit gespuckt hatte, wurde mir übel. Ich legte auf, um in meiner Tasche nach einem Taschentuch zu suchen und die Spuren des krankheitserregenden Schleimes zu beseitigen. Wahrscheinlich handelte es sich um das spucktechnische Meisterwerk einiger kühner Jugendlicher wie Ryan und Kai, die vom eintönigen Alltag müde waren und sich langweilten. Vielleicht hatte sich der coole Nachwuchs irgendwo in einer Ecke versteckt und lachte sich über mein von Ekel verzerrtes Gesicht tot, während er die Baggiepants hochzog und die unechten Ringe in Augen-, Lippen- und Ohrlöchern herumdrehte.

Plötzlich fiel mir ein, dass ich Peter nicht jederzeit anrufen durfte. So etwas könnte seinen Tagesrhythmus durcheinander bringen. Morgens musste ich ihn anrufen, bevor er die Tür seines Autos öffnete. Danach war es fast unmöglich, ihn zu erreichen. Würde ich es versuchen, ginge er nicht an den Apparat, obwohl er meine Telefonnummer auf dem Display sehen konnte. Seitdem es verboten war, im Auto ohne Kopfset zu telefonieren, führte er während der Fahrt keine telefonischen Gespräche mehr. Meiner Ansicht nach war diese Entscheidung nicht nur auf seinen unerschütterlichen Glauben an die Rechtsstaatlichkeit zurückzuführen, sondern auch auf seine Urangst vor dem Tod, die sein Leben bis in die alltäglichsten Handlungen hinein prägte. Um diese Furcht zu mindern, entwickelte er eine ungewöhnliche Neigung zu Vorbeugemaßnahmen jeglicher Art. Diese Tendenz nahm jeden Tag größere Dimensionen in seinem Leben ein. Einmal entdeckte ich bestürzt einen Hammer in der Seitenablage seiner Autotür, fragte ihn aber halb scherzend: »Auf wessen Kopf willst du mit diesem Hammer hauen? Auf den der Autodiebe?«

Er antwortete ernsthaft: »Wenn es erforderlich wäre, hätte ich keine Hemmungen. Den verwahre ich aber für den Fall, dass ich in einen Unfall verwickelt werde. Sollte sich unter Umständen die Tür nicht öffnen lassen, kann ich damit die Fensterscheibe einschlagen und mich durchs Fenster retten.«

Peter verwahrte auch eine Schere im Auto. Würde sich der angeschnallte Gurt nach einem eventuellen Unfall nicht lösen lassen und ihn praktisch fesseln, könnte er ihn mit der Schere durchschneiden und sich in Sicherheit bringen, ehe das Auto explodierte. Irgendwo hatte er gelesen, dass 53% der Unfallopfer ums Leben kommen, weil ihnen kein oder nicht ausreichend Bewegungsraum zur Verfügung steht, um sich zu retten. Neben den für Vorbeugemaßnahmen im Innenraum verwendbaren Instrumenten befand sich darüber hinaus im Kofferraum seines Autos so etwas wie eine mobile Werkstatt voller Geräte und Gegenstände, die zum Festbinden, Öffnen, Füllen, Ausleeren, Anzünden und Löschen etlicher Materialien und Rohstoffe wie Holz, Eisen, Glas oder Plastik geeignet sind. Der Kofferraum war so vollgepfropft, dass wir unser Gepäck auf den Rücksitz stellen müssen, wenn wir zu zweit für eine Nacht irgendwohin fuhren. Wenn wir gar für ein paar Tage unterwegs waren und mehr Gepäck benötigten, wurden alle weiteren Stücke auf meinen Schoß und zu meinen Füßen platziert. Als ob ich, um mich eventuell zu retten, ohne Hammer, Schere und Bewegungsraum auskäme.

12.

Da ich nur noch einige Straßen von Peters Wohnung entfernt war, verzichtete ich auf einen weiteren Anruf. Ich brauchte am Ende einer schmalen Gasse nur noch ein paar Stufen hochzulaufen, einen kleinen Platz zu überqueren und an dessen südlicher Ecke links abzubiegen. Mein starkes Bärchen saß in seiner Wohnung im zweiten Haus der Straße, dachte wohlvergnügt an mich und freute sich über das ununterbrochene Zwitschern seiner Kasse. Plötzlich überkam mich eine innige Sehnsucht, ruhig neben ihm in seinem Auto zu sitzen und ihn beim Fahren anzuschauen, dabei meinen Ellbogen auf die Stütze zu lehnen, die er selbst aus Schaum und Leder angefertigt hatte – hätte er die Armlehne beim Autohersteller bestellt, würde sie bestimmt ein Vermögen gekostet haben –, und ihn zärtlich über den Arm und die Schulter zu streicheln oder sein anziehend männliches Profil zu bewundern. Ich würde seine rechte Hand in die meine nehmen, leidenschaftlich küssen und auf meine Brust legen – vorausgesetzt natürlich, er musste in diesem Moment nicht gerade den Gang wechseln. Mein Herz begann zu pochen bei der Vorstellung, wie er den Kopf zu mir drehen und mich mit seinen traumhaft schönen blauen Augen anlächeln würde. Ich sehnte mich nach seiner klangvollen Stimme, besonders danach, dass er auf meine Frage, ob er mich liebe, mir als Zeichen seiner innigen Zuneigung auf persisch erwiderte: »Areh, eschteman!«

Peter gibt sich Mühe bei diesen Worten und geht davon aus, dass er mir antwortet: »Ja, meine Liebe!« Tatsächlich aber sagt er, ins Deutsche zurückübersetzt: »Ja, mein Eiter!«

Anfänglich versuchte ich, seine Aussprache zu korrigieren, und machte ihn darauf aufmerksam, dass es »äschghe man« und nicht »eschteman« heißt. Doch weil er das, seinem exzellenten Verstand zum Trotz, einfach nicht aussprechen konnte, versuche ich nun, die persische Bedeutung des falsch ausgesprochenen Wortes zu vergessen. Es blieb mir ja nichts anderes übrig, und nach einiger Übung gelang es mir auch. Nicht weil ich klüger bin als Peter, nein! Sondern weil man erstens den Ausdruck »Ja, mein Eiter!« im Persischen eher selten als Liebeserklärung verwendet und weil zweitens in mir bei der Übersetzung ins Deutsche sofort eine synchrone Lautkorrektur aktiviert wird, sobald ich jemanden sprechen höre.

Wahrscheinlich spielte meine besondere Zuneigung zur deutschen Sprache eine entscheidende Rolle bei der Anordnung der Sprachdateien in meinen Gedächtnisregalen – so könnte es Peter auch formuliert haben! Jedenfalls verdanke ich diese ausgeprägte Zuneigung wohl ausgerechnet der anfänglichen Abneigung meines Vaters der deutschen Sprache gegenüber, obgleich auch er sie ziemlich gut beherrschen lernen musste. Als Abbas Agha erstmals seine negative Einstellung der deutschen Sprache gegenüber auf mich zu übertragen versuchte, geschah dies zu einer Zeit, in der ich bereits feststellte, dass ich beim Deutschsprechen unheimlich schön wurde.

Es geschah in den ersten Stunden, als Sima Khanoom und ich am Ende unserer Aliceschen Reise erstmals deutsches Territorium erreichten und an der Haltestelle Friedrichstraße, auf der Grenze von Ost- nach Westberlin ausgestiegen waren. Nach den wochenlangen Landstreichereien durch namenlose Wüsten, begleitet von Sardar–Schlangenfänger, waren wir endlich angekommen. Auch damals war es ein trüber Dienstag. Die Sprache, in der sich die Menschen in unserer Umgebung unterhielten, schuf eine fremdartige Geräuschkulisse.

Noch nie zuvor hatte ich eine unterirdische Straße gesehen; erfreulicherweise zeigte sich hier aber keines der schrottreifen Verkehrsmittel, mit denen wir während unserer glühenden Odyssee gefahren waren. Die Station wimmelte vor Menschen, doch niemand schubste den anderen oder stieß gegen ein Kind. Ein Zug rauschte rauch- und lärmlos in einem tiefen, trockenen Bach dicht an einer Wand entlang. Als er bei uns anhielt, drängelte sich niemand vor, alle bildeten schweigend eine Schlange und stiegen erst ein, wenn sie an der Reihe waren. Wären hier nicht so viele Menschen, dache ich mir, könnte ich schön auf dem glatten Boden der unterirdischen Straße rutschen. Vor Angst, meine Mutter zu verlieren, hielt ich ihre Hand fest umklammert und entfernte mich keinen Schritt von ihr. Um mir gut zuzureden, beschrieb sie mir die Umgebung: »Keine Angst, meine Liebe. Schau mal, wie ordentlich und fein die Leute hin und her gehen. Sei sicher, dass ich dich nicht verliere! Außerdem ist das hier keine Straße, sondern eine Haltestelle. Es ist unmöglich, dass du mir abhanden kommst, und wenn, finde ich dich hundertprozentig wieder.«

Ich war einigermaßen beruhigt. Erfreut glättete ich sorgfältig die Falten meines kurzen roten Rockes, den meine Mutter in Karachi gekauft hatte. Ich war eben im Begriff, meine ebenso neuen roten Schuhe mit Spucke zu polieren, als plötzlich ein Wüstenungeheuer vor uns erschien. Laut lachend tauchte es vor uns auf und riss meine Hand aus der meiner Mutter. Während es mich auf seine Schultern hob, redete es einige Worte in Säuglingssprache, die ich nicht verstand, weil ich vor Entsetzen wie am Spieß schrie. Seltsamerweise ließ meine Mutter weinend und lachend ohne Protest zu, dass die pompöse Männergestalt, als die sich das Ungeheuer entpuppte, mich, ihre wehrlose Tochter, von ihr trennte. Es handelte sich offensichtlich um den Versuch einer Kindesentführung, sie aber begehrte überhaupt nicht dagegen auf. Im Gegenteil! Sie hakte sich fröhlich bei dem Entführer unter und putzte ihre Tränen und ihre Nase am Ärmel des Mannes ab, der wie das Abbild der Geister meiner Großmutter, Mansureh Khanooms, aussah. Ich machte fürchterliche Anstrengungen, mich von seiner Schulter in Sima Khanooms Arme zu stürzen. Vergeblich! Schließlich gab er auf, packte mich mit einer Hand fest beim Nacken, hob mich aus der Wölbung seiner Schulter wie eine ungestüme Katze hoch und stellte mich auf den Boden. Schreiend klammerte ich mich an den Beinen meiner Mutter fest. Erst als ich ihre beruhigende Hand auf meinem Kopf spürte, hörte ich auf, mir die Seele aus dem Leib zu brüllen. Doch Sima Khanoom schenkte mir keine Aufmerksamkeit. Das Ungeheuer hatte sie im Griff, umarmte sie fest und küsste sie in aller Öffentlichkeit. Wäre mein Großvater da gewesen, hätte er mit einem Stockschlag sein Gehirn zerschlagen. Um meine Mutter zu retten, wollte ich wieder zu weinen anfangen. Doch sie befreite sich aus den Armen des Unbekannten, kniete sich vor mich hin und sagte: »Siehst du diesen Mann, Liebes? Das ist dein Vater. Dein Baba. Sag Baba Djahn. بابا جان«

»Baba« kitzelte mich mit seinen dicken Fingern an der Nase und versuchte, sich in Kinderlauten, bischi-bouschi, mit mir zu unterhalten. Dann bestand er darauf, Baba genannt zu werden. Ich versteckte mich hinter Simas Beinen und ahmte meinen Großvater nach: »Hurensohn, Baba!«

Beide brachen in Gelächter aus. Der Klang ihres Lachens war noch nicht im Bremsenquietschen des Zuges untergegangen, da tauchten zwei Polizisten vor uns auf. Entsetzt umarmte und drückte mich Sima so fest, als ob die Polizisten mich entführen wollten. Trotz der bedrohlich wirkenden Uniformen, der Waffen und Knüppel der Wachmänner fühlte ich mich in den warmen und gemütlichen Armen meiner Mutter ganz sicher. Einer von ihnen kam einen Schritt auf uns zu und sagte: »Ihre Ausweise, bitte!«

Mein Vater wurde plötzlich leichenblass. Statt den Polizisten zu antworten, drehte er sich zitternd zu uns um und

versicherte: »Keine Angst, keine Angst! هیچ نترسید. هیچ نترسید
Euch passiert nichts! Es ist alles gut!«

Später erfuhren wir, dass uns die Ordnungshüter nur routinemäßig hatten kontrollieren wollen, da in der unterirdischen Friedrichstraße zahlreiche Menschen- und Zigarettenschmuggler unterwegs waren. Jedes Mal, wenn Sima Khanoom von unserer Ankunft in Deutschland erzählt, macht sie Abbas Agha wegen seiner »unangemessenen Furcht und Verwirrung« dafür verantwortlich, dass die Männer uns verdächtigten. Nur seinetwegen, der die Polizei fürchtete wie der Teufel das Weihwasser, hätten sie uns aufs Revier mitgenommen.

»Kommen Sie mit zur Wache!«, hatten sie befohlen.

Auf dem Polizeirevier versuchte Abbas Agha laut und in gebrochenem Deutsch, unsere Lebensgeschichte zu erzählen. Die Bullen – so nennt Ryan die Polizei – verwandelten für mich einen Drehstuhl in ein exklusives Karussell und drehten mich darauf um die eigene Achse, während sie meinen Vater nach allen Regeln ihrer Kunst ausfragten. Abbas Agha dachte, wenn er lauter spräche und seine Rede mit Gesten untermalte, würden sie ihn eher verstehen. Wie ein Affe sprang er von hier nach da, zeigte völlig unvermittelt mit dem Finger auf Sima, dann wieder auf sich, baute sich unverhofft vor dem Schreibtisch auf, intonierte »Schaufel Schaufel« und begann ein imaginäres Loch auszubuddeln.

Mein Vater schrie so laut, dass die Bullen nach einer Weile ungeduldig wurden. Plötzlich brüllte einer: »Ruhe!«

Eine schwere Stille erfüllte das Zimmer. Die Beamten hörten auf, mich auf dem Stuhl zu drehen, und ohne ein Wort miteinander zu wechseln, verließen sie den Raum. Abbas Agha legte seinen Arm um Simas Schulter, die mit aller Macht versuchte, nicht in Tränen auszubrechen, und flüsterte ihr etwas ins Ohr. Beide waren so mit sich beschäftigt, dass sie mich vergaßen. Mir war bewusst, wie verzweifelt und wehrlos wir alle drei waren. Ich blickte in Simas Augen, die nun nicht mehr glänzten. Es kam mir vor, als ob sie nicht in der Lage wäre, mir oder sich selbst zu helfen. Um nicht loszuheulen, begann ich, einige Wörter, die mir im Gedächtnis geblieben waren, zu wiederholen: »Ausweis! Kommen Sie! Schaufel! Ruhe!«

Abbas Agha schaute hoch und musterte mich mit einem trüben Blick. Ein blasses Lächeln öffnete seinen Mund. Wahrscheinlich war er stolz auf seine Tochter, die wie ein Papagei Wörter wiederholte. Nach einer Weile spannten sich seine Gesichtsmuskeln wieder an: »Lass diese verdammte Sprache! Du hast noch genügend Zeit, dich damit zu quälen. Um einen einfachen Satz wie شناسنامه ام همراهم نیست., ›Ich hab keinen Ausweis dabei‹ zu sagen, muss man auf so vieles achten! Vor allem darf man nie das Artikelwort vergessen. Ich verstehe immer noch nicht, wofür das gut ist!«

Meine Mutter stellte sich sofort auf meine Seite: »Lass das Kind, Abbas! Ist jetzt der geeignete Moment, um mit ihr über die deutsche Sprache zu diskutieren? Lass uns erst mal abwarten, was mit uns passiert! Wie lange müssen wir noch hier warten? Stecken sie uns nun ins Gefängnis? Wohin sind die Polizisten gegangen?«

Um die für mich unbegreiflichen Sorgen meiner Mutter zu verdrängen, begann ich, während ich auf die Spitzen meiner roten Schuhe starrte, die Wörter noch einmal zu wiederholen, in der Hoffnung, so schnell wie möglich aus dieser Sackgasse herauszukommen. Meine Großmutter, Mansureh Khanoom, macht es genauso, wenn sie eine Vereinbarung mit Gott trifft; dann spricht sie nämlich stundenlang Gebete auf Arabisch, ohne mit deren Bedeutung vertraut zu sein. Plötzlich stellte ich fest, dass sich meine Lippen bei »Ausweis«, »Schaufel« und »Ruhe« wie eine Knospe spitzten. Bisher musste ich immer, wenn Sima Khanoom mich hatte fotografieren wollen, »Hooloo« – Pfirsich – sagen, damit mein Mund sich wie eine Knospe formte, und jedes Mal sagte sie dann: »So siehst du auf dem Foto schöner aus.

Hübsche Leute werden von allen geliebt. Deshalb sind sie immer gut gelaunt und nett. Ihre Wünsche gehen auch alle in Erfüllung.« Von jetzt an würden vielleicht alle meine Wünsche in Erfüllung gehen, wenn ich nur ausdrücklich um »Ruhe« bat!

Als der Abend dämmerte, nahmen die Polizisten das affenhafte Hin- und Herhüpfen meines Vaters als Unschuldsbeweis an, und wir durften die Wache verlassen. Auf dem Nachhauseweg beschwerte sich Abbas Agha über die komplizierten Regeln der deutschen Sprache und sagte am Schluss, dass deren harter Klang, den er aus Spielfilmen und aus Reden von Hitler, Himmler und Goebbels kannte, eine gewisse Antipathie in ihm hervorriefe. Meine Mutter, die wahrscheinlich am ersten Abend des Wiedersehens ihrem Mann nicht ständig widersprechen wollte, lenkte meine Aufmerksamkeit auf die endlosen Grünanlagen und prachtvoll mit Licht und bunten Reklamen eingerichteten Schaufenster. Ich hörte ihr staunend zu und nickte verwirrt.

Am Abend saßen wir zum ersten Mal nach langer Zeit in Abbas' Einzimmer-Appartement zusammen und sahen zu dritt fern. Es wurden Nachrichten gesendet, die eine hübsche Sprecherin verlas. Mir fiel auf, dass die Sprecherin bei der Aussprache der Wörter ihre Lippen ebenfalls wie eine Knospe spitzte. Ihre Augen ähnelten denen von Sima Khanoom. Sie schien mir nicht nur hübsch zu sein, sondern auch nett. Denn sie lächelte viel. Wahrscheinlich war sie wunschlos glücklich. Plötzlich schlug mein Herz höher. Es kam mir vor, als sei ihre Sprache die Sprache der Schönheit und Zuneigung. An meine Mutter gewandt, die mich mit Koseworten anflehte, ins Klappbett zu steigen, das sie neben der Tür für mich eingerichtet hatte, sagte ich: »Unter einer Bedingung: ab morgen nur deutsch sprechen.«

Mein Hurensohn-Baba, der es noch eiliger hatte als Sima Khanoom, mich schlafen zu sehen, und ihr permanent einredete: »Schick deine Tochter schlafen!«, küsste lachend meine Stirn und brummte: »Das ist unser Los, Kind. Jetzt müssen wir die Suppe auch auslöffeln, die wir uns eingebrockt haben!«

13.

Die anfängliche Abneigung meines Vaters gegen das Deutsche hatte historische Gründe, so behauptete er wenigstens. Diese »geschichtliche Tatsache« hatte Abbas uns eines Tages beim Frühstück verraten, als er mit Hilfe meiner fernen Großmutter, Sima von ihrer Entscheidung, Deutsche zu werden, abzubringen versuchte.

Nachdem uns mein Vater berichtet hatte, dass Mansureh Khanoom mit dem Deutschwerden ihrer Tochter nicht einverstanden sei, verließen wir alle die Küche. Ryan Djahn holte sich seine Tasche, während er den Ring an seiner Unterlippe drehte, um wie immer zum Kiosk zu gehen und zusammen mit seinen alten Freunden unbesiegbare Muskelkraft zur Schau zu stellen. Sima Khanoom, die von der unmittelbaren, über tausende Kilometer hinweg erfolgten Einmischung ihrer Mutter sowieso nicht begeistert war, hörte sich deren Ansicht kommentarlos an und ging noch vor Ryan aus der Küche. Abbas Aghas verdutzter Ruf »Wohin?« ließ sie beide erstarren. Meine Großmutter habe ihn letztlich beauftragt, uns allen ihre Argumente gegen Simas Deutschwerden ausführlich zu schildern; und zwar »einige ausschlaggebende Gründe, die auch mit der Geschichte und dem Schicksal unseres Landes« zu tun hätten. Ryan Djahn, der die Bedeutung von »Geschichte« mit der des Wortes »Märchen« gleichsetzte, war der Erste, der in dem ihm eigenen Sprach-Mischmasch protestierte: »Es war einmal, nicht wahr? افسانه نه Kein Grund ist Es-war-einmal! Hab vergessen Verabredung. Chemie üben. شیمی بخوانم با قرار«

Nur Abbas Agha konnte sein Augenlicht verstehen. Verständnisvoll sagte er: »Wenn du verabredet bist, um Chemie zu lernen, ist es okay. Du kannst gehen. Aber das, was ich erzählen will, ist kein Märchen und keine Es-war-einmal-Geschichte, sondern eine wirkliche Begebenheit, die der Tante deiner Großmutter vor dem Ersten Weltkrieg passiert ist.«

Nach Ryans Zeitverständnis sind Ereignisse schon ein paar Stunden später Bestandteil der Geschichte. Seiner Auffassung nach lohnt es überhaupt nicht, sich damit auseinander zu setzen. Weder auf die Vergangenheit noch auf die Zukunft, sondern nur auf die Gegenwart legte Ryan Djahn Wert. Er wusste selbstverständlich nicht, dass er in dieser Hinsicht unseren großen Dichtern Saadi, Hafiz und Khayam ähnelte. Auch sie vertraten den philosophischen Standpunkt »Ergreife den Augenblick«. Der kleine Unterschied zwischen ihrem und Ryans Augenblick war, dass diese großen Dichter ihre »Gegenwart« mit Dichten, Wein und Damengesellschaft gefüllt hatten, während Ryan Djahn seine Zeit damit verbrachte, auf den Boden zu spucken, Blechdosen zu Schleifen zu verbiegen und mehrere Liter Coca-Cola am Tag zu konsumieren. Mein Vater machte sich etwas vor, wenn er glaubte, er könne mit Geschichten aus der Zeit des Ersten Weltkriegs Ryan Djahns Interesse am warmen Hort seiner Familie wecken. Der erste und letzte männliche Erbe Abbas Aghas sagte, während er die Küche verließ: »Oje, vor des Kriegs von Ersten پیش از اول جنگ دنیا . Das ist noch schlimmer als ein Es-war-einmal!«

Am schlimmsten jedoch war, dass wir vergessen hatten, wie es Sima Khanoom erging, als sie anfangs versucht hatte, sich auf der Basis des deutschen Es-war-einmal in die hiesigen Lebensverhältnisse zu integrieren. Das einzige Ergebnis: wochenlange Auseinandersetzungen mit ihrem verehrten Ehemann. Nun wollte Abbas Agha mit der iranischen Version von Es-war-einmal Sima daran hindern, Deutsche zu werden. Mit der Stimme meiner Großmutter sagte ich: »Möge unser Schicksal mit Güte zu Ende gehen.«

Nachdem Ryan schnell und ohne ein Wort des Abschieds verschwunden war, bewegte sich meine Mutter in Richtung Flur und sagte, dass sie die Geschichte und das Schicksal ihres Landes, besonders nach dem Ersten Weltkrieg, auswendig kenne und auch mit den wichtigsten Ereignissen hinreichend vertraut sei, die sich während dieser Zeit in ihrer Familie abgespielt hatten. So bestünde keine Notwendigkeit, sich diese noch einmal anzuhören, und erst recht nicht aus Abbas Munde. Abbas Agha, der immer in Stumpfsinn verfiel, wenn er in Panik geriet – ein Verhalten, dass Ryan und ich als ›Gehirnstottern‹ bezeichneten –, dachte, das Problem läge in seiner Stimme und seiner Erzählweise. Um Missverständnisse auszuräumen, sagte er eindringlich: »Nein, nein, nein! Ich habe Mansureh Khanooms Stimme aufgenommen. Soll ich sie vorspielen?«

Sima und ich schrien im Chor: »Nein, nein!«

Mansureh Khanooms Stimme mit ihren Geschichten zu hören, war genauso unangenehm wie Abbas' Erzählungen in seiner Omar-Sharif-Stimme. Das Unerträgliche daran war im Grunde genommen, dass in ihren Geschichten ständig Tod, Trauer, Weinen und Gejammer die Hauptrolle spielten. Anscheinend geschah in Mansurehs Familie grundsätzlich nur, was zu einem traurigen Ende führte: Jemand starb, ein anderer ging Pleite und ein Dritter litt an einer unheilbaren Krankheit. Stets zog meine Großmutter Parallelen zwischen historischen Ereignissen der Menschheitsgeschichte und den Vorkommnissen in ihrer eigenen Familie. In beiden Fällen erwuchsen aus anfänglichem Glück, Gesundheit und Frieden unnötige Kriege, Unglück und Krankheiten. Dazwischen lagen wenig aufregende, eintönige und langweilige Phasen, in denen vorangegangene Epochen der Gefechte, Katastrophen und Auszehrungen aufgearbeitet wurden. Manchmal, wenn Ryan Djahn sich zu uns setzte, um Mansurehs Geschichten mit anzuhören, stand er nach einer Weile ungeduldig auf und fragte: »Sie lustige Geschichten nicht ken-

nen? Überhaupt lachen nicht können? شما داستان های خنده دار نه
»بلد. اصلا خندیدن نه بلد.

Einmal streichelte Mansureh seine Hände und erwiderte: »Nein, Liebes! Weder kennen noch können. Wenn unser heiliger Führer Khomeini offenbart, ›Alle Tage sind Ashora, das ganze Land ist Kerbela‹, wie kann man da nicht das Lachen verlernen?«

Ryan brach daraufhin in Lachen aus. Von ihren Ausführungen hatte er sicher nicht das Geringste verstanden, außer die Worte ›Lachen verlernen‹. Er starrte mich mit aufgerissenen Augen an, wahrscheinlich weil der Widerspruch zwischen Mansureh Khanooms lautem Lachen und ihrer Behauptung für ihn intellektuell nicht zu bewältigen war.

Es wäre besser, dachte ich, wenn Ryan Djahn in seinem der Unwissenheit geschuldeten Erstaunen befangen bliebe, als dass ich ihm erklären müsste, Ashora sei der Tag, an dem der dritte Iman der Schiiten mit seinen 72 Anhängern gegen 680 n. Chr. in einer Stadt namens Kerbela im Krieg als Märtyrer umgekommen war. Aus diesem Anlass mussten wir uns – laut Khomeini – heute Asche aufs Haupt streuen.

Es wäre wirklich besser, denn sonst hätte ich Ryan zusätzlich noch alles über die Schiiten*, den Islam und die Kriege zwischen Sunniten* und Schiiten und vieles mehr erklären müssen. Und das war nicht *meine* Pflicht, sondern die seiner Geschichts- und Religionslehrer, die dank des deutschen Lehrplans selbst kaum davon wussten. So fasste ich Mansurehs Aussage knapp zusammen: »Das bedeutet, dass man immer und überall und in jeder Situation jaulen und flennen muss, also ›Lachen verlernen‹.«

Als ich einmal Peter diese lustige Geschichte erzählte, damit wir uns amüsieren und lachen konnten, schaute er mich wider Erwarten sehr ernst an: »Ich glaube, auch wir sind eine Nation, die aus welchem Grund auch immer zu lachen verlernt hat. Deshalb müssen wir einen Deckel voll

Bier trinken, ehe die Stimmung fröhlich wird und wir lachen können.«

Vielleicht hatte er Recht. Da ich offenbar keine erheiternde Wirkung auf ihn ausüben konnte, sagte ich kein Wort mehr. Dabei hatte ich mit meiner Geschichte eigentlich zwei Ziele erreichen wollen:

Erstens: den Beweis gegen Peters Vorwürfe erbringen, alle unsere Gespräche drehten sich ausschließlich um meine familiären Probleme und Sorgen.

Zweitens: ihn psychisch zugleich auf ein Gespräch über das aktuelle von Mansureh Khanoom verursachte Problem vorzubereiten.

Doch Peter hatte meinen Plan mit seiner für ihn typischen Reaktion völlig durcheinander gebracht. Obwohl wir in einer Kneipe saßen, gegrillte Kartoffeln mit Quark aßen und mehrere Gläser Kölsch getrunken hatten, wollte kein Lachen aufkommen. Vielleicht weil wir beide in unseren Welten voller Sorgen und eigenen Gedanken gefangen blieben; Peter ging wahrscheinlich durch den Kopf, wie er seine zwitschernde Kasse noch stärker zum Klingen bringen könnte. Und ich war in den historischen Abgründen der Hindernisse versunken, die auf dem Weg zu Sima Khanooms Deutschwerden aufgetreten waren. Zugegebenermaßen hätte uns unter diesen Umständen nicht einmal der 99-prozentige iranische Schnaps in eine fröhliche Stimmung versetzen können, geschweige denn ein leichtes deutsches Bier.

14.

Nachdem meine Mutter ihrem Ehemann unmissverständlich klar gemacht hatte, sie sei bestens über die familiären und historischen Ereignisse des Ersten Weltkriegs informiert, gab er den wahren Grund preis, warum meine Großmutter mit Simas Einbürgerung nicht einverstanden war: Simas Großtante sei von den Deutschen umgebracht worden!

Ich wußte überhaupt nicht, dass meine Großmutter eine Tante namens Amineh gehabt hatte. Doch war ich mir sicher, dass in der Geschichte nie ein Krieg zwischen Deutschland und dem Iran stattgefunden hatte, dem die Tante eventuell zum Opfer hätte fallen können. Meine Mutter, aufgebracht über das verwirrende Tantenschicksal, das Mansureh Khanoom da aus dem Hut gezaubert hatte, erinnerte sich dunkel an ein Foto, das besagte Amineh mit ihrem ersten Ehemann in Baku zeigte: eine große, schlanke Frau mit zwei schwarzen Zöpfen, die ihr bis zu den Brüsten reichten. Sima Khanoom erinnerte sich besonders an die dicken Zöpfe: Erstens, weil sie sich als Kind immer solch glänzende schwarze Haare gewünscht hatte. Und zweitens, weil ihr, als sie das Foto zum ersten Mal sah, die Zopfenden wie die langen Schwänze von Eidechsen vorgekommen waren, die sich rund um die unsichtbaren Brustwarzen Aminehs schlängelten.

Sima Khanoom war maßlos empört, diese Großtante mit einem Mal in eine derart ehrenvolle Stellung als Märtyrerin der Familie erhoben zu sehen, dass sie ihretwegen darauf verzichten sollte, Deutsche zu werden. Sie sagte, soweit sie sich erinnere, sei in der Familie nie über die »Ermordung« der Tante gesprochen worden, allenfalls sei andeutungsweise von ihrem »frühzeitigen Tod« die Rede gewesen.

Mein Vater nutzte die Gelegenheit, nun doch Mansureh Khanooms Geschichte zu Gehör zu bringen. So kehrten wir zurück in die Küche und lauschten seiner Stimme.

Laut Mansureh Khanoom sei Amineh im Gegensatz zu den anderen Kindern kein braves Mädchen gewesen, sondern ein rebellischer Geist, der stets gegen familiäre Sitten und gesellschaftliche Konventionen gekämpft habe. Aus dem Grund habe sie auch einen Fremden geheiratet und sei mit ihm nach Baku ausgewandert, um freier leben zu können. Die Ironie des Schicksals verschlug sie aber zurück in die starken Arme der Familie, denn nach dem Tod des Ehemannes war es für sie unmöglich, allein in der Fremde zu leben. Auf die in Baku erworbenen Freiheiten wollte sie nicht mehr freiwillig verzichten und so setzte sie ihr »abenteuerliches und skandalöses Leben« auch in der Familie fort. Aminehs Schwestern, die als vorbildlich, fromm und gesittet galten, erinnerten sich ihrer überhaupt nur als Schwarzes Schaf der Familie. Nachdem sie Sprüche wie »Möge Gott ihr vergeben«, »Möge Gott ihre Sünden verzeihen« vorausgeschickt hatten, lästerten sie ausnahmslos über sie und schrieben Aminehs »frühzeitigen Tod« ihrem schändlichen, verruchten Leben zu: »Gott befreit die Erde von den Sündern und Unfrommen eher als gewöhnlich, dass sie ihr keinen Schaden mehr zufügen können.«

Abbas Agha war immer noch bei der Einleitung der Geschichte. Ohne den Inhalt des Hauptteils auch nur angesprochen zu haben, warf er Sima Khanoom einen tiefen Blick zu und stellte fest: »Sie ist ja deine Mutter. Respektvoll mit ihr umzugehen, ist Gottes Gesetz. Außerdem ist sie alt. Willst du die arme alte Frau quälen? Wozu? Wenn sie später nicht mehr unter uns sein wird, wird dich dein Gewissen quälen. Und …«

Empört schnitt Sima Khanoom ihm das Wort ab: »Ich werde jetzt auch gequält, und zwar von dir. Warum hast du meine Mutter in meine persönlichen Angelegenheiten hineingezogen? Was hat ihre frühzeitig verstorbene Tante überhaupt mit mir und den Deutschen zu tun?«

»Viel, sehr viel. Wenn sich nicht ein Deutscher in Amineh verliebt hätte, hätte auch sie wie all ihre Schwestern bis ins hohe Alter leben können.«

Herausfordernd fragte meine Mutter: »Na, und?«

»Erwartest du etwa, dass sich deine Mutter freut, wenn du nun die Nationalität des Mörders deiner Großtante annehmen willst? Soll sie nun feiern und tanzen?«

Ich hatte meinen Vater bis dahin so verstanden, dass Kühnheit und Aufruhr für den frühzeitigen Tod Aminehs verantwortlich gewesen waren. Nun aber ließ er verlauten, der Haupttäter sei der deutschstämmige Wilhelm gewesen, der nicht nur als sprachverwirrt und oberschlau galt, sondern darüber hinaus das Herz der Rebellin erobert hatte. Wäre Ryan Djahn dabei gewesen, hätte er Sima Khanoom wahrscheinlich gebeten, Iranerin zu bleiben, damit er nicht eine solche Gleichung mit vielen Unbekannten lösen musste. Das genau war auch meine Ansicht. Bevor ich aber den Mund öffnen konnte, fragte meine Mutter: »Der arme Deutsche! Was suchte er nur im Wirrwarr der Zeit vor dem Ersten Weltkrieg in Iran?«

»Für die Schmarotzer der Ghadjar-Dynastie* wie Ahmad Shah, Mohamad Ali Shah und ihre Cliquen nähte er Überwürfe, und zwar mit einer Singer-Nähmaschine. Der Kerl gehörte zu den ersten Geschäftsleuten, die Singer in Iran vertraten. Die waren nicht wie wir gezwungen, das Innere der Erde zu sprengen und Tunnel und Schächte zu bauen.«

Abbas Agha wird geschwätzig, wenn er sich an seine Zeit als Tunnelbauer erinnert. Er verfügt über eine Reihe von Erinnerungen im Zeichen der Schaufel, die er wie Perlen in einem Gebetskranz aneinander reiht. Wir kennen all diese tausendmal erzählten Geschichten auswendig und haben ihm das auch schon tausendmal gesagt. Dann verkündet er stets gelassen: »Macht nix. Ich erzähle sie noch einmal.

Wenn einem ständig vor Augen steht, woher man gekommen ist und was man gemacht hat, verfällt man nicht in Überheblichkeit.«

Ich stellte mich also darauf ein, zum tausendundersten Mal Abbas Aghas Anti-Überheblichkeitsgeschichten zu vernehmen. Doch offensichtlich war die Erzählung über den deutschen Liebhaber gerade wichtiger. Denn er verzichtete heute darauf, der Schaufel zu huldigen und fuhr fort: »Anscheinend war unser oberschlauer Deutscher nicht nur Geschäftsmann, sondern auch Spion. Zumindest verfügte er über Kontakte zur politischen Polizei, zu Henkern und Gouverneuren. Vor der Heirat mit Amineh, versteht sich.«

Unwillkürlich fragte Sima Khanoom: »Ach so! Dann waren der Mörder und die Ermordete ein Ehepaar?«

Abbas Agha verwies auf das Beweisstück, eine Kassette mit Mansurehs Stimme: »Laut Mansureh Khanoom, ja. Selbstverständlich inoffiziell und ohne Einverständnis seitens Aminehs Vater und Großvater. Sie waren dagegen, dass Amineh, also ein Stück ihrer Seele, erneut einen Fremden heiratete. Aber ihre Meinung interessierte Amineh nicht. Und weil sie von ihrem ersten Ehemann eine beachtliche Summe geerbt hatte, konnte sie auf die Erlaubnis auch verzichten. Also nachdem sich Wilhelm und Amineh ineinander verliebt hatten, bestellten sie einen Mullah, der ihnen die Eheschließungsformel vorlas und ... Ya allah!*... los ging's mit dem Lieben und Geliebtwerden!«

15.

Offensichtlich interessierte sich Abbas Agha mehr für die Liebschaften Aminehs als für deren Ermordung. Er kam über den deutschen Geliebten, der anscheinend mehrere Posten auf einmal innegehabt hatte, gar nicht hinweg. So nahm ich meine Tasche und warf sie über die Schulter, um loszugehen. Wilhelms Geheimnis konnte ich, sobald es gelüftet worden war, von meiner Mutter erfahren. Jetzt war der richtige Moment, von meiner Familie und besonders von ihren unlösbaren und anhaltenden Problemen Abstand zu nehmen, wie Peter mir empfohlen hatte.

Allmählich konnte ich sein Verhalten, seine Lebenseinstellung und deren positive Folgen nachvollziehen. Manchmal ertappte ich mich sogar dabei, wie ich begann, Dinge einzuordnen und zu nummerieren. So konnte ich Probleme besser analysieren und in den Griff bekommen. Diesen Fortschritt verdanke ich Peter, und deshalb liebe ich ihn innig. Der einzig springende Punkt ist meine Unfähigkeit, die mit Emotionen beladenen Familienangelegenheiten sachlich zu behandeln. Ich solle den Problemen so begegnen, meint Peter, als seien sie nicht meine eigenen. Ich müsse meine Gefühle im Zaum halten und mein Herz vor ihnen hüten.

Peter hatte leicht reden. Wie konnte ich meine Mutter in diesem Dilemma alleine lassen und so tun, als ob ihr Problem nicht auch meines wäre? Sima Khanoom musste sich zwischen ihrer Familie und ihrer Mutter einerseits und ihrem Wunsch, ihrem Traum andererseits entscheiden! Auf was hätte sie leichter verzichten können?!

Der Gedanke an einen möglicherweise erzwungenen Verzicht brachte mich dazu, meine Tasche wieder auf den Boden zu stellen und das Treffen mit Peter noch ein wenig hinauszuschieben. Ehrlich gesagt, das verborgene Geheimnis eines Schneiders und Singer-Vertreters namens Wilhelm und das Schicksal von Tante Amineh, die, wäre sie nicht so früh verstorben, der Erde Schaden zugefügt hätte, beschäftigten mich ebenfalls. Wie war Wilhelm nach der Heirat zum Mörder geworden und warum hatte er seine betuchte Frau überhaupt ermordet? Alles klang so mysteriös, dass wir erst einmal dieses Rätsel lösen und mit der Bewältigung unserer familiären Krise bis auf weiteres warten sollten. Meine Mutter, die sich während ihres Einbürgerungsprozesses und der Annäherungsversuche an die deutsche Kultur doppelt so viele Krimis im Fernsehen angeschaut hatte wie normale Deutsche und dadurch mittlerweile über ein ausgeprägteres kriminalistisches Gespür verfügt als Tatortkommissarin Lena Odenthal aus Ludwigshafen, mutmaßte: »Verrat, Eifersucht, Ehebruch, Gier?«

Abbas in der Rolle des Moderators: »Nein – Sprache!«

Sima Khanoom, der während ihres gesamten kriminalistischen Selbststudiums ein derartiges Tatmotiv noch nicht begegnet war, fragte schneller und lauter als ich: »Sprache? Welche Sprache? Persisch?«

Abbas Agha nickte bestätigend, beließ es aber einstweilen dabei, uns freundlich in die aufgerissenen Augen zu schauen und bedeutungsvoll zu schweigen.

Ich saß wie auf Kohlen. Einerseits wolle ich wissen, wie es ausging. Andererseits konnte ich auf das Treffen mit Peter bald ganz verzichten, wenn ich mich nicht demnächst in Bewegung setzte. Und siehe, es gab einen Weg, das eine zu tun, ohne das andere zu lassen: Ich rannte ins Wohnzimmer, holte Mansureh Khanooms Kassette und steckte sie in den Kassettenrekorder. So konnten wir am schnellsten mehr über das Los der Familie erfahren!

Meine Großmutter erzählte die Geschichte ohne Unterbrechung weiter: »Wilhelm und Begabung? Das weiß nur

Gott. Er hat fünf Jahre lang in diesem Land gearbeitet und noch nicht das einfachste Sprichwort gekannt. Er brachte kein Interesse auf, unsere Sprache zu lernen. Alle waren der Ansicht, er wolle mit den Iranern und der iranischen Gesellschaft nichts zu tun haben. Alles nahm er auf die leichte Schulter. Wieso er mit einer Nähmaschine umgehen und in unserem Land für ein deutsches Nähmaschinenunternehmen werben konnte? Frag mich was Leichteres. Diese technischen Sachen sind doch komplizierter und schwieriger als eine Sprache zu lernen oder Redewendungen, oder? Hier kann ja sogar ein vierjähriges Kind wie ein Papagei persisch sprechen!«

Anscheinend war Wilhelm ein Seelenkumpan von Herrn Nokteh Bin und Hassan–dem Sprichwort, die als unsere Aliceschen Reisegefährten allerlei Abenteuer erlebt hatten. Zwar baute der erstere hier in Deutschland eine große Medien-Firma auf und der zweite gründete ein erfolgreiches Taxi-Unternehmen, dennoch suchen sie immer noch nach den korrekten Formen von Dativ und Akkusativ, wenn sie etwas Alltägliches wie »Mach mal Platz, ich muß den Zug kriegen« zum Ausdruck bringen möchten. Gleichwohl hat sich die Prophezeiung nicht bewahrheitet, dass beide unter der Sprachlosigkeit in der Fremde zu sehr leiden würden, um dort länger als ein Jahr zu überleben.

»Seine Unwissenheit und Ignoranz brachten schließlich meine arme Tante um«, fuhr meine Großmutter düster fort. »Man sagt zwar, er sei danach verrückt geworden, aber wem nützt das? Jedenfalls heißt es, er war so sehr in sie verliebt, dass er ihr jeden Wunsch von den Augen ablas und sofort erfüllte, egal ...« Je mehr sie sich anstrengte, Ausdrücke zu finden, mit denen sie die Größe und Intensität von Wilhelms Liebe zu Amineh schildern konnte, desto mehr geriet sie ins Stammeln. »Egal ob es sich um Hühnermilch oder Menschenleben handelte! Als Amineh schwanger wurde und sich nach bestimmten Gaumenfreuden und Leckerbissen sehnte, hatte es der Singer-Vertreter sehr schwer. Eines Nachts kehrte er von einer langen Reise aus Täbriz unangemeldet zurück, um nur eine Nacht bei seiner geliebten Frau zu verbringen. Da klopfte er so heftig und hektisch an die Tür, dass Amineh in Panik geriet. Während sie ihren Tschador über den Kopf warf, schimpfte sie und griff auf die damals gängige Formel zurück: ›Was ist los? Wer ist da? Hast du einen abgehackten Kopf dabei? Dem Teufel soll ich folgen, der mir sagt, schließ die Tür auf!‹

Der unglückliche Deutsche, ohne einen Schimmer, was es mit dieser Redewendung auf sich hatte, verstand, er müsse stets ein abgehacktes Haupt bei sich haben, wollte er rasch bei seiner Geliebten eingelassen werden.

Nach der darauf folgenden Dienstreise besuchte er, bevor er nach Hause kam, zuerst den Stadthenker und zeigte ihm eine Empfehlung, die er sich zuvor beim Gouverneur besorgt hatte. Der barmherzige Henker duckte und bückte sich mehrmals vor ihm und gab ihm zu verstehen, dass er sein ehrfürchtiger Knecht sei, der all seine Wünsche ohne wenn und aber blitzschnell erfüllen würde. Na, jetzt ratet mal, was wünschte sich Wilhelm vom Henker?«

Wir hörten meine Großmutter einen tiefen Atemzug tun. Nach einigem Zögern verkündete sie mit lauter Stimme: »Einen abgehackten Kopf.«

Sima und ich schrien im Chor: »Einen abgehackten Kopf!«

Mansureh Khanoom erwiderte vom Band: »Ja, einen blutigen, abgehackten Kopf, den der Henker in ein Yazdi-Tuch* einwickelte und dem armen Wilhelm aushändigte. Später hieß es, der Henkersknecht habe, um seine unterwürfigen Dienste zu beweisen, ins Ohr des deutschen Händlers geflüstert, es handle sich nicht etwa um den Kopf eines hergelaufenen Niemand, sondern um den eines Rebellen, der Widerstand gegen den Gouverneur geleistet habe.

Glücklich, den Wunsch der Verehrten erfüllen zu können,

eilte Wilhelm mit dem in ein Tuch eingewickelten Schatz nach Hause. Diesmal schlug er noch heftiger und wilder an die Tür. Als Amineh erschrocken öffnete, hielt er ihr stolz und strahlend das abgehackte Haupt vor die Nase. Amineh blickte in die Furcht erregenden, matten Augen des blutigen Kopfes, dann streifte ihr Blick Wilhelms strahlendes Gesicht und sie fiel wie ein Erdklumpen zu Boden. Der Arme, der mit dieser tödlichen Reaktion nicht gerechnet hatte, ließ den blutigen Kopf los, um neben ihr niederzuknien. Das Haupt zerbarst neben dem Kopf Aminehs wie eine Wassermelone. Blitzschnell war die weiße, glatte Haut der frisch verheirateten Braut mit blutigen Sommersprossen besprenkelt. Wilhelm packte Amineh unverzüglich auf seine Arme, trug sie ins Haus und versuchte, sie wieder zu beleben. Aber es war zu spät. Die unschuldige Geliebte hatte ihren Geist schon aufgegeben. Und so hat der oberschlaue Deutsche meine Tante mit einem abgehackten Kopf umgebracht ...«

Wir hatten die schwerwiegenden Tatsachen noch nicht verdaut, da schaltete Abbas Agha den Kassettenrecorder aus und sagte siegesbewusst: »Bitte schön! Wie kann deine Mutter nun einverstanden sein, dass du die Nationalität des Mörders deiner Großtante annimmst!«

Sima Khanoom schaute uns mit leerem Blick an, als ob sie plötzlich ihr Gedächtnis verloren hätte. Skeptisch fragte sie: »Welchen Mörders? Der Mörder war doch in Wirklichkeit der Gouverneur, der seinem Henkersknecht befohlen hatte, Andersdenkende zu köpfen. Was hat das mit dem deutschen Wilhelm zu tun?«

»Viel! Der Gouverneur ist zwar ein Verbrecher, aber er handelte nach dem Gesetz, ist also kein Mörder. Mit dem deutschen Wilhelm hat es deshalb zu tun, weil er unsere Sprache nicht kannte, Amineh falsch verstand, ihr den abgehackten Kopf zeigte und dadurch die arme schwangere Frau tötete!«

So wie mein Vater alle Sünden Wilhelms einzeln aufzählte, konnte man den deutschen Nähmaschinenvertreter eigentlich nicht mehr verteidigen. Doch meine Mutter ließ sich nicht einschüchtern. Standhaft vertrat sie ihre Ansicht: »Nehmen wir an, du hättest sogar Recht. Ist das ein Grund eine ganze Nation abzulehnen?«

»Ja, sicher! Hast du schon mal was von kollektiver Verantwortung gehört?«

»Ja. Aber jeder passt in seinen Sarg und jeder wird in seinem Grab liegen. Also ist jeder für seine eigenen Taten und sein Handeln verantwortlich.«

»Wer soll dann für das vergossene Blut und für die geköpften Häupter büßen? Wer soll wegen der zerstörten Leben wie das Aminehs zur Verantwortung gezogen werden?«

Das Thema nahm unwillkürlich historische und moralische Dimensionen an. Nach Abbas' Logik könnte in einer nächsten Schlussfolgerung Sima Khanoom wegen ihres Interesses an der deutschen Kultur als blutrünstige Verräterin an der Geschichte verurteilt werden. Meine Mutter aber war keine zarte Weide, die im Sturm brach. So schenkte sie ihrem Mann reinen Wein ein: »Weißt du was? Selbst wenn der Schneider Wilhelm in Iran so wie sein Herr Wilhelm II. in Europa hunderte von Groß- und Kleintanten getötet hätte, es wird mich nicht daran hindern, mich einbürgern zu lassen!«

Mit ungläubigem Bedauern schüttelte mein Vater den Kopf: »Ich wusste von Anfang an, dass du kein bisschen Nationalgefühl hast!«

Sima, die sich noch nie als treue Nationalistin ausgegeben hatte, wurde grantig: »Ja, ja! Du hast gut reden. Die Iraner lassen ihr Nationalgefühl immer dann blühen, wenn es ihnen passt. Wenn nicht, laufen sie alle selbst dem fremdesten Fremden nach. Nehmen wir zum Beispiel diesen deutschen Wilhelm II. Im Ersten Weltkrieg, da waren eben die

Iraner treue Anhänger Seiner Majestät. Sie verbreiteten sogar das Gerücht, Wilhelm, der selbstverständlich Christ war, sei Muslim geworden und zwar durch den 12. Imam der Schiiten, Mehdi. Er soll Wilhelm im Traum erschienen sein. Dieses iranische Volk hängt immer sein Fähnchen nach dem Wind.«

Ehe meine Einstellung zur deutsch-iranischen Vergangenheit gänzlich zunichte gemacht werden konnte, griff ich zu meiner Tasche und schlich aus der Wohnung.

16.

Ich ließ Abbas Agha und Sima Khanoom alleine, damit sie ihre Diskussion über den konvertierten Wilhelm II. und Fahnen im Wind fortsetzen konnten und fuhr zu meinem lieben Peter, der auch Christ ist. Ob Christ oder Muslim oder Zarathustrer ist für Peter eigentlich irrelevant. Er selbst ist noch als gläubiger Katholik registriert und bezahlt seit langer Zeit treu und brav seine Kirchensteuer, weil er sich dadurch Vorteile erhoffte. Bald will er jedoch aus der Kirche austreten und sich als Heide bezeichnen. Mit seinem 0/1-Verstand hat er die Vor- und Nachteile seiner Glaubenszugehörigkeit abgewogen und festgestellt, dass es sich nicht lohnt, gläubig zu sein und einer Religion anzugehören. Denn er kann ohne Kirchensteuer so viel sparen, dass er seine längerfristigen Anschaffungen, deren Liste immer am Kühlschrank hängt, durchschnittlich zwei Monate früher als bisher tätigen kann. Peter ist der Auffassung, er sei nun reif genug, um selber sein Verhältnis zum Herrgott zu regeln, ohne Kirche und ohne zusätzliche Ausgaben.

Mit schnellen Schritten überquerte ich die Straße, froh, noch rechtzeitig dem Lauf der Geschichte in meinem und Peters Land entronnen zu sein, und stolz, mich mitten in einer Auseinandersetzung zwischen meinen Eltern von zu Hause entfernt zu haben.

Peter begrüßte mich freudig. Wir küssten uns ausdauernd und zärtlich. Mein Verlangen wuchs, als Peter sich abrupt zurückzog und fröhlich sagte: »Dieses Wochenende unternehmen wir nichts und planen nur unsere Reise. Du kommst doch mit, oder?«

Ich wusste, mir täte tatsächlich eine Weile Abstand von

meinen Eltern und ihren Problemen gut. Und bei der Vorstellung, zwei Wochen lang mit Peter allein zu sein, fühlte ich mich prompt besser und glücklicher. Neugierig fragte ich: »Na klar. Wohin wollen wir?«

»In die Wüste Sinai.«

Mein Herz hörte für eine Sekunde auf zu schlagen. Die Wüste war der einzige Ort, auf den ich auch nicht einen einzigen Fuß mehr setzen wollte. Erschrocken fragte ich weiter: »Warum ausgerechnet in die Wüste?«

Peter fragte ungerührt: »Warum ausgerechnet nicht?«

Begeistert begann er, von glühender Sonne, nackten und unfruchtbaren Landschaften und ausgetrocknetem Ödland zu erzählen. Meine Gedanken weigerten sich ihm zu folgen, weil plötzlich A Sardar vor mir auftauchte und schrie: »Los, bewegt euch! Bevor es zu spät ist!«

Lautlos und ängstlich stiegen wir alle wieder in den Wagen. Der verrottete Kombi fuhr los, kaum dass wir auf die offene Ladefläche gestiegen waren.

Wären wir doch nicht weitergefahren! Denn hinter dem ersten trostlosen Dorf drehte sich die Sonne dem Kombi entgegen und einem glühenden Vulkan gleich streute sie unsichtbare Feuerflocken über uns. In jener Dürrewüste verfolgte sie sorgsam die Spur jeder unserer Bewegungen und schoss ihre Feuerpfeile ununterbrochen und erbarmungslos auf uns herunter. Der Boden der Ladefläche, der mit einem Stück zerrissener Filzunterlage bedeckt war, brannte unter unseren Füßen wie erhitzter Ziegelstein. Meine Kehle war vor Durst und Furcht völlig trocken. Herr Nokteh Bin war der Erste, der die Geduld verlor. Plötzlich stand er auf, hielt sich mit einem Arm an einer Deckenstange fest, und während sein Körper allmählich vom wirbelnden Staub verhüllt wurde, schrie er durch das kleine Fenster zwischen Ladefläche und Fahrerkabine: »Du guter Moslem! Erbarmen! Wir sind schon verbrannt, verkohlt. Du sitzt bequem in deiner Kammer und fragst nicht, was mit uns passiert?«

Der Knäuel-Onkel bremste, stieg fluchend aus und stellte verblüfft fest, dass die Ladefläche ohne Schutzplane war. Gereizt zog er die Plane unter seinem Sitz hervor und hängte sie ein. Murrend brummte er: »Was für ein Pech hab ich mit diesen verwöhnten Teheranern. Das ist doch die Sonne Gottes, keine Hölle! Ich lebe seit fünfzig Jahren unter dieser Sonne, bin weder verbrannt noch verkohlt. Ich habe diese eingebildeten Teheraner satt. Dem Teufel sollte ich folgen, der mir sagt, lass diese undankbaren Geschöpfe allein in der endlosen Wüste und rette dich selbst. Was glaubt ihr? Dass wir hier einen Ausflug machen? Ihr habt keine Ahnung, was für ein Unglück auf uns zukommt, wenn wir uns nicht schnellstens von hier fortbewegen.«

Mit etwas Wasser aus einem Eimer befeuchtete meine Mutter die Spitze ihres Tschadors, breitete ihn behutsam über meinen Körper und wandte sich besorgt an den Knäuel-Onkel.

»Was für eins, wenn ich fragen darf?«

Hassan–das Sprichwort griff verwirrt ihre Frage auf: »Können wir denn immer noch einem Unglück begegnen? Wir sind schon über die Grenze. Es gibt auf dieser Seite keinen Passdar mehr, der uns jagen würde. Was für ein Unglück denn?«

Der Knäuel-Onkel spuckte ihm seine Antwort geradezu entgegen: »Ich meine kein irdisches Unglück. Wartet ab, ihr werdet es selbst sehen.«

Ich konnte überhaupt nichts erkennen, denn meine Mutter hielt meinen Kopf in ihrem Schoß versteckt, um mich vor der glühenden Sonne zu schützen. Die stach so brutal herab, dass unsere Augäpfel zu bersten drohten, und die Luft brannte wie heißer Sand auf unserer Haut. Dessen ungeachtet drückte der Knäuel-Onkel das Gaspedal durch und raste in die Wüste, als wäre der Leibhaftige hinter uns her.

Er hätte auch nicht angehalten, wenn ich nicht beinahe vor Durst ohnmächtig geworden wäre. Kein einziger Tropfen Wasser befand sich mehr in unseren Feldflaschen.

Meine Mutter begann, an meiner Stelle zu ächzen. Ohne sich zu schämen, schluchzte sie vor all diesen fremden Männern, zeigte mich jedem Einzelnen, damit sie später bezeugen konnten, wie herzzerreißend meine noch nicht aufgeblühte Lebensknospe verwelkte. Der Knäuel-Onkel verweigerte vehement die Zeugenschaft. Kaum ausgestiegen, schrie er: »Mit Heulen erreichst du bei mir nichts, Weib. Noch ist sie nicht tot. Außerdem, es gibt in dieser Wüste so viel Wasser wie Sand am Meer.«

Was sagte er da? Es käme einem Wunder gleich, wenn Sardar-Schlangenfänger Wasser fände in jener Wildnis, die bis zum Horizont nichts als Staub, Sand und einzelnes karges Gestrüpp aufwies. Weit und breit keine Quelle und kein Brunnenschacht.

Meine Mutter hörte mit dem Weinen auf und fragte unisono mit den anderen: »Wo?«

»Hier, unter der Erde. Bewegt euch.«

Der gnädige Registrator, Herr Nokteh Bin, trat einen Schritt zurück und sprach zu A Sardar: »Müssen wir für dich jetzt eine Quelle ausschaufeln? Womit? Wo ist die Hacke, wo die Schaufel? Ohne mich. Mein Geist gibt auch ohne diese Schufterei sowieso bald auf. Ich mache nicht mit.«

Der Onkel-Schlangenfänger ignorierte die ablehnende Haltung des bald verstorbenen Registrators. Eigentlich war er auf Hilfe nicht angewiesen. Und großes Werkzeug brauchte er auch nicht. Mit einer Blechplatte legte er die an manchen Stellen durch den Sand schimmernde Wasserleitung des nahegelegenen Dorfes frei. Im Nu hatte er mit einem Schraubenzieher einige Löcher ins Rohr gebohrt, da sprang schon eine dürftige kleine Fontäne mit warmem, gelblich trübem Wasser hervor. Als erster stürzte sich der todgeweihte Registrator auf einen Eimer und hielt ihn unter den Strahl. Kaum war der Eimer voll, hetzte der Wasserdieb-Onkel die Gruppe wieder vorwärts.

»Yallah, Schluss mit dem Spielchen! Beeilt euch, es kommt gleich.«

Das Wesen, das bald auftauchen sollte, war niemandem bekannt. Die Gruppe fürchtete sich nur vor den Passdaran. Herr Nokteh Bin resümierte, die Passdaran würden nicht erscheinen, sondern angreifen. Als ob er die Passdaran-Gefahr durch seine feine sprachliche Nuancierung bannen könnte. Hassan–das Sprichwort schrie auf den Wasserdieb-Onkel ein: »Gestern hast du uns versichert, dass die letzte Postwache der Passdaran Kilometer weit hinter uns liegt. Welches Unglück soll uns nun bevorstehen?«

Ehe Sardar–der Wasserdieb antworten konnte, präzisierte Herr Nokteh: »Die pakistanischen Gendarme?«

A Sardar rief gereizt: »Lasst mich! Steigt ein! Die pakistanischen Gendarme sind harmlos. Man kann sie bestechen. Einsteigen!«

Beim Einsteigen protestierte meine Mutter: »Die Reise mit dir ist heiter genug. Mach's nicht noch spannender, Onkel. Sag uns kurz und knapp, was passieren wird!? Wovor sollen wir jetzt Angst haben?«

Der Wasserdieb-Onkel startete den Motor und brüllte: »Vorm Wind!«

Erst als es zu wirbeln begann, verstanden wir, was er gemeint hatte. »Es« war kein Wind; »es« war ein tosendes, von unsichtbarem Feuer getriebenes Monstrum, das wie ein Tornado in der Wüste rotierte, zum brennenden Sandsturm anschwoll, der in alle vier Himmelsrichtungen gleichzeitig losschoss und alles, was im Weg stand, verbrannte, verkohlte und vernichtete. Später, als wir uns alle halbtot in einem Krankenhaus in Karatschi wiederfanden, bezeichnete Herr Nokteh Bin jenes Wüstenunglück als einen »Orkan in Feuerlaune«. Der Heilungsprozess meiner Hautverbrennungen dauerte länger als bei den anderen. So blieb mir genügend Zeit, über die Vergleichbarkeit der feurigen Laune jenes Sturms und der meines Großvaters nachzudenken.

Jedes Mal, wenn meine Mutter von unserer Aliceschen Reise erzählt, fügt sie an dieser Stelle hinzu: »Möge der liebe Gott wissen, wie Herr Nokteh Bin das in ein einziges deutsches Wort übersetzen will.«

Sie hatte Recht. Eine anschauliche Beschreibung erfordert zumindest Haupt- und Nebensatz. Etwa: Windwirbel, der wie die gespaltenen Zungen eines Drachen alles in Feuer einhüllt. Oder: Feuerwind, der augenblicklich Menschen wie Hähnchen brät.

Dass Kälte, Schnee und Regen ein Segen der Natur sind, wurde mir in jener Zeit zum ersten Mal bewusst. Daher bin ich äußerst glücklich, dass ich heute in einem kühlen und lichtarmen Land wie Deutschland lebe, in dem der Winter länger als die ihm zustehende dreimonatige Jahreszeit überdauert. Ich liebe Kälte, feuchten Sturm und trüben Himmel. Wenn Peter sich über das eisige und regnerische Wetter seines Landes beschwert und in einem sonnigen Land Urlaub machen will, um Wärme zu tanken, beginnt unwillkürlich der feurige Monsun wieder in meinem Kopf zu wirbeln.

Begeistert pries Peter mir sein Urlaubsvorhaben an: »Unsere Reise mit Kamel und Maulesel dauert ungefähr drei Wochen.«

Er fügte noch hinzu, das Reiseprogramm beginne jeden Tag um sieben Uhr in der Früh. Direkt nach einem kleinen Frühstück würden wir uns unter Aufsicht eines ortskundigen Führers auf den Weg machen. Man müsse bis zum Mittag unter sengender Sonne durch die ausgedörrte und uferlose Wüste laufen. Dabei könne man in jener Einöde das Dorngestrüpp und die wie Steine anmutenden Pflanzen bewundern, ganz abgesehen vom Genuss des grellen Sonnenlichts und der schweißtreibenden Hitze. Die Reiseleiter, ein

Deutscher und zwei Araber, wären für den Komfort der Gruppe verantwortlich; wenn man die Wüstenwanderung ohne Rucksack und Gepäck machen wolle, stünden Esel und Maultiere zu deren Transport zur Verfügung. Selbstverständlich überlegt Peter sich nun, ob er diesen Service in Anspruch nehmen oder selbst als Esel fungieren soll. Denn die Veranstalter verlangen für diesen Dienst ein Minimum von 10 Euro pro Tag.

Am meisten freute sich Peter bei dieser Reise auf das warme Brot, das wir zweimal am Tag zu essen bekommen sollten. »Einer der arabischen Wegführer übernimmt gleichzeitig die Rolle des Bäckers. Beim Mittag- und Abendessen bastelt er aus Dornengestrüpp und einigen Steinen ein Lagerfeuer, backt dünne Fladen, sorgt für Getränke und speist damit die hungrigen und durstigen Wüstenwanderer.« Bei der Schilderung dieser Szene schloss Peter seine wunderschönen blauen Augen, die mich immer wieder von Neuem faszinierten. Als ob er jenes duftende arabische Brot zwischen den Zähnen spürte und schmeckte, stöhnte er genussvoll: »Kannst du dir das vorstellen? Du wirst dich inmitten einer grenzenlosen Sandwüste nach vier Stunden Wanderung in den Schatten eines Baldachins setzen und frisches Brot essen.«

Nein. Ich weigerte mich vehement, mir so etwas Fürchterliches vorzustellen. Denn die schlangenartigen Spuren jenes Feuerwindes sind noch immer auf meinem Rücken zu sehen. Peter weiß nicht, wie die Peitschenhieben ähnlichen Wunden entstanden sind, und hat auch nicht danach gefragt. Nie stellt er mir Fragen über meine Alicesche Reise und gehört zu den wenigen Menschen, die bisher nichts über den Feuerorkan gehört haben.

Ohne auf meine Antwort zu warten, ließ Peter sich aufgeregt weiter über die auf der Reise zu erwartenden Erlebnisse aus. Entzückt schilderte er mir die Übernachtungsmöglichkeiten in der Wüste: Hütten, aus Lehm, Gestrüpp und Steinen gebaut. Dabei erklärte er, er habe sich so eine Reise nicht nur der Wärme wegen ausgesucht, die er wie ein Solarsystem in seinen Zellen speichern werde, sondern auch weil er sich mit der Lebensweise der Nomaden vertraut machen wolle. Er fühle sich seit langem angezogen von diesen anspruchslosen Menschen, die ihre Bedürfnisse im Einklang mit der Natur befriedigten. Sie führten sich nicht auf wie die gierigen Bewohner der Industrieländer, die gnadenlos und barbarisch die Natur ausbeuteten und völlig zerstörten. Aus diesem wohlmeinenden Grund ist Peter eifrig dabei, fünftausend Euro zu sparen, wahrscheinlich für die Bezahlung eines Typen wie Wasserdieb-Onkel. Seitdem erfordert das Eintippen der Buchpreise mehr als nur seinen Seh- und Tastsinn, denn er kalkuliert dabei gleichzeitig den Prozentsatz seines Umsatzes, den er für die Reise zurücklegen kann, und addiert den Betrag zu seinem bis dato gesparten Geld. Ein höchst effizienter Sparplan!

Wenn es nach mir geht, ist Sibirien der beste Ort, um Urlaub zu machen. Oder noch weitaus schöner: der Nordpol. Manchmal schließe ich meine Augen und stelle mir einen zauberhaften Spaziergang über ein unbegrenztes Schneefeld in Grönland vor. Dort ist alles so unberührt, natürlich und kristallklar, dass man sogar die Visionen anfassen kann. Von der Vorstellung, die eiskalte Luft tief in meine warmen Lungenflügel einzuatmen, erblüht meine Seele. Aber Peter will nichts von Grönland hören. Deshalb machen wir nicht gemeinsam Urlaub.

Zum Scherz sagte ich: »Nur unter einer Bedingung gehe ich mit dir in die Wüste Sinai: dass du auch mal mit mir nach Sibirien kommst.«

Peter zeigte sich tief gekränkt. Er fragte mich, warum ich ihn auf seiner traumhaften Reise nicht begleiten wolle. Eilig erklärte ich ihm, ich sei finanziell nicht in der Lage, für drei Wochen sengende Hitze 5.000 Euro Kohle den Schornstein hinaufzujagen. Kein Wort verlor ich über den wahren Grund meiner Wüstenphobie, über den Feuerorkan und die abscheulich abenteuerlichen Erlebnisse meiner Wunderland-Flucht. Denn in meinem tiefsten Inneren war ich sicher, dass Peter mich trotz seines scharfen Verstandes nicht wirklich verstehen könnte.

Vorwurfsvoll sagte er: »Du nimmst meine Wünsche überhaupt nicht ernst.«

Mir fiel plötzlich auf, dass Peters Tadelei sich in letzter Zeit wie Sima Khanooms Vorwürfe in Splitter verwandelten, die in mein Fleisch eindrangen und sich eiterbildend dort festsetzten, um mich zu quälen. Aber ich hatte keine Geduld mehr für Pinzettenoperationen. Daher nahm ich erneut meine Tasche und begab mich, noch unruhiger und erschöpfter als bei meiner Ankunft, nach Hause zurück.

17.

Zu Hause hatte sich das Durcheinander weiter ausgebreitet, die Explosion einer Bombe hätte keine bessere Arbeit leisten können. Das war das Ergebnis des rettenden Vorschlags von Ryan Djahn. Denn meine Mutter stellte bei der Umsetzung der von Abbas Aghas Augenlicht ersonnenen Lösung ihrer Probleme fest, dass sie, statt ein einziges Mal in eine andere ruhige Wohnung umzuziehen, nun ständig mit Aus- und Einziehen beschäftigt war; aus ihrem Zimmer ins Wohnzimmer, von dort aus in die Küche, dann in den Flur und so weiter und so fort. Nach einer Weile entwickelte sie eine eigene praktische Strategie; sobald der Straßenlärm sie in einem Zimmer bei ihren Recherchen belästigte, ließ sie ihre Bücher und Zeitungen einfach liegen und setzte die Lektüre in einer anderen Ecke der Wohnung fort, wo die bei ihrer letzten Flucht zurückgebliebenen Unterlagen bereits aufgeschlagen zur Verfügung standen. So verwandelte sich die ganze Wohnung in Sima Khanooms Arbeitszimmer. Ihr Kram lag überall zerstreut: auf dem Küchenboden, unter dem Bett, vor dem Fernseher, neben der Badewanne. Die Situation eskalierte, als Sima Khanoom zum Himmel zu schreien begann, wenn man etwa das Wohnzimmer betreten wollte: »Pass auf! Siehst du nicht, dass du Schäubles Erklärung zur Verhinderung von Separatgesellschaften mit Füßen getreten hast?!«

War man im Begriff, sich unauffällig ins Sofa einzukuscheln, rief sie ihre unsichtbaren Wesen lauthals zu Hilfe und belehrte sie didaktisch: »Es wäre durchaus wünschenswert, man würfe einen Blick auf den Platz, den man einnimmt. Es könnte ein abgeschlagener Kopf dort versteckt sein. Diese Papiere auf dem Sofa enthalten einen Entwurf des Innenministers. Und zwar zum Thema Einwanderung. Die liegen nicht zum Zerknüllen da.«

Die politischen Spitzenfunktionäre Deutschlands hielten unsere Wohnung besetzt. Am schlimmsten war, dass sich niemand mehr traute, gegen diese staatlich legitimierte Belagerung zu protestieren. Wir waren gezwungen, uns ganz leise und ruhig zu verhalten, um nicht schlafende Hunde, pardon Geister zu wecken. Wir mussten in der Wohnung auf Zehenspitzen und im Zickzack laufen. Unsere Lieblingssendungen konnten wir uns nur im Stehen anschauen. Zwischen 22.00 Uhr und 6.00 Uhr war in der Küche der Ausnahmezustand verhängt. Denn in diesem Zeitraum nahm Sima Khanoom die Dinge auf, mit denen sie sich tagsüber beschäftigt hatte. Sie argumentierte, sie brauche dafür die Stille der Nacht. Anschließend archivierte sie ihre Datenträger sorgfältig nach Thema und Datum, nahm einige von ihnen beim Spazierengehen oder Einkaufen zum Abhören per MP3-Player mit. Denn sie wollte keine Minute vom Lernen abgehalten werden.

Eines Nachts ignorierte ich den von meiner Mutter verhängten Ausnahmezustand und betrat die Küche, weil ich nicht verdursten wollte. Ich stellte erstaunt fest, dass sie nicht mit Lernen oder Aufzeichnen beschäftigt war, sondern gebeugt dasaß und leise vor sich hin weinte. Zitternd und erschrocken umarmte ich sie. Bestimmt hatte sie an die Zeiten mit dem A Sardar-Wasserdieb oder mit meinem stocklaunigen Großvater gedacht. Flehend fragte ich sie nach dem Grund ihres Kummers. Zuerst versuchte sie, einer Antwort auszuweichen. Wie immer gab sie vor, alles sei in Ordnung. Nur ein schrecklich starker Kopfschmerz mache ihr zu schaffen. Nach einer Weile aber gab sie auf. Schluchzend erklärte sie: »Was, wenn sie meinen Antrag ablehnen? Was, wenn ich sie nicht überzeuge, dass ich eine anständige Deutsche werden kann?«

Dann wies sie mit verweinten Augen und verzweifeltem Blick auf die zerstreut liegenden Bücher und Zeitungen: »Was soll ich nun machen? Guck mal, was für ein Chaos. Wie kann ich mich in diesem Wirrwarr zurechtfinden? Ich ziehe meinen Antrag zurück. Ich schaffe es nicht.«

Seit diesem Tag setzten wir uns alle dafür ein, Sima Khanoom zu ermutigen, ihr verloren gegangenes Selbstbewusstsein wiederzugewinnen. Ryan Djahn, der diesen Frust mit seinem Chaos fördernden Vorschlag ausgelöst hatte, gab sich dankenswerterweise die meiste Mühe. Er ging nicht mehr so oft mit Kai ins Kino wie früher und schien nun sogar Chemie allein lernen zu können. Wenn Kai ihn anrief, wimmelte Ryan ihn nach einem kurzen Gespräch ab. Mein Vater, der anfänglich strikt gegen Sima Khanooms Deutschwerden war, versicherte nun, ihre Idee, Deutsche zu werden, sei der beste Gedanke gewesen, den sie in ihrem ganzen Leben gehabt habe. Sie müsse nun zielstrebig ihren Kampf fortsetzen und wissen, dass nach der Finsternis der Nacht immer die Helligkeit des Tages erscheine.

Als ich Peter die Situation schilderte, überschlug er die bis dato angefallenen Ausgaben meiner Mutter – Bücher, Zeitungen, Fotokopien, CD-Roms etc. – und empörte sich, nachdem er anschauungshalber den Grad ihrer Staatsfreundlichkeit anhand der enthaltenen 16% Mehrwertsteuer herausgerechnet hatte: »Ist das ihr Ernst? Musste deine Mutter dafür wirklich 400 Euro aus dem Fenster schmeißen?«

Ich war eher ihres deprimierten Zustands wegen besorgt als wegen der angeblichen Vergeudung. Sie war so verzweifelt, dass kein Argument ihre Entscheidung zu ändern vermochte. Mit derselben Hartnäckigkeit, mit der sie vor ein paar Wochen ihren Einbürgerungsantrag in Angriff genommen hatte, wollte sie ihn nun zurücknehmen.

18.

Beinahe wäre der gemütlich warme und helle Hort unserer kleinen Familie nun also wegen eines zurückgezogenen Einbürgerungsantrags auseinander gefallen. Sima Khanoom, zunehmend verwirrt und verzagt, zog sich in ihr Zimmer zurück, verbrachte Tage und Nächte weinend oder schlafend im Bett. Jetzt war es an uns, eine grundsätzliche und praktische Lösung zu finden.

Da wir alle tagsüber beschäftigt waren, beschlossen wir, unseren Krisenrat in den Zeitraum zu legen, über den meine Mutter zuvor, um in aller Ruhe weinen zu können, den Ausnahmezustand verhängt hatte. Einziger Tagesordnungspunkt: Wie können wir Sima Khanoom zum Deutschwerden überreden? Nach mehreren angeregten und zermürbenden Diskussionen über Einbürgerungsvoraussetzungen und deren Umsetzungsmöglichkeiten stellten wir fest, dass Sima eigentlich Opfer der Unwissenheit deutscher Politiker geworden war. Denn diese »erfahrenen und kompetenten Funktionäre« hatten selber keine konkrete Vorstellung, erließen jedoch widersprüchliche Vorschriften und stellten schwer umsetzbare Anforderungen, die zur Verwirrung und Verzweiflung von Bewerbern wie Sima Khanoom führten. Um meine Mutter wieder zu ermutigen und aufzumuntern, entschieden wir, zunächst den offiziellen, gesetzlichen Rahmen der Einbürgerungsbedingungen herauszuarbeiten und diesen mit der faktischen Situation meiner Mutter zu vergleichen. Selbstverständlich waren wir alle bereit, sie beim Erwerb der fehlenden Kompetenzen zu unterstützen. Mein Vater war optimistisch: »Ach, das ist nicht so schwer. Nur den Rahmen herausfinden! Das kriegen wir in drei Tagen hin.«

Ryan Djahn und ich teilten seine Hypothese. Unmittelbar danach begannen wir mit dem Lesen aller Artikel und Interviews, die Politiker unterschiedlicher Parteien gegeben hatten. Wir lasen Schily kontra Beck, wir verfolgten die Äußerungen des Dr. Schäuble und der Integrationsbeauftragten Böhmer. Ich war in diese Lektüren so tief versunken, dass ich statt von Peter von Politikern träumte. Seltsamerweise tauchten ständig Bilder von Merkel und Schily in meinen Träumen auf. Als ob sie von diversen unsichtbaren Kameras aufgenommen worden wären. Die Fotos folgten so blitzschnell aufeinander, dass ich kaum erkennen konnte, wer tatsächlich abgebildet war: Schily oder Merkel? Wenn ich erschrocken aus diesem Alptraum erwachte, suchte ich nach ihren Fotos in alten Zeitungsartikeln. Um mich zu vergewissern, dass mein Gedächtnis noch funktionierte, nahm ich mir zuerst Schilys Bild vor und sagte laut: ›Das ist Schily.‹ Dann schaute ich mir das Foto der Kanzlerin an: ›Das ist Merkel.‹ Ich hoffte, mein Unterscheidungsvermögen wieder so zu trainieren, dass ich sie auseinander halten konnte, wenn der Schily-Merkel-Alptraum mich wieder heimsuchte. Nach intensiverer Recherche stellte ich fest, dass der Grund meines fehlerhaften Identifikationsvermögens weder in meinem schwachem Gedächtnis noch in meiner Vergesslichkeit lag, sondern in den austauschbaren Frisuren der beiden, ganz abgesehen selbstverständlich von ihren auswechselbaren Ansichten über Ausländerstopp- und -entsorgungspolitik. Nach dieser lehrreichen Erkenntnis war der Alptraumschrecken über den ständigen Wechsel zwischen den Merkel- und Schily-Köpfen gebannt.

Die Situation meiner Mutter blieb beängstigend, denn es gelang uns nicht so schnell wie erwartet, den angesprochenen offiziellen Rahmen der Einbürgerungsbedingungen herauszuarbeiten. Dafür zitierten wir bereits morgens anstelle einer Begrüßung aus dem reichen Fundus von Verlautbarungen. Beim Abschied empfahlen wir uns gegenseitig das sorgfältige Studium dieses und jenes Artikels von Politiker X oder Y. Mittels solcher Lektüren, so bildeten wir uns ein, müssten sich die vier Seiten des besagten Rahmens skizzieren und der Inhalt füllen lassen.

Doch da war noch etwas. Sima Khanoom würde als Einbürgerungskandidatin eine Sprachprüfung absolvieren müssen. Obwohl meine Mutter der deutschen Sprache mächtig ist, ist sie nicht immer zu verstehen. Das liegt vor allem an ihrem starken Teheraner Akzent. Sie kann bestimmte Konsonanten und Umlaute einfach nicht richtig aussprechen und hat Schwierigkeiten mit Konsonantenverbindungen am Wortanfang. Sie aber legte keinen gesteigerten Wert auf ihren Akzent und auf ihre zum Teil unverständliche Aussprache. Als ich sie vorsichtig auf diese mögliche Hürde auf dem Weg zu ihrem rechtlich verankerten Deutschsein aufmerksam machte, argumentierte sie didaktisch: »Ausdruck ist die Hauptsache einer Sprache. Ich kann mich sehr wohl in der deutschen Sprache ausdrücken, oder etwa nicht?«

19.

Als ich Peter an einem traurigen Tag – sicherlich war es ein Dienstag – von unseren Rahmenrecherchen erzählte, verdrehte er seine wunderschönen blauen Augen verärgert und sagte grantig: »Woher soll ich wissen, wie ihr diese vier Seiten zusammenbasteln könnt?«

Ich wünschte, Peter hätte mit seiner computergetreuen Logik mehr Verständnis für meine verzwickte Situation aufgebracht und mich zum Beispiel umarmt. Ich sehnte mich nach ihm und seiner Unterstützung. Peter aber kämpfte mit eigenen Problemen. Sein teurer Fotoapparat, von dem er behauptete, er produziere die besten Farbdias der Welt, war plötzlich defekt.

Die Reparatur würde sicherlich viel Geld kosten, das Peters 0/1-Rechner bei der Kostenkalkulation für die Reise nicht berücksichtigt hatte. Er hätte, so Peter, nur zwei Möglichkeiten: Eine billige Kamera zu kaufen im Wissen, seine Aufnahmen jener unberührten Natur und der ägyptischen Wasserdieb-Onkel würden miserabel, oder ganz auf Fotos und Dias zu verzichten. Der Gedanke an die zweite Alternative hatte sein Konzentrationsvermögen so massiv beeinträchtigt, dass er beim Tippen der Preise eine beängstigende Störung des Zusammenspiels von Tast- und anderen Sinnen feststellte. Die Dokumentation jener abenteuerlichen Reise sei für ihn aber ebenso wichtig wie die Reise selbst. Ohne Dias könne er seine Reise nicht beweisen. Und wie sollte er seine aufregenden Erlebnisse und außergewöhnlichen Erfahrungen anderen vermitteln? Er habe das Datum des Dia-Abends bereits mit seinen Freunden abgesprochen. Er hielt mir seinen Kalender dicht vor die Augen – ich hätte ihm auch ohne diesen Beweis geglaubt – und fuhr traurig fort: »Guck mal, ich hab sie alle schon eingeladen. Jetzt bringt dieser Scheißapparat meine Pläne durcheinander. Ich kann den Leuten doch keine mit einem billigen Ding geschossenen Dias zeigen. Hätte ich doch nur das Geld für die Reparatur!«

Geld hatte Peter genug. Nur war es bereits für andere, kurzfristigere Anschaffungen, also für den bevorstehenden Kauf eines neuen Staubsaugers oder Routers verplant. Die Liste der »zukünftigen Anschaffungen« hing am Kühlschrank in der Küche. Ich ging hin, warf einen Blick darauf und entdeckte zwei Dinge, die in diesem Monat bestimmt nicht dringlich waren. Das eingesparte Geld würde die Reparatur decken, riet ich ihm. So könne er seine Reise haargenau wie geplant durchführen.

Peter überdachte meinen Vorschlag mit seinem 0/1-Verstand, der grundsätzlich nicht darauf trainiert war, eine dritte Möglichkeit in Betracht zu ziehen. Dann fand er meine Anregung doch machbar. Für einwandfrei hielt er sie aber nicht. Denn er musste notgedrungen eine Änderung an seinen Einkaufsplänen vornehmen. Trotzdem umarmte er mich erfreut und küsste mich so liebevoll wie immer. Ich genoss die Sicherheit verleihende Wärme seines Körpers von ganzem Herzen. Allerdings nicht lange. Denn unwillkürlich musste ich wieder an Sima Khanoom denken. Eine tiefe Traurigkeit ergriff mich, die mir die Erwiderung Peters leidenschaftlicher Küsse unmöglich machte. Es dauerte eine Weile, bis Peter meine Lustlosigkeit spürte. Seine traumhaft schönen Augen blickten düster. Er protestierte: »Das ist irgendwie pervers. Du bist in meinen Armen und denkst an deine Mutter? Das darf nicht wahr sein. Ihr seid alle genauso verrückt wie deine Mutter. Warum? Wegen dieser bescheuerten vier Seiten!«

Er hatte nicht ganz Unrecht. Seine Worte weckten mich wie eine Ohrfeige. Plötzlich begriff ich: Wir waren alle in denselben Schacht hineingefallen, aus dem wir meine Mutter herauszuholen versuchten!

»Ich bin auf Mütter generell schlecht zu sprechen. Die haben alle eine Macke«, sagte Peter immer. Er beschwerte sich ständig, dass seine Mutter Margret Opfer der deutsch-deutschen Verhältnisse geworden sei und immer einer Statue der Verdrossenheit gleiche. Wahrscheinlich, weil man sie als Kind nicht nur von ihrem Vater getrennt, sondern auch aus ihrer vertrauten Umgebung herausgerissen hatte.

Peters Großmutter Olga, die in einem kleinen Dorf in der Nähe von Ost-Berlin gewohnt hatte, nahm eines Tages nach einer heftigen und blutigen Auseinandersetzung mit ihrem Mann die Hand ihrer Tochter und ging nach West-Berlin, unter dem Vorwand, eine Bekannte zu besuchen. Sie kehrte jedoch nie wieder zurück. Peters Mutter nannte diese Fahrt, die nur etwa zwanzig Kilometer lang war und insgesamt nicht länger als 40 Minuten dauerte, eine endlose Wanderung von einem Kontinent zum anderen. Margret, damals erst fünf Jahre alt, litt so sehr unter diesem plötzlichen und schrecklichen Aufbruch, dass sie ihren Appetit verlor. Erst in der Pubertät gewann sie ihre Esslust wieder, dieses Mal freilich so, dass sie nie satt wurde. In beiden Zuständen blieb sie aber dünn und zerbrechlich. Der Unterschied machte sich nur finanziell bemerkbar. Denn die gute Margret verschlang sämtliche Lebensmittel, die Peters Großmutter nach dem Krieg mit dem bei Neureichen als Haushälterin verdienten Geld kaufte, und übergab sich danach in die Toilette.

Dementsprechend zeigte Margret in der Zeit größeres Interesse an Kochrezepten als am anderen Geschlecht oder an ihrer Zukunft. Die einzige Frage, die all ihre Schulkameraden ihr beim ersten Klassentreffen nach zehn Jahren stellten, bezog sich auf diese Leidenschaft: »Erinnerst du dich, Margret? Selbst in der Pause hast du nur Kochrezepte gelesen und auswendig gelernt.«

Peter erzählte mir zuweilen von seiner Familie, weil er nach Gemeinsamkeiten zwischen uns suchte. Von seinem privaten Leben und seinen Gefühlen berichtete er mir im selben Ton, in dem er seinen Kunden den Inhalt eines Krimis wiedergibt, um sie zum Kaufen anzuregen. Ich war es, die ihn manchmal aufforderte, an sich und an uns zu denken. Gelegentlich überlegte ich verzweifelt, ob unsere Beziehung trotz der vielen individuellen und kulturellen Unterschiede überhaupt eine Zukunft hat. Peter antwortete mir dann in seinem Kundenton: »Warum nicht? Wir sind beide Kinder der Flucht und des Exils! Kultur ist an sich eine Summe der Unterschiede. Komm, gib uns eine Chance!«

Mit solchen Argumenten gelang es Peter immer, mich dazu zu bringen, meine Zweifel zu besiegen. Wenn ich unsere Zukunft und Beziehung nach seiner Logik betrachtete, musste ich zugeben, dass es im Moment besser war, uns eine Chance zu geben als Aids!

20.

Obwohl ich mir an dem Abend, an dem ich mich mit meiner Mutter in ein und demselben Schacht wiederfand, vorgenommen hatte, bei Peter zu übernachten, verabschiedete ich mich mit schlechtem Gewissen von ihm und ging nach Hause, ehe der Ausnahmezustand bei uns begann. Abbas Agha und Ryan Djahn saßen ratlos in der Küche und starrten auf die Kerzenflamme in der Mitte des Esstisches, als erwarteten sie ein Wunder. Als ich Peters aufrüttelnde Worte über die bescheuerten vier Seiten wiederholte, stimmten beide zu. Man müsse alles vergessen, sagten sie; den unskizzierbaren Rahmen, die irreführende Politik, die unredlichen Politiker. Man müsse eine andere Strategie entwickeln, um Sima Khanoom zu helfen. Die Frage war nur, welche.

Plötzlich sprang Ryan Djahn auf und rief aufgeregt, ohne im geringsten seine mädchenhafte Stimme zu kontrollieren: »Ich weiß, wie ich die Mutter aufheitern kann. Glaube aber, ich selbst kriege das heulende Elend.«

Ryan Djahn verriet uns seine Pläne nicht. Er wollte sie allein durchführen. Wahrscheinlich, weil er ein Scheitern fürchtete. Aus eben diesem Grund bat ich ihn, in unserer Abwesenheit nichts zu unternehmen. Die Erfahrung des Streit–Koffer–Schlüssel–Flennen–Dramas, bei dem er den selbst ausgelösten Teufelskreis nicht rechtzeitig hatte durchbrechen können, war der beste Beweis, dass er in lebenswichtigen Momenten die Kontrolle über sich verlor und plötzlich in einem Meer von Emotionen versank. Er wehrte ab. Seine Pubertätsstimme verkündete, es sei höchste Zeit für alle Mitglieder des gemütlichen und warmen Horts der kleinen Familie Abbas Aghas zu akzeptierten, dass er kein

Kind mehr und in der Lage sei, seine Vorhaben und Pläne umzusetzen. Weder Abbas Agha noch ich teilten diese Auffassung. Da wir aber als demokratisch gesonnene Familienmitglieder die Meinungsfreiheit hochhalten, stimmten wir zu.

Zufällig waren wir alle zu Hause, als Ryan Djahn seinen Plan durchführte. Es war nichts als eine schräge Variation von »Streit–Koffer–Schlüssel–Flennen«. Der Unterschied lag darin, dass »Flennen« sich wie Begleitmusik durch das ganze Drama hindurchzog. Außerdem fing es mit Anflehen an und nicht mit Streit.

Wieder war es ein Dienstagabend. Wir saßen in der Küche und diskutierten wieder einmal über Einbürgerung und deren Voraussetzungen. Plötzlich bemerkten wir, wie Sima Khanoom heimlich aus ihrer Schlafzimmerzuflucht herausschlich und auf die Wohnungstür zusteuerte, um uns für immer zu verlassen. Es war ihr kürzlich klar geworden, dass ihr depressives und lustloses Dasein auch uns die Lebensfreude nahm und von lebenswichtigen Aufgaben wie Arbeiten und Studieren abhielt. Während Sima Khanoom sich im dunklen Flur der Tür näherte, sagte sie tränenreich: »Ich gehe jetzt. Lasst euch nicht stören. Ich melde mich, wenn es mir wieder gut geht.«

Mein Vater war wie gelähmt vor Bestürzung. Er saß da wie ein Ölgötze und rührte sich nicht vom Fleck. Es fiel ihm nicht einmal ein, an die Tür zu stürzen, sie abzuschließen und den Schlüssel in seine Tasche zu stecken wie beim ersten Mal, als meine Mutter das Frauenhaus aufsuchen wollte. Wir alle standen bedrückt um den Esstisch, der dieses Mal keine Teller voller Reis und Kebab, sondern nichts als die Last unserer krummen Schatten trug. Sima Khanooms einfühlsame und taktvolle Entscheidung beeindruckte uns tief. Statt aus den Augen tropfte es Ryan Djahn zuerst aus der Nase, und er versuchte geräuschvoll, den Fluss hochzuziehen. Nachdem meine Mutter die Tür aufgeschlossen hatte, legte sie den Schlüssel auf den Telefontisch und sagte: »Bitte schön. Hier ist der Schlüssel. Ich brauche ihn im Moment nicht mehr. Ryan kann ihn haben, weil er letzte Woche seinen Schlüssel verloren hat. Ihr braucht kein Geld für einen neuen auszugeben.«

Ich kam durch das Klimpern des Schlüssels als erste zu mir. Genau wie beim vorherigen Mal drängte ich Ryan zur Tür, damit er sich unserer Mutter an den Hals werfe, statt ständig seine Nase hochzuziehen. Abbas Agha, immer noch unter Schock, dachte wohl, der Schlüssel sei das Problem. Während er zur Tür stolperte und sich umständlich den Pullover über seinem hervorquellenden Bauch glatt zog, sagte er: »Nein, nein, den Schlüssel kannst du behalten. Vielleicht brauchst du ihn doch noch irgendwann. Ich lasse hundert Stück davon nachmachen.«

Hätte in diesem Moment nicht Ryans heftiges Schluchzen die Stimme unseres Vaters übertönt, wäre meine Mutter durch die unsensible Reaktion ihres Gatten noch tiefer in den Abgrund der Depression gestoßen worden. Bedrückt ging ich auf sie zu: »Das ist doch nicht wahr, liebe Mama! Sie stören uns überhaupt nicht. Im Gegenteil, ohne Sie geht unser Leben zugrunde.«

Plötzlich merkte ich, dass ich Abbas Aghas Rolle übernommen hatte. Eilends schlüpfte ich hinter seinen Rücken und schob ihn in den Mittelpunkt des Geschehens. Mein Vater, wie aus einer Ohnmacht erwacht, sprang zur Tür und rief überrascht: »Was? Du willst gehen? Wohin? Nur über meine Leiche!«

Während meine Mutter immer wieder Ryans Gesicht streichelte, antwortete sie gequält: »Gott weiß, dass es mir auch schwer fällt, euch zu verlassen. Ich verbiete mir aber, euch zu einer seelischen Belastung zu werden. In letzter Zeit hab ich viel über unsere Familie nachgedacht. Jetzt muss ich zugeben, dass ich keine gute Mutter für euch war. Ich war nicht immer fair. Und überhaupt ...«

Ihre Stimme erstickte in heftigem Schluchzen. Mein Vater hätte sich bestimmt gewünscht, noch den Satz zu hören: »Ich war auch keine gute Ehefrau für dich, Abbas.«

Ich musste heulen. So war unser Flennchor, begleitet von Ryans Greinen, vollständig. Unter Tränen versuchte ich meine Mutter zu trösten: »Nein! Das ist nicht wahr. Wir haben Ihre Aufopferung nicht zu schätzen gewusst.«

Dieses Mal unterbrach mich Ryan. Dabei plärrte er so heftig, dass man sein Persisch kaum verstehen konnte: »Nein! Wir schlechte Kinder! Aber versprochen. Ehrenwort! Ab heute brav. Keine neue Tattoo mehr, okay? Jetzt bleiben? Kein Wort über Weggehen!«

Mein Vater geriet in Verlegenheit. Sollte er sich nun freuen, weil sein einziger männlicher Erbe dem Tätowieren abschwor, oder traurig sein, weil sein Augenlicht so nahe am Wasser gebaut war?

21.

Jedenfalls ging meine Mutter auf den freiwilligen Verzicht Ryans und sein Ehrenwort ein und gab auf. Sie fing auf der Stelle wieder an Deutsche zu werden, um uns nicht länger vom Leben abzuhalten. Als ich Peter freudig davon erzählte, blinzelte er und sagte: »Habt ihr den Verstand verloren? Ihr behandelt eure Mutter wie ein Kind. Lasst sie die Verantwortung für ihre Entscheidungen selber übernehmen. Schon morgen tauchen bestimmt wieder Probleme mit ihrem Deutschwerden auf. Tu mir bitte einen Gefallen. Verschone mich mit diesen Geschichten, okay? Was heißt übrigens Brot auf Arabisch?«

Seit Peter sich auf die Reise in die Wüste Sinai vorbereitete, lernte er mit Hilfe eines Buches im Selbststudium Arabisch. Obwohl er bei einer deutschen Agentur gebucht hat und mit einem deutschen Reiseleiter unterwegs sein wird, will er sich nicht unvorbereitet auf unbekanntes Terrain begeben. Im Falle einer Entführung etwa möchte er in der Lage sein, mit dem Anführer in dessen Sprache selbst zu verhandeln. Er glaubt, die Entführer auf diese Weise positiv zu beeindrucken und eventuell früher als die anderen frei zu kommen. Auch plant er, sich unterwegs mit Ali-Onkel, dem Gepäckträger, oder Hossain-Onkel, dem Wegführer und Wüstenbäcker, zu unterhalten. Vielleicht kämen ja ein paar Kontakte zustande, die ihm später von Nutzen wären, wenn er sich wieder einmal nach der sengenden Sonne Sinais sehnen sollte. Es ließe sich dadurch an Organisations- und Verwaltungskosten viel Geld sparen. Vielleicht könnte er außerdem für Ali und Hossain deutsche Kunden anwerben und von beiden Seiten eine Menge Vermittlungsgebühren kassieren.

Peters Spekulationskette war endlos. Ich schmiegte mich an seine Brust und versank, von seinem 0/1-Verstand inspieriert, in tiefe Gedanken, um einen einfachen Weg zur Einbürgerung Sima Khanooms zu finden. Ich fand, sie sollte sich auf nur zwei Schwerpunkte konzentrieren: deutsche Sprache und deutsche Lebensweise. Das Gequassel von Politikern wie Müntefering, Schäuble oder Merkel führte eher zu Verwirrung statt zu einer Klärung.

Als ich dies meiner Mutter andeutete, lehnte sie wie immer ab. Als wolle sie aus dem heiligen Koran zitieren, nahm sie das Gesetz ehrfurchtsvoll in die Hand: »Hier steht, dass die Bewerber voll in die deutschen Lebensverhältnisse integriert sein müssen. Ich bin es aber nicht. Mein ganzes Leben habe ich mich nur um euch gekümmert; euch groß gezogen, Chelo Kebab* und Ghormeh Sabzi* gekocht. Ich habe höchstens ab und zu über die politische Lage in Iran gemeckert. Mit den Deutschen hab ich kaum zu tun gehabt. Doch, vielleicht mit einigen, die gegen Ausländer waren. Und das war's ...«

Es gelang mir nicht, meine Mutter davon zu überzeugen, dass »in die deutschen Lebensverhältnisse integriert zu sein« nichts anderes bedeutet als einkaufen zu gehen, Bankangelegenheiten zu erledigen, mit den Behörden zurecht zu kommen, Zeitung zu lesen und fernzusehen ... Sie konterte, all das decke nur die Oberfläche ab, sie aber wolle diese Gesellschaft in ihrer Tiefe erkennen. Als letztes Argument führte sie an: »Als Deutsche muss ich zum Beispiel der Pflicht nachgehen, als Schöffin an einem Gerichtsverfahren teilzunehmen. Wie kann ich die Tat des Angeklagten aber richtig beurteilen, wenn ich diese Gesellschaft nicht gut genug verstehe?«

Dass Sima Khanoom nun als Schöffin das deutsche Gesetz verteidigen wollte, war zu viel für meinen Vater. Wir mussten erneut den Ausnahmezustand verhängen, damit er nicht wieder von Persertum-Krämpfen heimgesucht wurde. Während dieser Zeit saßen Sima Khanoom und ich in der

Küche und diskutierten über die Deutschen und ihre typisch deutsche Mentalität. Waren vielleicht diese Gespräche der Auslöser dafür, dass Sima Khanoom sich nach einer Weile wieder mehr ihren kulturwissenschaftlichen Forschungsarbeiten widmete?

Dafür richtete sie die Küche als Hauptbüro ein. Von dort aus konnte sie die Geschehnisse auf zwei Straßen gleichzeitig beobachten und musste nicht mehr zwischen den Zimmern pendeln. Statt auf deutsche Geschichte, Politik und deren Vertreter stürzte sie sich nun auf deutsche Märchen, Fabeln und Folklore und forschte mit der Sorgfalt einer versierten Ethnologin. So oft zeigte sie uns die vielen Farb- oder Schwarz-Weiß-Bilder von klugen Tieren, dummen Menschen, bunten Trachten, exotischen Musikinstrumenten und überholten Werkzeugen, dass wir beinahe vergaßen, in welchem Jahrhundert wir lebten. Die ethnologischen Recherchen meiner Mutter wurden problematisch, als sie die Bilder von deutschen Werkzeugen und Menschen in Trachtenkleidung aus dem Buch riss, an Schränken und Türen befestigte und selbst vor den Küchenwänden nicht Halt machte. Die Gefahr einer raschen und destruktiven Ausbreitung dieses Deutschtums mit seinen urwüchsigen Symbolen und Merkmalen auf Flur und andere Räume beunruhigte Abbas Agha sehr. Eines Abends, ohne sich um die Zerstörung des gemütlichen und warmen Horts seiner kleinen Familie zu scheren, kündigte er an, er werde keinen Fuß mehr über die Schwelle jener von deutschen Dämonen besetzten Küche setzen und demnächst seine Mahlzeiten in der engen und nackten Kochstätte seines Restaurants alleine, ohne uns einnehmen. Dann fügte er boshaft hinzu: »Na, sag mal, liebe Sima Khanoom, wie willst du mit dem Herrn Vermieter zurechtkommen bei den vielen Löchern, die du in die Wände gebohrt hast? Ich sage dir schon jetzt: Ich mische mich da nicht ein. Du musst allein mit ihm fertig werden.«

Seitdem meine Mutter ihr Deutschwerden wieder aufgenommen hatte, versuchte sich auch mein Vater eine Weile an einer den deutschen Verhältnissen angepassten Denkungsart, unterdrückte seinen verkohlten Nationalismus und die barschen Dash Akoll-Töne. Doch lange hielt er es nie durch, dann hatte Abbas Agha genug und drohte in alle Richtungen: »So, jetzt gehe ich!«

Nun also war mein Vater dabei, uns zu verlassen. Ryan flüsterte mir ins Ohr: »Der Zank hört ja nie auf! Wenn das so weiter geht, ziehe ich zu Kai und komme nie wieder!«

Die bloße Vorstellung, mittlerweile die einzige Hüterin des gemütlichen, warmen und hellen Horts der kleinen Familie Abbas Aghas zu sein, brachte mich zum Lachen.

Ich wäre schon längst mit meinen Sachen bei Peter eingezogen, hätte der über Null und Eins hinaus zählen können. Außerdem war er augenblicklich so sehr mit der Vorbereitung seiner Reise und seinem Arabischlernen beschäftigt, dass man hätte glauben können, er zöge für immer in die Wüste Sinai. Ich hatte ihm mehrfach erklärt, der Unterschied zwischen meiner Muttersprache und dem Arabischen ließe sich mit der Entfernung zwischen Mond und Erde vergleichen. Dennoch bildete er anhand seines Lehrbuchs ständig schräge Sätze auf Arabisch und bat mich, sie zu korrigieren. Oder er reihte Worte über Worte auf Deutsch, die ich übersetzen sollte.

Anfangs tat ich ihm den Gefallen, soweit ich überhaupt Ähnlichkeiten zwischen persischen und arabischen Wörtern feststellen oder erahnen konnte. Meine irakische Freundin Fatma war mir dabei eine große Hilfe. So verbrachte auch ich nun jede Woche einige Stunden mit dem Arabischen. Normalerweise las ich in dieser Zeit persische Literatur und erhielt dafür zur Belohnung Geld von Abbas Agha. Peter wusste mein Engagement zu schätzen, daher liebten wir uns anfänglich sogar auf Arabisch. Nach einer Weile fand er daran jedoch keinen Gefallen mehr. Offensichtlich war ihm in den Sinn gekommen, dass diese harte Übung in Zukunft zu wenig nütze war. Er hatte Recht. Mit wem wollte oder sollte er in der Wüste schmusen? Mit Onkel Hossain oder Onkel Ali?!

So kam es, dass unsere Liebesbegegnungen sich mehr und mehr in einen Sprachkurs rückverwandelten.

22.

Mit meiner Herkunft oder besser gesagt, mit der Benennung meiner Herkunft habe ich immer noch Probleme. Die darauf bezogenen typischen Kettenfragen lösen in mir oft eine Art Allergie aus. Höre ich nur eine dieser Fragen, habe ich das Gefühl, eine zähe Flüssigkeit verklebe meine Ohren, und ein hartnäckiges Surren kreist unaufhörlich in meinem Schädel wie das Summen eines Bienenschwarms. Anfänglich, kurz nachdem meine Allergie zum Ausbruch gekommen war, antwortete ich auf Herkunftsfragen rasch und unverzüglich, um die Bienen so schnell wie möglich loszuwerden. Selbst die noch nicht gestellten Fragen erwiderte ich vorauseilend. Dennoch hörte das schwindelerregende Surren nicht auf. Die Bienen griffen übereifrig wieder an, sobald sie die Fragen vernahmen: »Woher kommst du? Wann kehrst du zurück?«

Die Interessierten stellten die zweite Frage oft nicht aus Neugierde, sondern aus Angst; aus der lähmenden Furcht vor wirtschaftlichen Engpässen und dem Mangel an eigenen Möglichkeiten. Diese überflüssigen Fragen jedenfalls riefen in mir das Gefühl hervor, selbst überflüssig und nichts als eine Fremde und Ausländerin zu sein. Ich konnte mich des Eindrucks nicht erwehren, dass alle auf meine Abreise, vielleicht sogar auf meine Abschiebung warteten. Ich habe in mein Land zurückzukehren, entnahm ich aus den Fragen.

Das Problem war nur, dass ich mich hier zu Hause fühlte. Von meinem Land besaß ich nur noch ein einziges Bild, auf dem mein lieber Großvater mit seinem Stock in der Luft herumfuchtelte und die hungrigen Biester meiner Großmutter Mansureh Khanoom herumspazierten.

Jahrelang rang ich mit diesem Problem. Eines Tages entschied ich einfach, die Fragen nicht persönlich zu nehmen. Meine Antworten mussten nicht unbedingt auf der Wahrheit beruhen, dachte ich mir. Ich hätte die Absicht, mich von der Realität zu distanzieren, diagnostizierte später die Schultherapeutin. Weil ich mich bei der Fragestellung nicht angesprochen fühlen wollte, passten meine distanzierten Antworten weder zu meiner Biographie noch zu meinem Aussehen. »Woher kommst du?« »Aus Schweden, Mexiko, von den Philippinen.« Die Therapeutin, die ohne mein Wissen von der Schulsozialarbeiterin eingeschaltet worden war, analysierte meinen Charakter und mein Verhalten gründlich. Ich wusste indes nicht mehr, wie oft ich den Geburtsort meiner Eltern geändert hatte: »Tadschikistan, Indien, Australien.« Meiner Mutter war ja tatsächlich gleichgültig, woher sie kam. Doch hätte Abbas Agha erfahren, wie leichtsinnig ich mit seiner Nationalität und Identität umging, hätte ich für meine Sünden büßen müssen. Mein innigster geheimer Wunsch war eigentlich, in Grönland geboren zu sein. Ich sprach aber dieses Begehren in herkunftsklärenden Gesprächen mit den Deutschen nicht aus.

Nach einer Weile fiel mir auf, dass das Klima meiner selbst gewählten Heimat Einfluss darauf hatte, ob die Interessierten die elende Frage »Wann gehst du zurück?« stellten oder nicht. Kam ich aus Sibirien, verzichtete mein jeweiliger Gesprächspartner ganz auf die Frage oder stellte sie nur am Rande, manchmal sogar, ohne eine Antwort abzuwarten. Als ob der Frost, dem ich im Falle einer Rückkehr ausgeliefert wäre, ihre Furcht vereist hätte.

Das Dumme war nur meine Vergesslichkeit. Oft entfiel mir, wem ich was erzählt und bei wem ich mir welche Nationalität ausgedacht hatte. Je größer mein Freundeskreis wurde, desto größer wurde meine Skepsis. So erlangte ich den Ruf einer Gedächtnislosen, einer Lügnerin gar, der ihre immer neuen und falschen Aussagen überhaupt nicht nützten. Das Flüstern unter meinen Freunden verbreitete sich so rasch, dass auch ich es zu Ohren bekam. Es barg zwei gravierende Unwahrheiten in sich:

Erstens: Ich log absolut nicht. Ich distanzierte mich nur von der Wahrheit.

Zweitens: Die Entfremdung von der Wirklichkeit war mir sehr wohl von Nutzen.

Es gelang mir aber nicht, meine inzwischen ehemaligen Freunde zu überzeugen, dass das Nichtsagen der Wahrheit nicht unbedingt die Verbreitung von Lügen bedeutete. Die Anschuldigung, ich sei eine Lügnerin, beraubte mich meiner Seelenruhe so gnadenlos, dass ich dieses Mal freiwillig eine Jugendtherapeutin aufsuchte. Selbstverständlich ohne meine Eltern zu benachrichtigen. Hätte Abbas Agha davon Wind bekommen, würde er von seiner väterlichen Macht Gebrauch gemacht und mich daran gehindert haben. Er hätte mit Sharifs Stimme gebrüllt: »Was soll dieses Möchte-gern-Deutsche-sein-Theater? Bist du völlig übergeschnappt, dass du zur Therapeutin gehst? Willst du, dass die Leute nun sagen, Azads Tochter habe nicht alle Tassen im Schrank?«

Meine ohnehin erschütterte Seele geriet schon beim ersten Gespräch mit der Therapeutin vollends in Panik. Frau Dr. Sandmann kritisierte nicht nur heftig meine bewusste Entscheidung, mich von mir selbst zu distanzieren, sondern stellte mir auch unmoralische Fragen, um mein Unterbewusstsein zu durchschauen und die Ursache meiner multiplen Persönlichkeit herauszufinden.

Vielleicht war ich selbst schuld, weil ich ihr arglos von dem Tag erzählte, an dem ich plötzlich erfuhr, dass ich kein normaler Mensch, sondern eine Ausländerin war. Ich saß vor Frau Dr. Sandmann und begann mit der Schilderung des kalten Tages. Obwohl ein Dienstag, war es ein wunderschöner Tag gewesen. Es nieselte die ganze Zeit, und feinstaubähnliche Regentropfen schwebten in der Luft. Frau Dr. Sandmann schnitt mir das Wort ab und kommentierte:

»Ach, das Wetter ist uninteressant. Du hast nur eine Stunde Zeit. Wie alt warst du?«

Mein Alter war mir entfallen. Jedenfalls ging ich in die Grundschule. Es war in der Zeit, in der ich noch keine Freunde hatte, erklärte ich Frau Dr. Sandmann. Denn ich erinnerte mich ganz genau, dass ich in der Pause immer alleine auf den steinigen Treppen saß und auf den einzigen Akazienbaum auf dem Schulhof starrte. Seine frischen Blätter schienen durchsichtig. Ich konnte manchmal durch sein grünes Laub die Lichtstrahlen der Sonne sehen, wenn sie denn schien, selbstverständlich.

Frau Dr. Sandmann unterbrach mich wieder: »Rede doch bloß nicht dauernd um den Brei herum. Ohne diese blumigen Beschreibungen geht es auch. Soll ich dir auf die Sprünge helfen? Wo warst du an diesem Tag genau, als es passierte?«

Mein Blut erstarrte plötzlich vor Schreck. Es fiel mir sehr schwer, diese Frage zu beantworten. Nicht, weil der Ort mir nicht einfiel, sondern weil ich mich schämte, dessen Namen auszusprechen. Ich war noch nicht so abgebrüht, dass ich beim ersten Gespräch mit jemandem, den ich überhaupt nicht kannte, vom Klo, sorry, von Toiletten reden konnte. Meine Großmutter Mansureh Khanoom hatte uns immer eingetrichtert, als anständiger Mensch dafür zu sorgen, dass niemand mitbekommt, wann und wie wir »auf den Topf gehen«, geschweige denn mit anderen darüber zu sprechen. Nur Leuten, die unverschämt und ungeniert seien, sei das egal. Selbstverständlich war ich nicht scharf darauf, dass mir solche geschmacklosen Eigenschaften nachgesagt wurden.

Bereits das erste Mal, als mein Großvater mich darüber aufklären wollte, dass »auffälliges Betreten und Verhalten an diesem Ort« einem Verbot unterlag, hatte ich schon dagegen verstoßen. Und zwar an einem Tag, an dem ich unter Durchfall und starken Bauchschmerzen litt. Während der geräuschvollen Verrichtung meiner Notdurft hatte ich das Gefühl, als kreise und zische eine aufgewühlte Schlange ununterbrochen in meinen Eingeweiden. Vor Schmerz und Angst rief ich einige Male nach meiner Mutter. Brüllend wies mich plötzlich mein Großvater an, dass ich »das Maul« zu halten habe. Nachdem ich mit meinem Geschäft fertig war, zwang er mich, meinen Mund siebenmal mit fließendem Wasser zu waschen und zu »reinigen«. Er argumentierte, der Teufel habe in meinen Mund gespuckt, als ich ihn »dort« geöffnet und nach meiner Mutter gerufen habe. Der Großvater fuchtelte mit seinem Stock so lange in der Luft herum, bis mir schwindlig wurde. Er kreischte: »Was war los dort? War da ein Feuerwerk im Gange? Weißt du überhaupt, was Ehre heißt? Deine Mutter ist Lehrerin, bringt dir aber das Wichtigste nicht bei. So ein Jammer!«

Zähneknirschend erklärte er mir dann die Rituale zur Verrichtung der Notdurft: »Erstens: Dort redet man nicht. Zweitens: Dort macht man sein Geschäft geräuschlos. Drittens: Wenn man dort rein- oder rausgeht, verhält man sich so, als ob man unsichtbar wäre.« Schließlich fügte er hinzu: »Verstanden? Du kommst in die Hölle, wenn du die drei Gebote nicht beachtest. Das Jüngste Gericht naht. Oh weh, die Kinder von heute sind saufrech geworden.«

Diese drei Gebote beherzige ich bis zum heutigen Tag, als ob sie von Gott erlassen wären.

Frau Dr. Sandmann schaute ungeduldig auf ihre Uhr und sagte grimmig: »Also du hast nur noch eine halbe Stunde. Ist dir bewusst, dass es für mich eigentlich irrelevant ist, ob du redest oder nicht. Ich bekomme sowieso mein Geld. Du musst die Zeit nutzen, die dir zur Verfügung gestellt worden ist.«

Um die Gelegenheit zu nutzen, strengte ich mich an, das verbotene Wort auszusprechen und das Spiel zu Ende zu bringen. Ich überredete mich mit dem Argument, dass »dort« in der deutschen Kultur keinem Gebot unterliegt. Im Gegenteil. Selbst Filmen könne man entnehmen, dass »dort«

sogar ein Bildungs- und Informationsort sein konnte, wo man seinen Geschäften nachgeht, telefoniert, seine Wertpapiere kauft und verkauft, Zeitung liest und mit den Freunden kommuniziert.

Frau Dr. Sandmann riss fast der Geduldsfaden. Sie fragte mühsam beherrscht: »Willst du jetzt sagen, wo du dich zum ersten Mal als Ausländerin gefühlt hast?«

Plötzlich sprang es aus meinem Mund: »Auf dem Klo.«

Der Bann war gebrochen. Ich sprach das verbotene Wort aus. Bevor Frau Dr. Sandmann das Wort wiederholen konnte, erfüllte ein Gefühl der Erleichterung mein Herz.

»Auf dem Klo?«

»Sorry, auf der Toilette.«

Unverzüglich begann ich die Geschichte oder den Teil, an den ich mich noch erinnerte, zu erzählen, ganz ohne blumige Schilderungen. Vor allem besann ich mich auf die unheimliche Anstrengung, mit der ich damals versucht hatte, meine Notdurft geräuschlos zu verrichten. Ob jemand gemerkt hatte, dass ich dorthin ging, wusste ich nicht, denn ich war blind zur Mädchentoilette gestürzt, sobald die Pausensirene läutete. Gewöhnlich benutzte ich die Schultoiletten nicht. Sima Khanoom behauptete, sie trügen alle ansteckenden Krankheiten in sich verborgen. An dem Tag aber konnte ich dem Druck meiner Blase nicht länger standhalten.

Ich ließ dem Strahl freien Lauf, sobald ich auf der Klobrille saß. Das Platschen eines kleinen Wasserfalles zerriss die Stille. Meine Wangen wurden rot vor Scham, als ich merkte, dass das Geräusch von mir kam. Aus Angst, eine Mitschülerin könnte es hören, ruckelte ich vorsichtig auf der Klobrille, um eine Position zu erreichen, die das Prasseln dämpfte. Mehrmals wäre ich fast in die Schüssel gerutscht, so schmächtig wie ich war. Schließlich beruhigte ich mich mit dem Gedanken, dass nun alle nach Hause gegangen wären.

Plötzlich hörte ich Schritte. Jemand öffnete die Toilettentür nebenan. Ihr Quietschen verdrängte das Gefühl der Erleichterung, das sich allmählich in mir ausgebreitet hatte. Es rauschte und kicherte auf der Nebentoilette. Dass jemand beim Pinkeln lachte, versetzte mich in Empörung, die sich in Entsetzen verwandelte, als ich feststellte, dass da zwei Stimmen kicherten. Was würde passieren, wenn sie mich bemerkten! Unwillkürlich spannte ich meine Muskeln an und unterdrückte die letzten Tropfen. Das Kichern ließ ebenfalls nach. Auf einmal war der Raum erfüllt von der Stimme eines Mitschülers namens René: »Ist da jemand?«

Fast alle Mädchen in unserer Klasse waren während der ersten vier Schuljahre abwechselnd in den Lockenkopf mit dem frechen Grinsen verliebt gewesen; sowohl diejenigen, die unter seinen manchmal grausamen Späßen litten, als auch die Mädchen, die all seine Faxen toll fanden und sich darüber amüsierten. Nur ich und zwei andere Mädchen brachen weder in Weinen noch in Lachen aus, wenn er uns ärgerte oder vor uns herumalberte. Rene genoss vor allem, Tiere zu quälen. Das letzte Mal, als ich zuschauen musste, wie er den Hintern einer Biene in einen Strohhalm steckte und sie, begleitet vom Aufjaulen seiner Clique, zum Fliegen zwang, entschied ich, ihn demnächst wie Luft zu behandeln.

René schrie: »Wer ist da?«

Ich blieb still, machte meinen Mund nicht auf. Nicht, weil ich Angst vor René hatte, sondern weil ich dem Teufel keine Gelegenheit geben wollte, in meinen Mund zu spucken. Ratlos schaute ich mich um. Was René mit dem Mädchen nebenan tat, war mir egal. Die beiden hingegen schienen sich brennend für das zu interessieren, womit ich in meiner Kabine beschäftigt war.

Renés Stimme hallte plötzlich über meinem Kopf: »Hey, du! Bist du taubstumm?«

Ich schaute nach oben in sein rotes Gesicht, das über der Holzwand der Kabine in der Luft hing. Gelähmt vor Entsetzen vibrierte der Gedanke in meinem Kopf, dass ein fremder

Junge mich pinkeln gehört und gesehen hatte. Eine starke Hitzewallung erfasste mich, als ob ich direkt in die Hölle gestürzt worden wäre. Blitzschnell stand ich auf, zerrte meine Unterhose hoch und stürmte aus der Toilette. Doch René war flotter als ich. Vor den Waschbecken kreuzte er meinen Weg und kreischte: »Du bist es, Scheißstreber? Du hältst die Schnauze, klar? Hast uns hier nicht gesehen, sonst sorge ich dafür, dass du wieder dort landest, wo du hergekommen bist, scheiß Ausländer! Verstanden?! Puh, du stinkst ...«

Schweigen war meine einzige Antwort. Zum einen, weil ich die drei Gebote nicht missachten und auf der Toilette nicht reden wollte. Zweitens, weil der Ausdruck »Ausländer« mir als Schimpfwort unbekannt war.

Bis dahin lebte ich in der Illusion, ich sei genau wie alle meine Schulkameraden, nur eben zufällig in Iran geboren. Nun musste ich zur Kenntnis nehmen, dass ich eine Ausländerin war und Ausländer, besonders stinkende Scheißausländer, in ihre Heimat zurückzukehren hatten. Obwohl ich in Gedanken mit den neuen Erkenntnissen und Rätseln rang, war mir eins sonnenklar: dass ich am darauf folgenden Tag die Lehrerin ansprechen und ihr alles erzählen würde. So konnte ich René Gelegenheit geben, seine Drohung auszuführen. Ich war recht gespannt, wie dieser »saubere Inländer« reagieren würde.

In den nächsten Sitzungen konzentrierte sich Frau Dr. Sandmann auf meine Klogeschichte. Doch nicht auf den für mich relevanten Aspekt, nämlich mein stinkendes heimatloses Ausländer-Dasein. Vielmehr beschäftigte sie sich aus einem nur für sie gewichtigen Blickwinkel intensiv mit meiner Harnerinnerung. Nachdem sie die Klogeschichte mit meinem Entfremdungsgefühl und meiner Distanzierungstaktik in Verbindung gebracht hatte, stellte sie fest, dass die Quelle all meiner Komplexe an jenem Ort zu suchen sei, an dem sich die körperlichen Ausscheidungen sammelten. So setzte sie jedes Mittel ein, damit ich mich daran erinnerte, wann und von wem ich ›dort‹ sexuell missbraucht worden war. Sie gab mir Tipps, wie ich mich besonders auf das Verhalten meiner nahen Verwandtschaft oder der »netten« Nachbarschaft links und rechts, dann auch oberhalb und unterhalb unserer Wohnung konzentrieren könnte. Da ich nie in die Verlegenheit gekommen war, von meinen Teheraner Onkeln väterlicher- und mütterlicherseits auch nur gemocht zu werden, erübrigte sich ein Verdacht in dieser Richtung. Der einzige Nachbar, mit dem wir je Kontakt hatten, ist der gnädige Herr Weigel. Der aber interessierte sich, wie es schien, mehr für meine Mutter als für mich.

Mit meiner Beziehung zu Abbas Agha beschäftigten wir uns in weiteren Sitzungen ebenso. Gründlich schilderte und kommentierte ich meine Verbundenheit zu ihm. Als ich erzählte, dass ich mich bis zu meinem achten Lebensjahr auf seinen Schoß gesetzt und Arm in Arm mit ihm zusammen ferngesehen hatte, glänzten Frau Dr. Sandmanns Augen. Mein erster Eindruck war: vor Erstaunen. Ihren weiteren Fragen aber entnahm ich, dass es Freude sein musste. Frau Therapeutin war begeistert, denn sie behauptete, eine heiße Spur für die Bestätigung ihrer Vergewaltigungstheorie gefunden zu haben. Ihrer Auffassung nach stellten solch »enge körperliche Kontakte«, wie ich sie mit meinem Vater pflegte, ein »untrügliches Zeichen« für die »Überschreitung der normalen physischen Grenzen zwischen Vater und Tochter« dar und erregten »sexuelle Triebe«.

Dass ich diese engen Kontakte freiwillig und ganz ohne sexuelle Absichten pflegte, beeindruckte Frau Dr. Sandmann nicht. Dennoch fuhr ich in meiner Erzählung fort und informierte sie, meine Mutter sei bei fast allen »Fernsehabenden« dabei gewesen. Sie habe uns mit Obst und Knabbereien versorgt, Früchte geschält und sie uns liebevoll in den

Mund gesteckt, wenn unsere Kehlen ausgetrocknet waren. Ich fügte noch hinzu, dass natürlich auch sie sich von den Köstlichkeiten nahm. In der Tat saßen wir zu dritt immer eng zusammen auf dem Sofa und sahen fern, zum Beispiel die Sendung »Aktenzeichen XY«. Vor Angst oder Aufregung oder Staunen steckten wir uns Granatapfelkerne, Pistazien oder Erd- und Johannisbeeren in den Mund und kauten ununterbrochen. An solchen Abenden wollten meine Eltern mich über die offensichtlichen und subtilen Gefahren der deutschen Gesellschaft aufklären, damit ich weder den himmlischen noch den irdischen Klippen schutz- und ahnungslos ausgesetzt sein würde. Frau Dr. Sandmann stand meinem Argument skeptisch gegenüber: »In den meisten Fällen von sexuellem Missbrauch oder Vergewaltigung spielen auch die Mütter eine große Rolle, leider.«

Das brachte mich zum Lachen: Ich konnte mir Sima Khanoom als Komplizin Abbas Aghas überhaupt nicht vorstellen. Im Falle auch nur der leisesten Andeutung eines eventuellen Verdachts auf Vergewaltigung hätte meine Mutter mit meinem Vater eine Auseinandersetzung begonnen, gegen die der freiwillige Sprung ins christliche Fegefeuer für ihn ein Trippelschritt war. Ich hätte allerdings nicht ausgeschlossen, dass mir noch in der familiären Verhandlung meines eigenen Mißbrauchs die Rolle der Vermittlerin zugedacht worden wäre. Frau Dr. Sandmann vertiefte das Thema nicht.

Meiner Therapeutin erzählte ich diesbezüglich kein Wort. Nicht, weil ich ein kulturelles Missverständnis vermeiden wollte, sondern weil Frau Dr. Sandmann nicht die Absicht hatte, sich in unsere familiären Angelegenheiten einzumischen. Einmal, als ich mich über die Last beschwerte, dass mir als ältester Tochter der Familie die häusliche Pflichterfüllung zufiel, schnitt sie mir das Wort ab und sagte: »Ich kann sehr gut nachvollziehen, dass du darunter leidest. Familientherapie gehört aber nicht zu meinem Arbeitsbereich. Meine Aufgabe ist es, über die Probleme Bescheid zu wissen, die du mit dir hast, und nicht über die, die du mit der Familie hast.«

Auf der Basis dieser Tätigkeitsbeschreibung stellte ich Frau Dr. Sandmann eine Frage, die ich mir mit dem besten Willen nicht zu beantworten vermochte: Wie konnte der von ihr fieberhaft verfolgte Fall einer eventuellen Vergewaltigung seitens Abbas Aghas und komplizenhafter Mitwirkung Sima Khanooms als nicht-familiäres Problem eingeordnet werden? Ich sei ein hoffnungsloser Fall, stellte Frau Dr. Sandmann daraufhin fest und fragte mich bei einer der letzten Sitzungen: »Nehmen wir an, es machte wirklich so viel Spaß, auf dem Schoß deines Vaters fernzusehen und mit deiner Mutter Süßigkeiten zu knabbern. Warum habt ihr dann später dieses fröhliche Ritual nicht weiter fortgesetzt, warum habt ihr irgendwann aufgehört?«

Weil Ryan Reza Djahn, das Licht Abbas Aghas, das Licht der Welt erblickte und eines Tages meinen Platz auf dem Schoß unseres Vaters besetzte. Außerdem johlte Ryan beim Fernsehen oft so laut und lang, dass ich von den gesellschaftlich-aufklärerischen Sendungen wie Aktenzeichen XY nichts mehr lernen konnte. Blieb er still und reglos, rann stets Speichel aus seinem Mundwinkel und besabberte großzügig die geschälten Obstschnitze oder Pistazien. Dann steckte Abbas Agha dieses mit Spucke glasierte Zaubergemisch »Toll, toll!« rufend in den Mund und schluckte es genüsslich runter. Alles ging drunter und drüber, dass niemand mehr den spannenden und pädagogischen Fernsehsendungen Beachtung schenkte. Ryan Djahn allein unterhielt meine Eltern so gut wie zehn Fernsehkanäle!

Solange Abbas Agha jenen wohlgenährten Klops namens Reza, von dem ständig Speichel tropfte, »ordentlich und zivilisiert« küsste, war die Situation für mich einigermaßen erträglich. Seitdem mein Vater aber seinen Schnurrbart hatte wachsen lassen und – hinter Sima Khanooms Rücken – statt Rezas Stirn oder Wangen dessen zahnlosen Mund zu küssen begann, zog ich mich aus dem gemütlichen Hort der Familie zurück. Beim Anblick solcher Szenen wurde mir so übel, dass ich eigenständig und nicht mehr anhand von Fernsehprogrammen die deutsche Gesellschaft zu entschlüsseln suchte.

Selbstverständlich verlor ich bei Frau Dr. Sandmann auch hierüber kein Wort. Ich fürchtete, sie würde Abbas Agha nicht nur für meinen potenziellen Vergewaltiger, sondern auch für Rezas pädophilen Peiniger halten. Deshalb zog ich nachdenklich meine Augenbrauen zusammen und sagte unschuldig: »Keine Ahnung. Ich weiß wirklich nicht, warum wir nicht mehr zusammen ferngesehen haben.«

Frau Dr. Sandmann stöhnte unzufrieden und empfahl mir, mich »gründlicher und umsichtiger« mit meiner Kindheit und meinen Erlebnissen auseinander zu setzen. Denn sie vermutete, dass mir ein wichtiger Teil meiner Vergangenheit ins Unterbewusstsein gerutscht war.

»Vielleicht weil diese Erlebnisse besonders schrecklich waren. Die seelischen Wunden des sexuellen Missbrauchs heilen nicht so schnell. Manche Opfer verdrängen diese schmerzhaften Erinnerungen so tief in ihrem Unterbewusstsein, dass es ihnen später schwer fällt, sie wieder hervorholen. Du musst dich richtig anstrengen. Sonst kann dir keiner helfen.«

Frau Dr. Sandmann wirkte in ihrer Diagnose so sicher, dass ich kurz in Panik geriet. Besorgt senkte ich meinen Blick: »Okay. Ich werde es versuchen. Aber, was passiert, wenn es mir nicht gelingt? Geht es mir dann schlechter?«

Meine Therapeutin lächelte mich zum ersten Mal nach einem Jahr an, in dem ich ihr fast alles über mich und mein Leben erzählt hatte. Sie packte ihre Sachen, schaute auf die Uhr und sagte: »Hoffen wir, dass so was nicht vorkommt. Jetzt ist deine Zeit um. Über den Rest reden wir das nächste Mal, okay?«

Bis zur nächsten Stunde wühlte ich immer wieder in meinen Erinnerungen, in der Hoffnung herauszufinden, in welcher abgelegenen Ecke meines Gedächtnisses sich meine verwundete Vergangenheit versteckt hatte. Vergeblich! Verlegen und schwermütig hielt ich mich von allen liebevollen Aktivitäten der glücklichen Familie Azad fern und versenkte mich in mich selbst. Weil Sima Khanoom sich kurz zuvor mit mir heftig über meine gezupften Augenbrauen gestritten hatte und deshalb unter schlechtem Gewissen litt, versuchte sie mehrmals, mir aus meiner Isolation herauszuhelfen. Ich ließ jedoch alle ihre Bemühungen ins Leere laufen. Meine Mutter wusste ohnehin nichts von Frau Dr. Sandmann und konnte mir in meiner Lage nicht beistehen.

Mir fehlte eine Busenfreundin, der ich mein Herz ausschütten konnte. Auf der Suche nach einem vertrauten Menschen stellte ich plötzlich fest, dass nicht nur meine Vergangenheit, sondern auch all meine Freunde »verdrängt« worden waren. Manchmal stellte ich mich vor den Spiegel und betrachtete die Peitschennarben des Feuerwindes auf meiner Schulter und meinem Rücken. Um Frau Dr. Sandmanns Ratschläge zu befolgen, versuchte ich, mir ähnliche Wunden in meiner Seele vorzustellen. Einmal, als ich in einer Therapiestunde vor lauter Verzweiflung in Schluchzen ausbrach, tröstete mich Frau Dr. Sandmann verlegen und gab mir ganz vorsichtig den Tipp: »Kiff doch einfach mal, wenn es dir so schlecht geht. Haschisch macht nicht süchtig, wenn man es nicht übertreibt und nicht über einen längeren Zeitraum nimmt.«

Ich weigerte mich damals sogar, an einer Zigarette zu ziehen, geschweige denn Haschisch zu rauchen!

23.

Dennoch war Frau Dr. Sandmanns Vorschlag hilfreich. Mir fiel Mirel, meine französische Schulkameradin ein. Mit ihr würde ich über die Verdrängung meiner inzestuös belasteten Vergangenheit reden können. Mirel sollte, wenn Frau Dr. Sandmanns Analyse zutraf, eigentlich eine unbelastete und erlöste Seele sein, weil sie sowohl rauchte als auch kiffte. Mehr noch, sie gehörte zu den Privilegierten, die unter ihrem Ausländer-Dasein nicht zu leiden hatten: »Nimm die Deutschen nicht so ernst. Sobald du merkst, dass sie ihre Grenzen überschreiten, hau ihnen mit der Hitler-Keule eins über den Kopf.«

Eines Tages, als sie völlig zugedröhnt und benebelt war, enthüllte ich ihr mein Problem. Sie löste es im Handumdrehen: »Suchst du Erinnerungen an Vergewaltigungen? Komm, ich kann dir ein paar von mir leihen.«

Ohne meine Antwort abzuwarten, begann sie von ihrer ersten sexuellen Belästigung zu erzählen, die sie als Siebenjährige an einer deutschen Musikschule erlebt hatte.

»Der Typ war mehr tot als lebendig, so alt und schwach wie der war. Aber jedes Mal, wenn ich auf meiner Flöte herumquietschte, nahm er mich in den Arm, streichelte mir über Gesicht und Kopf und steckte seine ekelhafte, trockene Zunge in meinen Mund – natürlich um mich zu loben. Danach ging es mir oft so miserabel, dass ich zum Spielen überhaupt keine Kraft mehr hatte. Lange Zeit bildete ich mir ein, die Deutschen lobten mit der Zunge. Was weiß ich, alles ist möglich. Was ist normal? Keine Ahnung. Eines Tages jedenfalls, als ich dabei war, meine Puppe mit der Zunge zu loben, beobachtete mich meine Mutter und fragte vorsichtig, wo ich das gelernt hätte. Den Rest kannst du dir selber vorstellen. Flötespielen war von da an untersagt, was mir nur recht war.«

Ehe Mirel mit ihrem zweiten Vergewaltigungserlebnis begann, holte sie tief Luft. Beim Reden schwenkte sie Hände und Arme heftig durch die Luft, als wolle sie mit einem unsichtbaren Gummiband geometrische Figuren zeichnen. Mir fielen die geräuschvollen Schmatzer Abbas Aghas ein, die er ständig Reza Djahn aufdrückte. Vielleicht wäre es nicht abwegig, wenn Ryan Djahn an meiner Stelle eine Therapeutin aufsuchte, dachte ich. Mirel malte die unsichtbare Seite eines Quadrates zu Ende, als ich mich bei ihr bedankte: »Hast mir sehr viel geholfen, danke vielmals.«

Sie führte ihre tausend blonden Zöpfe in ihrem Nacken zusammen, bändigte sie mit einer nicht vorhandenen Spange und sagte wie eine erfahrene Verkäuferin: »Gern geschehen. Wenn es dir zu soft war, sag es mir ruhig. Ich hab auch blutige und brutale Vergewaltigungsgeschichten. Alle original und aus erster Hand. Spendierst du mir nun eine Cola? Heute hab ich schon alles für Stoff ausgegeben.«

Ich kaufte ihr eine Cola. Ihre Erinnerung konnte ich leider kaum als die meine verkaufen. Nicht, weil sie von zarter, feiner Natur war, sondern weil sie meiner Biografie nicht entsprach: Ich hatte nämlich nie einen Flötenkurs besucht. Würde meine Therapeutin zu diesem Thema Fragen stellen, wüsste ich keine Antwort. Ich hatte sie doch aufgesucht, um mich mit ihrer professionellen Unterstützung des schändlichen Rufs einer Lügnerin zu entledigen, nicht um auch bei ihr als solche aufzufallen!

Weil Frau Dr. Sandmann nun meine unter sozialer Brüskierung leidende Seele und mein Ich, das sich als »Inländerin« fühlte, aber wie eine »Ausländerin« behandelt wurde, überhaupt nicht ernst nahm oder besser gesagt nicht als behandlungswürdigen Zustand ansah, hörte ich auch auf, in meinen Erinnerungen zu wühlen. Das Problem, immer außen vor zu sein, löste ich nach Sima Khanooms Methode: Sobald mir die Fragen »Woher kommst du, wann gehst du zurück?« gestellt wurden, drehte ich meinen Kopf zur anderen Seite und tat, als ob ich nichts gehört hätte.

24.

Obwohl mein Vater immer wieder angekündigt hatte, er würde endlich gehen, stand er immer noch in der Küche. Er warf einen weiteren bösen Blick auf die Märchenbilder mit Wölfen und Froschprinzen an der Wand und sagte lauter als zuvor: »Ja, nun! Entweder ist hier Platz für diese abstoßenden Tiere oder für mich. Also ich gehe.«

Keine Reaktion. Keiner wollte ihn aufhalten. Weder Ryan Djahn noch mir war nach einer Neuaufführung der letzten Dramen zumute. Enttäuscht von Abbas Aghas Entscheidung und unserer Gleichgültigkeit steckte Sima Khanoom den Kopf tiefer in ihr Märchenbuch. Niemand außer dem Bilderbuchgetier sollte ihre Tränen sehen.

Gewohnheitsmäßig gab ich meinem Bruder einen Schubs, zu ihr zu gehen und sie zu trösten. Ryan stand auf, stellte sich jedoch unerwartet, wenn auch vorsichtig, an Abbas Aghas Seite. Mit leise bebender Stimme sagte er: »Von diesen Märchen und Fabeln und diesem يكي بود، يكي نبود، غير از خدا هيچ كس نبود (Es-war-einmal-ein-König) lernt man nichts. Warum gehen Sie nicht einfach auf die Deutschen zu? Ich meine تماس بگيريد (Kontakt herstellen) mit ihnen. Darauf wollte Papa eigentlich hinaus. Mit der Gesellschaft Kontakt aufnehmen, und …«

Meine Mutter unterbrach ihn: »Welche Gesellschaft? Seitdem ich in dieser Gesellschaft lebe, hat sich mein Kontakt auf Supermarktgänge und Arztbesuche beschränkt. Wie kann ich jetzt in meinem Alter mit der Gesellschaft Kontakt aufnehmen?«

Ryan war verwirrt: »Nein. Ja. Mit der Gesellschaft, ich meinte, mit den مردم (einfachen Leuten). Den Leuten in unserer Umgebung. با همسایه ها (Mit den Nachbarn) zum Beispiel.«

Sie habe sehr wohl verstanden, so Sima Khanoom. Denn sie habe in dieser Hinsicht selber alles Mögliche ausprobiert. Vergeblich. Sie könne dies auch beweisen: »Bitte schön: Dem Nachbarn zur Rechten habe ich mehrmals große Schüsseln voller Pistazien aus Refsandjahn geschenkt. Glaubst du, er hat sich revanchiert? Oder selbst Gabi Meier: Wie oft habe ich ihr Safran aus Ghaiin spendiert? Was habe ich damit erreicht? Nichts. Wenn wir uns zufällig im Treppenhaus trafen, hat sie mich ignoriert und sich mit ihrem Schlüsselbund oder ihrer Handtasche beschäftigt. Heute grüßt sie mich hastig und teilnahmslos und geht an mir vorbei. Nicht mal ›Wie geht es Ihnen?‹ sagt sie zu mir.«

Wäre Sima Khanoom über meine Beziehung zu Peter besser informiert, hätte sie ihre Erwartungen von Anfang an heruntergeschraubt. Schnell warf ich ein: »Sie werden nie eine echte Deutsche werden, liebe Mama, wenn Sie denken, man könne mittels zehn Gramm Safran, aus welchem Gebiet auch immer, eine dauerhafte und intime Freundschaft mit Deutschen schließen. Freundschaft hat für sie eine andere Bedeutung.«

Das sah Sima Khanoom ein. Sie war im Grunde schon vor Jahren selbst zu diesem Schluss gelangt. Deshalb unterließ sie es seither ja auch, mit Safran und Pistazien gesellschaftliche Kontakte herzustellen. Was mich um so mehr in Staunen versetzte, war aber ihre Reaktion auf unser Gespräch. Sie stand plötzlich auf, riss Bilder und Poster ab und packte sie in einen Karton, den sie in der Abstellkammer verstaute. Begriff sie endlich, dass ihr Märchenwesen und historische Werkzeuge bei ihrem Bemühen, sich voll in »deutsche Lebensverhältnisse« zu integrieren, kaum helfen würden? Ihr Entschluss, sich nicht länger theoretisch, sondern auf praktischer Basis der deutschen Kultur zu nähern, stand offensichtlich fest.

»Ich möchte aber, dass die Deutschen auch mit meiner Kultur vertraut werden«, sagte meine Mutter anschließend und überlegte sich, wie das zu machen wäre. »Also ein Kulturaustausch von unten. Das heißt zwei Kulturen gleichzeitig und gleichberechtigt behandeln und verbreiten!«

Mit solchem Kulturaustausch war ich bestens vertraut. In der Schule waren Fatma und ich die Vertreterinnen der arabischen und islamischen Welt. Jedes Mal, wenn Rechtsradikale da und dort Häuser von »Ausländern« in Brand setzten oder wenn sie Nichtdeutsche auf der Straße mit dem Baseballschläger so heftig traktierten, dass diese nach ein paar Tagen im Krankenhaus starben, planten die Lehrer Aktionen, durch die sie den »ausländischen« Minderheiten ihre Unterstützung zeigen und zur »Multikulturalisierung« der deutschen Gesellschaft beitragen wollten. Dann wurden wir, das heißt Fatma, Mirel, ich und noch einige Schüler aus der Türkei, Griechenland oder Spanien beauftragt, den anderen unsere Kultur zu präsentieren. Fatma hatte es am einfachsten. Sie brachte ihr aus dem Libanon importiertes Bauchtanzkleid aus Spitze mit, briet zwei bis drei Pfannen Falafel* und trat auf der Bühne des Schulsaals zu spezieller, rechtzeitig selbst aufgenommener Bauchtanzmusik auf. Fatma tanzte dann mit rollenden Augen und kreisendem Nabel zwei oder drei Lieder herunter, begleitet vom stürmischen Beifall und Jubel des begeisterten Publikums.

Im Laufe der Zeit konnte auch ich ziemlich professionell reagieren. So kochte ich mit Simas Hilfe ein Tablett Koko-Sabzi* und einen Topf Sholeh-Zard*. Dann transportierten Ryan und ich den Samowar und das dazugehörige Tee-Set, das uns Mansureh Khanoom aus Mashed mitgebracht hatte, in die Schule. Als Speise für die Seele suchte ich noch ein Gedicht von Hafiz und eine von Hafiz inspirierte Goethe-Ballade aus. Beide Werke trug ich auf Persisch und Deutsch vor.

Von der Aufgabe, Lyrik auf Persisch zu deklamieren, war

ich nicht besonders begeistert. Denn nicht alle Schüler nahmen freiwillig an dieser Toleranzveranstaltung teil. Sobald mein Gedichtbeitrag angekündigt wurde, begann das Pflichtpublikum laut zu reden, sich gegenseitig zu bespucken und miteinander zu ringen, als ob Pause wäre. Die Sprach- und Literaturlehrer lehnten es jedoch strikt ab, diesen Teil des »Kulturaustauschs« zu streichen. Sie hielten es für erforderlich, dass die Schüler zuweilen auch den Klang anderer, »exotischer« Sprachen zu hören bekamen. Da ich also verpflichtet war, die geistreichen Balladen Hafiz' und Goethes in diesem Wirrwarr aufzusagen, mischte ich ein paar Beschimpfungen, Flüche und Beleidigungen in die genialen persischen Gedichte, um meinem Herzen Luft zu machen. Ich rezitierte etwa Hafiz voller Schwermut auf Persisch mit folgenden Worten:

»Vertrau deinen Schopf nicht dem Wind an,
so zerstreust du meine Liebe zu dir /
Platz, ihr Idioten! Setzt euch hin, ihr Dummköpfe!
Setz nicht auf Koketterie, so hauche ich meine Seele aus /
oder spucke auf euch und verstreue Asche
über eure Häupter.«

Oder etwas Ähnliches. Merkwürdigerweise war mir das nicht peinlich. Denn ausschlaggebend war der Klang der Sprache, wie unsere engagierten Lehrer erklärten. Der Inhalt war zweitrangig. Jedes Mal, wenn sie mir auf die Schulter klopften und mich wegen der »hervorragenden Deklamation des melodischen, exotischen und unverwechselbaren Klangs des Persischen« lobten, musste ich mir das Lachen verkneifen. Ich wackelte bedeutungsvoll mit dem Kopf und sagte: »Ja, die persische Sprache ist sehr süß. Das hat unser großer Dichter Ferdoosi auch gesagt.«

Nur Mirel hatte bei der Darstellung der französischen Kultur stets Probleme. Da sie aufgrund der Empfehlung ihrer Therapeutin wieder Flöte spielte – um dadurch die Alpträume ihrer Kindheit zu verarbeiten –, versuchte sie sich an einigen folkloristischen Liedern zum Thema Baguette und Käse. Sobald sie die Melodie zum Vers »Oh Käse, ich lasse dich auf der Zunge zergehen und genieße es, wenn dich mein Gaumen berührt« spielte, musste sie würgen und vergaß die Noten. Ich tröstete sie und versuchte ihr nahe zu legen, sie solle in solchen Situationen nur mit voller Kraft weiter spielen, egal ob richtig oder falsch.

»Es ist völlig egal, wie sich die Melodie anhört. Wichtig ist, dass man die Flöte hört. Im Saal kennt sich niemand mit französischer Musik aus. Selbst wenn du falsch spielst, glaubt das Publikum, dass sich französische Volksmusik so anhört. Nimm nicht alles so ernst!«

25.

Sima war es mit dem Kulturaustausch sehr ernst, obwohl sie lange Zeit keine Gelegenheit dazu fand. Denn noch war sie froh, dass mein Vater nach der Bildentsorgung seine Entscheidung, uns zu verlassen, prompt geändert hatte. Er kam brav jeden Abend nach Hause und stabilisierte die ins Wanken geratenen Säulen des gemütlichen und warmen Horts seiner kleinen Familie, und zwar durch den Verzehr persischer Spezialitäten wie Chelo Kebab, Doogh* und Zwiebeln.

Alles war in Ordnung. Meine Mutter machte Fortschritte in ihren Integrationskursen, vor allem aber bei praktischen Übungen wie der eingehenden Beobachtung vorbildlicher deutscher Nachbarn oder der umfassenden Lektüre von Biografien ehrbarer Deutscher, die vom Bundespräsidenten aufgrund ihres Engagements für die deutsche Kultur ausgezeichnet worden waren. Ryan Djahn hielt sein Ehrenwort und brachte keine neuen Tätowierungen nach Hause. Abbas Agha meckerte nicht über Ryans Freundschaft zu Kai, obwohl sein Sohn mehrmals wöchentlich bei ihm übernachtete. Mir war das Arabischlernen zu anstrengend geworden, was wiederum Abbas Agha hoffnungsvoll stimmte. Ich bat Peter, mich von jener undankbaren Aufgabe zu befreien und direkt mit Fatma in Kontakt zu treten.

Endlich war unser Leben einigermaßen von Stabilität und Harmonie geprägt. Bis ein Freund meiner Mutter ihr an einem Dienstag telefonisch mitteilte, der Einbürgerungsantrag Hadj Bassiris sei abgelehnt. Der Grund: »Zweifel an einer positiven Einstellung des Bewerbers zum deutschen Grundgesetz.«

Sturm wirbelte wieder einmal in unser ruhiges Leben. Sima Khanoom war nämlich der Auffassung, ihre Teilnahme an den 1980er Wahlen zur Gründung einer islamischen Republik in Iran könne eben diese Zweifel gleichfalls nähren. Da unser Vater Sima Khanoom damals aus Überzeugung gezwungen hatte, für eine islamische Republik zu stimmen, eröffnete sie jetzt gegen ihn als Hauptangeklagten ein familiäres Gerichtsverfahren. Der Beschuldigte verteidigte sich vehement immer mit demselben Einwurf: »Das war vor fast fünfundzwanzig Jahren! Das zählt doch heute nicht mehr. Außerdem hat uns dieses Regime zur Flucht gezwungen. Ist das kein Zeichen unseres Widerstands gegen die undemokratischen Grundlagen des islamischen Grundgesetzes?«

Sima Khanoom dagegen befürchtete, die Flucht könne ausschließlich als Zeichen unseres Überlebenswillens gesehen werden – oder als Beweis für die Möglichkeit, menschliche Kommunikation mittels einer Schaufel aufzubauen, wie es mein Vater während seines Asylverfahrens getan hatte.

Keines dieser beiden Argumente war im vorliegenden Falle verfahrenstauglich, leider. Sima Khanoom fiel wieder in abgrundtiefe Verzweiflung. Dennoch ließ sie prüfen, ob ihre Stimme von damals nach internationalen Gesetzen zurückgenommen werden konnte. Sie habe sie zwar abgegeben, doch nach der Gründung habe sich die Islamische Republik als undemokratischer Staat erwiesen, erklärte sie jedem und sah im Abbruch jeglicher Kontakte zu dem mit ihrer Stimme etablierten, undemokratischen Regime in ihrer einstigen Heimat die einzig wirksame Lösung des Problems: Sie würde einen Ausbürgerungsantrag stellen.

Wir alle waren in Sorge, dass Abbas Aghas nationalistische Gesinnung wieder erwachen und er die Flagge des Protestes hissen würde. Besorgt wies ich Ryan Djahn an, sich je nach Situation seelisch auf die Aufführung eines seiner beiden Rührstücke »Streit–Koffer–Schlüssel–Flennen« oder »Ehrenwort–brav–okay« einzustellen.

Zu unserem Erstaunen blieb Abbas Agha gelassen, als meine Mutter beim Abendessen ihren Ausbürgerungsantrag ankündigte. Er steckte sich ein Stück gebratene Tomate in den Mund und sagte unbefangen, während er sich den roten Saft von den Lippen leckte: »Warum nicht? Tolle Idee. Tu das!«

Meine Mutter konterte erstaunt: »Wo ist deine Leidenschaft für das Persertum geblieben? Macht es dir wirklich nichts aus, wenn ich mich ausbürgern lasse?«

Während mein Vater das letzte Stück Kebab hinunterschluckte, lehnte er sich zurück und streichelte sanft seinen Bauch: »Warum soll es mir etwas ausmachen? Die Botschaft regelt das für mich. Sie wird nämlich deinen Antrag ablehnen, weil es dafür keine gesetzliche Grundlage gibt. In der Islamischen Republik Iran verfügt kein Iraner über das Recht auf Ausbürgerung.«

Mit jedem Wort begeisterte er sich mehr für das in der Islamischen Republik Iran gesetzlich verankerte Ausbürgerungsverbot; als hätte er selbst dieses Gesetz entworfen. Der verzweifelte Blick meiner Mutter verriet, dass sie wieder in bodenloser Hoffnungslosigkeit versank.

»Und wie soll ich nun beweisen, dass ich gegen Despotismus und für die demokratischen Prinzipien des deutschen Grundgesetzes bin?«

Wieder waren wir in eine Sackgasse geraten. Ich persönlich hätte es vorgezogen, das islamische Regime Irans hätte bei diesem Recht wie bei allen anderen in Männer- und Frauenrechte unterschieden und die Vormundschaft den Männern anvertraut; dann hätten die Männer über das Ausbürgerungsrecht der Frauen bestimmen dürfen. Es war nach meiner Erfahrung einfacher, gegen persische Ehemänner als gegen deren staatliche Vertreter zu kämpfen. Wir hätten theoretisch etwa meinen Vater mit Hilfe einer szenischen Aufführung überzeugen können, Sima Khanoom aus dem goldenen Käfig einer unveräußerbaren iranischen

Staatsbürgerschaft zu befreien. Als hätte er meine Gedanken gelesen, stellte mein Vater die Grundlage meiner Logik augenblicklich mit einem einzigen Satz in Frage.

»Einmal Iranerin, immer Iranerin. Die Staatsbürgerschaft ist kein saurer Joghurt, den du zurückgibst, wenn er dir nicht schmeckt!«

Niemand machte sich die Mühe, meinem Vater darzulegen, eine Staatsbürgerschaft sei kein saurer Joghurt, sondern ein elementarer Bestandteil von Demokratie. Schon weil sich unser Problem durch Einsicht seinerseits nicht gelöst hätte.

26.

Es lag wohl am Erdbeer-Quark. Kaum stand die unschuldige Nachspeise auf dem Tisch, begannen Sima und Abbas über die Unterschiede zwischen Joghurt und einer Staatsbürgerschaft zu streiten. Ich schlich unauffällig aus der Wohnung. Ich sehnte mich nach Abgeschiedenheit und Trost. Es kümmerte mich nicht mehr, dass der gemütliche Familienhort Abbas Aghas aufgrund von dessen Joghurt-Despotismus auseinander fallen würde. Immerhin bekam Ryan Djahn nun, gewollt oder ungewollt, die Chance, seinen ehrenhaften Ruf als »Hüter der Familie Azad« zu verteidigen. Mich interessierte nur eine Frage: Wer würde in dieser Runde des Kampfes punkten?

Im Treppenhaus fiel mir plötzlich auf, dass ich kein Ziel hatte. Zu Peter oder Fatma konnte ich nicht, weil sie gemeinsam mit Arabischunterricht beschäftigt waren. Plötzlich fiel mir Mirel ein. Ihr konnte ich vielleicht mein Herz ausschütten. Mirel bereitete sich zurzeit auf die Aufnahmeprüfung der Musikhochschule vor; nicht mit der Flöte, sondern dem Akkordeon. Jahrelang hatte sie sich flötend und würgend bemüht, der Empfehlung ihrer Therapeutin zu folgen. Im Rahmen dieser unermüdlichen Versuche war es ihr immerhin gelungen, die Abstände zwischen den Anfällen von Brechreiz zu vergrößern. Die Therapeutin war mit diesem Fortschritt ganz zufrieden. Mirel hingegen erschien es auf Dauer nicht ausreichend, aufsteigende Essensreste wieder hinabwürgen zu können.

Dennoch rang sie noch eine Weile mit ihren seelischen Komplexen. Eines Tages, als sie auf dem Weg zu ihrer Therapeutin war, stieß sie im unterirdischen Durchgang am

Rudolfplatz auf einen jungen Mann, der leidenschaftlich und ohne auf den allgemeinen und schwindelerregenden Tumult in der U-Bahnstation zu achten, Akkordeon spielte. Weder Spieler noch Instrument weckten zunächst ihr Interesse. In nostalgischer Schwermut erinnerte sie sich an die Pariser Metro. Plötzlich ergriff sie eine heiße Sehnsucht. Sie überlegte, ob sie nicht sofort einen Zug nehmen und ihrer Heimatstadt einen Besuch abstatten sollte. Sie tat es nicht, denn der junge Mann, in einen karierten Rock gekleidet, fragte die unentschiedene und traurige Passantin nach ihrem Musikwunsch.

Heute erinnerte sich Mirel nicht mehr an das Lied, das sie sich wünschte. Sie entsann sich nur, dass jener junge Mann im karierten Rock und sein Akkordeon an diesem Tag ins Zentrum ihrer Aufmerksamkeit und ihres Lebens rückten.

Allerdings fasste Paul MacArthur seither sein Instrument nicht mehr an. Mirel ihrerseits stattete der Therapeutin von diesem Tag an keinen weiteren Besuch mehr ab, denn sie hatte selbst die Quelle ihrer seelischen Unrast und Ziellosigkeit entdeckt. Die Ursache lag in ihren unbefriedigten musikalischen Bedürfnissen. Die einfache Lösung lag in einem Instrumentenwechsel, der sie von der Erinnerung an die ekelhaften Küsse des alten Musiklehrers befreite. Paul, das Kind einer schottischen Familie, der auf Reisen statt zu betteln Musik machte, half Mirel enorm sich wiederzufinden. Diese bitter-süße Entdeckung bereicherte sie, zusätzlich zur Befriedigung ihrer unterdrückten sexuellen Bedürfnisse durch Paul, um zwei Erfahrungen:

Erstens: Auf Therapeuten ist kein Verlass.

Zweitens: Der Mensch braucht doppelt so viel Liebe, wenn er sich in der Fremde aufhält. Das trifft besonders auf Menschen zu, die in Deutschland in der Fremde leben.

Um Mirel nicht unangenehm zu überraschen, rief ich sie per Handy an. Normalerweise neige ich dazu, nach alter orientalischer Sitte einfach unangemeldet zu Besuch zu kommen und zu erwarten, majestätisch empfangen zu werden. Dabei war ich oftmals selbst Opfer dieser Tradition. Abbas Agha brachte häufig Freunde mit nach Hause, die meine Mutter und ich dann fürstlich zu bewirten und stundenlang zu unterhalten hatten.

Mirel teilte mir mit, sie sei unterwegs und komme in einer halben Stunde nach Hause. Ich könne aber schon vorbeikommen, da Paul daheim sei. Als ich eine dreiviertel Stunde später bei ihr schellte, war sie immer noch nicht da. Wahrscheinlich war sie auf der Straße einem Freund begegnet. Nach alter französischer Sitte waren sie dann kurz in ein Café gegangen.

Paul war in der Tat zu Hause, benahm sich aber so, als ob ich nicht da wäre. Nachdem er mich kurz mit einem »Hi« begrüßt hatte, setzte er seine Arbeit fort, ohne mir auch nur ein Glas Wasser anzubieten. Es schien mir, als sei er im Begriff, die Wohnung umzuräumen. Er klappte das Doppelbett zusammen und verwandelte es in eine Couch. Er schob die Stühle beiseite, um Platz für zehn bis zwölf Bügelbretter zu schaffen, die zusammengeklappt an der Wand lehnten. Ihre Anzahl erstaunte mich. Es hieß, Paul habe großen Einfluss auf Mirel genommen, sie sei umsichtig und sparsam geworden. Oft ginge sie auf Jagd nach Sonderangeboten. Doch von einem gewissen Gleichklang abgesehen, verband Bügelbretter nichts mit Billigbutter, die man hamstern und in der Speisekammer horten konnte. Als ich Paul nach den Brettern fragte, sagte er kurz und bündig: »Einfach so!«

In eben dem Moment, in dem MacArthur das zwölfte Bügelbrett aufgestellt hatte, betrat Mirel die Wohnung. Sie begann unaufgefordert und wie selbstverständlich von der neuen Dekoration ihrer Wohnung zu schwärmen. Die Idee, sie in eine Bügelstube zu verwandeln, sei ursprünglich Pauls Vorschlag gewesen, der sich nicht nur in diesem Bereich gut auskannte, sondern überhaupt eine feine Nase für alles hatte, was Geld einbrachte. Sein Projekt hatte er »Herz&-HeimBügelKultur« genannt. Wahrscheinlich hatte er deshalb die ganze Wohnung außer Bad und Abstellkammer in ein einziges Zimmer verwandelt.

Doch es war ein außergewöhnliches Wohnzimmer, in dem sich jeden Nachmittag etwa zwanzig deutsche bügelwillige Männer und Frauen versammelten. Erst vor zwei Monaten sei dieses Projekt zustande gekommen, erklärte Mirel. Anfänglich hätten die Bügel-Sitzungen nur einmal in der Woche stattgefunden. Es machte den Teilnehmern Spaß, ihre Hosen und Hemden zu bügeln, während sie Hörspielen über häusliche Probleme und den gesellschaftlichen Wert der Familie lauschten. Umhüllt vom Bügeldampf und Hörprogramm, bauten sie emsig akurate Wäschestapel, erinnerten sich dabei an ihre schönsten Kindheitserlebnisse und genossen ein Gefühl inniger Heimeligkeit.

MacArthurs Projekt sprach als Zielgruppe Singles an, die wirtschaftlich in der Lage und willens waren, sich zu verehelichen. Das Projekt wurde von der Stadt finanziell gefördert, um die Deutschen vor dem Aussterben zu retten. Bis dato hatten sich zwei Bügler-Paare zusammengefunden, aber noch nicht bereit erklärt, den nächsten Schritt zu wagen. Doch Mirel und Mac waren zuversichtlich.

»Paul hat immer geniale Vorschläge, nicht wahr?« Mirel wartete meine Antwort gar nicht erst ab und fügte hinzu: »Damit es kein rein deutsches Programm bleibt, spielen wir zu Beginn einer jeden Sitzung einige kurze französische und schottische Lieder. So geht der europäische Aspekt des Projektes nicht verloren.«

Benommen schaute ich auf den kariert-berockten Paul und stammelte: »Ja, klar! Ich hab immer gesagt, Haus und Familie sind äußerst wichtig.«

Zu spät kam mir in den Sinn, dass damit automatisch mein Plan ins Wasser fiel. Ich konnte Mirel unmöglich ein Loblied auf die Familie singen und ihr dabei mein Herz über meine familiären Zerrüttungen auszuschütten! Ich würde möglichst bald einen Vorwand finden müssen, um von der Bildfläche verschwinden zu können.

Inzwischen forderte Mirel mich auf, Entscheidungen zu treffen: Ob ich lieber Wasser oder Tee oder Saft oder Kaffee zum Trinken hätte. Ob ich in der rechten oder linken Ecke des Wohnzimmers sitzen wolle. Ob ich Jazz oder Klassik oder Rock oder Heavy Metal hören möchte ...

Ich geriet unter Entscheidungsdruck. Mein Hirn begann zu streiken. Die Ohren folgten, denn ich registrierte keine weitere Frage mehr. Bei Iranern muss sich der Gast nicht an allen Entscheidungen beteiligen. Alles ist vorprogrammiert: Man trinkt Tee und isst Obst. Der beste Platz auf dem Sofa wird dem Gast angeboten und er muss sich die Jammer- und Klagemusik von Dariush oder Sattar oder Shahram Nazeri anhören, basta. Über all diese Rituale bestimmt selbstverständlich der Gastgeber. So ist es kein Wunder, dass den Iranern »Gastfreundschaft« nachgesagt wird. Das beliebte Sprichwort »Der Gast ist der Esel des Gastgebers« sagt alles! Ehe ich mein Hirn völlig mit der Asche der Trübsal überschüttete, fasste ich den Gedanken, dass es nicht schlecht wäre, mal wieder einen iranischen Freund zu besuchen.

Ich gab Mirel so lange keine klare Antwort, bis sie sie nicht mehr erwartete und stattdessen zu reden begann. Ein Vorwand, um zu gehen, wollte mir nicht einfallen. So blieb ich bei ihr, bis die ersten Kunden des Familienförderers Paul MacArthur eintrafen. Still saß ich da und hörte mir Mirels Probleme mit ihrer Familie an. Beim Abschied drückten wir uns fest und herzlich. Ich blieb eine Weile in ihren Armen und genoss die Wärme ihres Körpers, während sie sich bei mir bedankte, dass ich ihr mein Ohr geliehen hatte. Sie könne nun ganz erleichtert Akkordeon üben. Lächelnd fügte sie hinzu: »Mein Mac ist so schweigsam, dass es ihm schon zu viel ist zu fragen, wie es einem geht.«

Skeptisch blickte Mac hoch und kam auf uns zu. Vielleicht weil wir uns lange umarmt und uns gegenseitig einiges ins Ohr geflüstert hatten. Abrupt zog er Mirel von mir fort und an sich, nahm sie demonstrativ liebevoll in die Arme und meinte: »Well, Schluss mit dem Liebkosen. The customers are coming. What do you want to play today, Honey?«

Wahrscheinlich hatte Paul Recht. Das Bild zweier Frauen, die sich an der Schwelle dieses Zimmers umarmten, war nicht werbewirksam. Schließlich wollte die Stadt mit diesem »Herz&HeimBügelKultur«-Projekt gewiss keine gleichgeschlechtlichen Familiengründungen fördern.

Mit dem Thema Familienhort kehrten meine Gedanken zu Sima Khanoom zurück. Vielleicht könnte meine Mutter ihr »Kulturaustauschprojekt von unten« in der Bügelwerkstatt des schottischen MacArthur umsetzen. Zuallererst musste sie sich aber aus den Fängen der iranischen Staatsbürgerschaft retten.

27.

Ein Rechtsanwalt empfahl meiner Mutter, einfach zum Joghurtgeschäft, das heißt zur iranischen Botschaft zu gehen und den sauren Joghurt, ihre iranische Staatsbürgerschaft, auf die Theke zu stellen. Der Rechtsanwalt vertrat die Auffassung, für die deutschen Behörden sei es bedeutungslos, ob der Jogurt tatsächlich zurückgenommen werde oder nicht. Relevant sei allein Sima Khanooms unerschütterliche Absicht, ihn zurückgeben zu wollen.

So lebte meine Mutter wieder auf, war erleichtert und glücklich, widmete sich erneut Tag und Nacht ihrem Training für die Deutschmeisterschaft. Die Idee in Pauls Bügelwerkstatt einen gleichberechtigten Kulturaustausch stattfinden zu lassen, lehnte sie kategorisch ab:

Erstens: Sie beabsichtige keine zweite Ehe!

Zweitens: Sie sei grundsätzlich gegen jede Art von Heiratsvermittlung, auch gegen deren schottische Form!

Simas ablehnende Haltung versetzte Abbas in falsche Euphorie und nährte seine unrealistische Hoffnung, sie könne ihren Einbürgerungsantrag am Ende freiwillig zurückziehen und dem Tumult in seinem heiligen Hort ein Ende setzen.

Nach dem plötzlichen Auftauchen Abbas Aghas auf unserer kleinen Familienbühne bei unserer damaligen Ankunft in Berlin hatte ich eingesehen, dass ich ebenso wie andere Kinder einen Vater haben könnte. Nachzuvollziehen, dass meine Mutter auch einen Ehemann wollte, fiel mir schwerer. Sie hatte mir alleine zu gehören, ohne Wenn und Aber. Nun musste ich sie mit einem Mann teilen. Das war unglaublich schwierig. Mit Ryans Geburt nahmen die Schwierigkeiten zu. Denn Sima Khanoom schenkte ihre ganze Aufmerksamkeit dem Neugeborenen. Praktisch kümmerte sie sich erst dann um mich, wenn Abbas mit dem Säugling spielte. In der Tat war es Baby-Ryan, der mir die Vorteile von Simas Ehemann aufzeigte: Meine Mutter benötigte einen Mann, der auf ihren nicht geplanten Sohn aufpasste! Ich erlaubte ihm stillschweigend, seinen kahlköpfigen Nachwuchs auf seinen Arm zu nehmen, auf seine behaarte Brust zu legen und ihm nationalistische Wiegenlieder vorzusingen.

Währenddessen konnten wir, Sima und ich, Hand in Hand wie früher die Welt entdecken. In Simas Freizeit, wenn sie von der Pflicht befreit war, Ryans kotgefüllte Pampers zu wechseln oder sein kotzbeschmiertes Lätzchen zu waschen, brachen wir zur Erkundung dieser Welt auf. Doch im Gegensatz zu fast allen Kölner Kindern meiner Generation gingen wir nicht ins Phantasialand, nicht in den Zoo und fuhren nicht mit der Seilbahn über den Rhein. Denn paradoxerweise fühlte ich mich magisch angezogen von – Sand.

Man hätte meinen können, die schlangenartigen Feuerwind-Narben auf meinem Rücken hätten mich das Thema ein für allemal abschließen lassen. Doch zu jener Zeit war ich fasziniert davon, die Härte und Glanzlosigkeit von Sand und Kies wiederzuentdecken. Deshalb erwiderte ich jedes Mal auf Sima Khanooms Frage, wo ich hin wollte, unverzüglich: »Dorthin, wo die Wüste gemacht wird.«

So plante Sima stundenlange Besichtigungen von Fabriken, in denen Kalk, Ton, Zement und andere Steine bearbeitet wurden. Auch besuchten wir Salz-, Quarz- und Silikatminen.

Als ich Peter kennen lernte, erzählte ich ihm von diesen Jahren, von meiner Kindheit ohne Barbies, ohne Schulranzen Marke Scout, ohne Turnschuhe Marke Nike. Diese entbehrungsreichen Jahre, die nur vom unendlichen Geschrei und Gekreische Ryans erfüllt gewesen waren, riefen in ihm stets so starkes Mitgefühl hervor, dass er mich jedes Mal liebevoll umarmte und leidenschaftlich küsste. Seine

Hände auf meiner Haut wirkten wie erfrischender Balsam auf meinen Wunden.

Meine Faszination und Freude, mit Sima Ursprung und Zusammensetzung von Sand zu erforschen, konnte Peter nie begreifen. Erstaunt fragte er: »Warum denn ausgerechnet das? Es ist doch so interessant und spannend, die kleinen Wellen auf dem Rhein aus einer Höhe von 20 Metern anzuschauen. Unter der Sonne glänzen sie wie silberne Münzen!«

Ich zuckte mit den Achseln. In der Zeit, in der ich an der Hand meiner Mutter Kiesfabriken besichtigte, glänzte für mich nichts heller als ein Sandkorn.

Gelegentlich erhielten Sima und ich keine Besuchserlaubnis, da es den Firmen an Sicherheitskleidung für Kinder fehlte. Wenn sie nicht angemessen verhindern konnten, dass meine Lunge von kieselsäurehaltigem Staub beschädigt oder mein Gehirn von einem Steinbrocken zertrümmert wurde, mussten wir selbst für meine Schutzkleidung sorgen. Abbas Agha, der unterdessen mit der Versorgung seines Augenlichts allein gelassen und überfordert war, weigerte sich vehement, etwas derart »Nutzloses« wie Schutzkleidung zu beschaffen und zu finanzieren und warf Sima Khanoom vor, auf jeden »kindlichen, blöden« Wunsch meinerseits einzugehen. Sima protestierte: »Was ist schlimm an ihren Wünschen? Ist es vernünftiger mit Barbie zu spielen, so wie es ihre Freundinnen tun?«

Abbas Agha unterbrach sie: »Ja, ich ziehe es vor, dass sie mit Barbies statt mit Sand und Steinen spielt. Dieses Mädchen ist nicht normal. Welches Kind ihres Alters will herausfinden, woraus Kalk und Ton und Quarz bestehen? Außerdem, sobald du deinen Fuß auf die Straße setzt, fängt Reza Djahn zu plärren an.«

Plötzlich ging meiner Mutter ein Licht auf. Sie stützte die Hand auf die Hüfte und begann ihn herausfordernd zu siezen: »Ach so, dann sagen Sie mir doch bitte, worum es tatsächlich geht, nennen Sie das Kind beim Namen! Sie fühlen sich nämlich vernachlässigt, weil Sie ein paar Stunden auf Ihren lieben Sohn aufpassen mussten! Alles andere ist nur Vorwand, damit wir zu Hause bleiben und Sie Ihre ehrenvollen Freunde besuchen können. Was haben Sie dort denn Vernünftiges zu erledigen? Nichts! Männerrunden! Ihr sitzt alle da und tauscht Ideen aus, wie ihr am besten euren Frauen, die eurer Meinung nach mittlerweile alle verdorben und emanzipiert sind, Zaumzeug anlegen könnt. Ich habe Sie durchschaut! Wir jedenfalls geben unsere Ausflüge nicht auf! Also her mit dem Geld für den Sicherheitshelm deiner Tochter, sonst …«

Ich wollte nicht, dass Sima und Abbas sich meinetwegen stritten. So stürzte ich in mein Zimmer, holte meine Spardose aus Porzellan und stürmte wieder in die Küche. Meine Eltern fauchten sich immer noch an, und Reza Djahn, in dessen Kehle sich wie immer die Rülpser stauten, flennte auf dem Arm meiner Mutter. Entschlossen hob ich die Spardose hoch und schmiss sie mit voller Wucht auf den Boden. Das Klirren der Münzen und des zerspringenden Porzellans brachten Ryan zum Schweigen. Er spitzte die Ohren. Nun war ich mit Weinen an der Reihe. Mit bebender Stimme sagte ich: »Nicht zanken! Ich hab Geld! Hier, so viel Geld!«

Meinem Vater traten die Tränen in die Augen, als er die zerstreuten Münzen auf dem Boden sah. Niedergeschlagen blickte er von mir zu Sima und von Sima zu mir zurück, nahm Reza Djahn auf den Arm und setzte sich wortlos vor den Fernseher, um Omar Sharif im Gewand seiner Macht zu schauen. Danach erwähnte er meine »kindlichen, blöden« Wünsche nie wieder. Er kaufte mir Schutzhelm und -mantel und war ganz Ohr, wenn ich ihm von unseren abenteuerlichen Entdeckungsreisen erzählte. Sein ständiger Kommentar lautete: »Bah bah, oh, wie toll! Bah bah, oh wie prima! به به، چه عالی. به به، چه خوب!«

Nach einer Weile verebbte meine Leidenschaft, den Geheimnissen der Wüste in Fabriken nachzuspüren. Vermutlich, weil ich mehr als hundertmal diverse Gesteinsarten in den rotierenden Öfen der Fabriken verfolgt hatte, die unter mörderischen Temperaturen von 1000 Grad und mehr zersplitterten und schmolzen. Jedes Mal, wenn ich in meiner Schutzkleidung vor diesen Öfen stand, spürte ich intensiv, dass auch meine Urangst vor den öden Wüsten mit ihren giftigen und ungiftigen Schlangen, mit ihrem Feuerwind und kargen Boden langsam dahinschmolz und verschwand. Diese einmaligen, spannenden Erfahrungen weckten in mir auch ein besonderes Interesse an Naturwissenschaft, vor allem an Chemie.

Mein Versuch, Peter diese Leidenschaft für Elemente und Verbindungen zu vermitteln, blieb erfolglos. Er war der Ansicht, ich würde mit dem Studium nur Zeit und Energie vergeuden. Auf dem Arbeitsmarkt gäbe es keine Lücke, die ich mit solchem Wissen, egal mit welchem Abschluss, füllen könnte. Ich müsste mich entweder als Lehrerin auf Jugendliche einlassen, die Tag für Tag unverschämter, unverantwortlicher und dreister würden, oder mich bei Bayer bewerben, wo ich dann bestenfalls Schnecken, Zecken und Kakerlaken füttern und beobachten könnte.

Im Gegensatz zu Peter war Abbas Agha begeistert, als ich ihm von meiner Absicht berichtete, Chemie zu studieren: »Bah bah, wie toll! Bah bah, wie prima!«

28.

Da die Safran- und Pistazien-Beziehungen Sima Khanooms nicht den gewünschten Erfolg gebracht hatten, setzte sie ihre Hoffnung nun auf eine Informations-Beziehung, die ihr vor kurzem zufällig begegnet war.

Es handelte sich dabei um unseren Nachbarn, Herrn Weigel, der eine Etage tiefer wohnte. Eines Tages bat er Sima Khanoom herauszufinden, ob Familie Giav auf der obersten Etage einen Hund besaß.

Ryan, der Sima empfohlen hatte, »mit der Gesellschaft Kontakt aufzunehmen«, war äußerst stolz und fühlte sich wie der weise Philosoph Ebne Sina.

Herr Weigel war Frührentner und lebte allein. Trotzdem war er stets zum Einkaufen unterwegs. Täglich begegnete er mir mit zwei vollen Tüten in den Händen und einem Zigarillo im Mundwinkel. Ununterbrochen klang Musik aus seiner Wohnung, eine schwere, traurige, langatmige, tonal gedehnte Musik. Wie gejagt hasteten wir jedes Mal an seiner Wohnungstür vorbei, um nicht in Depression oder Zorn zu verfallen. »Der veranstaltet in seiner Wohnung wohl eine Begräbniszeremonie«, lästerte meine Mutter. »Was für eine unerträgliche Musik!« Doch der vertrauensvolle Auftrag, den unsichtbaren Hund ausfindig zu machen, löste ihre Abneigung gegen unerträgliche Musik und Begräbniszeremonien offensichtlich in Luft auf.

Herr Weigel hatte das fragliche Tier selbst nie gesehen, vermutete jedoch die Anwesenheit eines Hundes im Haus, da er seit dem Zuzug dieser Familie an allergischen Reaktionen litt; vorher hatte er einwandfrei durchatmen können.

Trotz ihrer altbekannten Hörprobleme versuchte meine

Mutter fortan, die Ohren offen zu halten und den Hund beim Hoch- oder Runtersausen zu erwischen. Jedes ungewöhnliche Geräusch ließ sie hochspringen und an die Wohnungstür laufen, um die Ursache ausfindig zu machen. In solchen Momenten durften wir nicht einmal atmen. Glaubte sie, die Geräuschquelle gefunden zu haben, verschwand sie plötzlich für ein paar Stunden. Ryan und ich waren nicht beunruhigt. Denn er durfte während dieser Zeit Musik hören, so laut er wollte, und ich konnte endlos mit meinen Freunden telefonieren. Mein Vater dagegen war nicht begeistert. Denn unsere Mutter verbrachte diese Stunden mit Herrn Weigel. Eines Abends wartete mein Vater fast bis Mitternacht auf sie. Als seine gnädige Frau nicht erschien, verlor er die Geduld und begab sich aufgeregt nach unten. Ryan und ich rannten ihm nach, um Sima vor verhängnisvollen Konsequenzen zu schützen. Als Herr Weigel die Tür öffnete, streckte Sima Khanoom ihren Kopf aus einer Zimmerecke, streifte uns mit einem kurzen Blick, während sie ihr Bierglas nachfüllte, und lud uns, ohne Herrn Weigel zu fragen, wie eine Gastgeberin zum Trinken ein. Zu unserer Überraschung redete sie Herrn Weigel mit seinem Vornamen Herbert an. Anstelle seiner braunen Hose aus Kordsamt trug er eine Jogginghose, und sein Zigarillo hing ihm nicht im Mundwinkel, sondern qualmte im Aschenbecher vor sich hin. Abbas Agha, der sich noch im Treppenhaus in Omar Sharif verwandelt hatte, zog es beim Anblick dieser Szene vor, in Gestalt von Dash Akoll aufzutreten. Er ging einen Schritt auf Herbert zu und brüllte seine Frau mit tiefer Stimme auf persisch an: »Siiiiimaaaaa! Los! Aufstehen! Nach Hause! Das reicht! Spiel nicht so leichtsinnig mit meiner Ehre!«

Herbert bewegte sich hastig rückwärts auf seinen Zigarillo zu und fragte meine Mutter mehrmals: »Was sagt er? Was sagt er?« Als er seinen Zigarillo endlich wieder im Mund stecken hatte, änderte er die Zeitform seines Satzes und fragte: »Was hat er gesagt? Was hat er gesagt?«

Meine Mutter lachte schallend, sowohl über das Brüllen ihres Ehemannes als auch über Herrn Weigels Fragerei, und streckte ihre Hand mit dem Bierglas gegen das Lampenlicht, als wolle sie die Sauberkeit des Glases prüfen. Anschließend führte sie es kichernd an die Lippen und trank einen großen Schluck.

Mein Vater bewegte sich näher auf Herbert zu. Obwohl leere Bierflaschen auf dem Tisch standen, fragte er wie ein Idiot: »Was hast du meiner Frau zu trinken gegeben?«

Ich gab Ryan Djahn ein Zeichen, mit mir zusammen Sima Khanoom aus dem Dilemma herauszuhelfen, bevor Abbas Agha mit einer neuen Schimpftirade einsetzte. Es gelang uns nur mit Mühe. Abbas Agha, der statt einer Entgegnung Zigarillowolken in die Augen bekommen hatte, folgte uns nach einer Weile nach oben in unsere Wohnung.

Trotz dieser widrigen Umstände half Herr Weigel, bewusst oder unbewusst, meiner Mutter sehr, sich einigermaßen in »die deutschen Verhältnisse« zu integrieren. Er brachte ihr nicht nur das Biertrinken bei – kein einfaches Unterfangen, da Sima Khanoom zuvor nicht einmal den Geruch von Bier vertragen konnte –, sondern bereicherte auch die kärgliche Landschaft unseres Esstisches. Denn meine Mutter legte nach und nach einige gebratene oder gekochte Würstchen neben die schlangenähnlichen Kebabspieße und stellte neben den Sumach* ein Glas Senf. Der einzige, der sich mit diesen Änderungen nicht abfinden konnte, war Abbas Agha. Am ersten Tag, als die kulinarischen Neuerungen unseren Esstisch schmückten, riss er vor Staunen die Augen auf und meckerte: »Was ist hier wieder los? Um Deutsche zu werden, muss man Würstchen essen? Das gehört auch zur Prüfung?«

Meine Mutter füllte Ryan Djahns Teller mit zwei gebratenen Würstchen und antwortete gelassen: »Nein. Ich möchte mich aber grundsätzlich mit der deutschen Esskultur vertraut machen. Möchte tatsächlich schmecken, was es heißt, Deutsche zu sein.«

Je mehr unser Esstisch mit deutschen Speisen in Berührung kam, desto seltener hatte Ryan Djahn Bauchschmerzen. Aus dem einfachen Grund, weil er weniger Chips und Coca-Cola zu sich nahm. Da mein Vater darüber sehr zufrieden war, hielt er notgedrungen die Gerüche der deutschen Gerichte und deren exotischen Anblick aus. Bis zu dem Tag, an dem Ryan Djahn auf seinen Kebab aus Hackfleisch Senf streichen wollte. Meinem Vater wurde so übel, dass er es für jetzt und immer aufgeben wollte, mit uns zu essen, und verschwand.

Diesmal jedoch setzte sich Sima Khanoom für ihn ein und überredete ihn telefonisch zurückzukommen. Wir einigten uns als Mitglieder des gemütlichen und warmen Horts der kleinen Familie Abbas Aghas darauf, wenigstens das Frühstück zusammen einzunehmen. Selbstverständlich stimmten wir alle dafür, dass es zum Frühstück hundertprozentig persisch zugehen sollte.

29.

Die Auswirkungen der Herbertschen Kultur auf meine Mutter beschränkten sich nicht allein auf Bier und Würstchen. Ihr Verhalten, ihre Manieren und Ausdrucksweisen änderten sich allmählich ebenfalls. Auch was das unliebsame Thema »Sauberkeit« anbetraf. Nach dem Teetrinken spülte sie nun zuerst das Glas, trocknete es und räumte es in den Küchenschrank. Dann polierte sie das Waschbecken und rieb es ordentlich trocken. Anschließend warf sie einen prüfenden Blick auf ihre Umgebung, um sich zu vergewissern, dass alles in Ordnung war. Etwas fiel ihr immer ins Auge, das sie störte. Der Teelöffel etwa. Also musste das Ritual des Spülens, Trocknens, Einräumens und Polierens, das sie dem Teeglas gewidmet hatte, für den Teelöffel wiederholt werden.

Eines Tages, als ich an der halb offenen Wohnungstür von Herrn Weigel vorbeiging, sah ich, wie sich meine Mutter gerade mit ihm im Flur seiner Wohnung unterhielt. Offensichtlich hatte sie Wege zu ihrem gleichberechtigten Kulturaustausch gefunden. Ich klopfte an der Tür und betrat die Wohnung. Herr Weigel bat mich ins Wohnzimmer, das die angenehme, familiäre Atmosphäre einer Postannahmestelle besaß. Überall, auf Tisch und Stühlen waren Pakete und Päckchen verstreut. Einige unverpackte Küchengeräte lagen auf dem Boden. Für einen Augenblick erfüllte Freude mein Herz, weil ich dachte, er könnte bald umziehen.

Herbert hob ein Windspiel auf, wandte sich meiner Mutter zu und sagte: »Das will ich dir schenken, aber nur unter der Bedingung, dass du es an deinem Fenster aufhängst. Es erzeugt einen schönen Klang, wenn in eurer Wohnung positive Energie fließt. Es ist das letzte Geschenk meiner Frau.

Sie hat es mir jedoch nicht mehr persönlich überreichen können.«

Herr Weigel presste seine Lippen fest zusammen. Offensichtlich drückte ihn eine bittere Erinnerung nieder. Er überreichte meiner Mutter das bimmelnde Gebilde. Mich interessierte weder das Geschenk noch die Art und Weise, wie es gegeben und genommen worden war. Auch ohne jenes Windspiel konnte man erraten, welche Energie augenblicklich in der Wohnung Abbas Azads floss: negative. Und wer hatte daran die größte Schuld? Herr Weigel. Ich hätte die Wohnung dieses Unruhestifters nicht betreten, wenn meine Neugierde anderweitig zu befriedigen gewesen wäre.

Herr Weigel, den Energiemesser immer noch in der Hand, wartete nicht auf eine Reaktion meiner Mutter, sondern wandte sich den verstreuten Geräten am Boden zu.

»Das sind Geschenke meiner Kinder, die sie mir im Laufe der Zeit gebracht haben. Bis zum Ende der Woche schicke ich sie ihnen alle zurück.«

Was auch immer Herberts Unmut erweckt haben mochte, es bewegte mich überhaupt nicht. Ich hatte genügend Probleme der Abbasschen Familie am Hals. Mich dazu noch mit den Schwierigkeiten anderer zu belasten, war nicht vernünftig, wie Peter immer betonte. Herr Weigel nahm mich plötzlich wieder wahr. Während er Sima noch das klingende Windspiel entgegenstreckte, fragte er mich: »Interessierst du dich für Musik?«

Er hätte mir lieber ein Glas Wasser anbieten sollen. Dass er nun ausgerechnet mich mit seiner Friedhofmusik beschallen wollte, versetzte mich in Wut. Schnell erwiderte ich: »Nein, nein! Machen Sie sich keine Umstände. Ich wollte nur kurz meine Mutter sprechen.«

Meine Mutter griff nach dem Energiemesser, bedankte sich mehrmals und entfernte sich Richtung Tür. Dabei ging sie rückwärts, ihm weiter zugewandt. Schon aus dem Grunde, weil er das Windspiel immer noch nicht losließ. Herbert begleitete uns, als würde er durch magnetische Kräfte meiner Mutter mitgezogen. An der Türschwelle ließ er zum Abschied die Glöckchen erklingen und sagte schwermütig: »Genau an dem Tag, an dem ich es gekauft habe, ist meine Frau gestorben.«

Sima hatte mir vor Wochen erzählt, dass Herbert seine Frau vergötterte. Und auf seinen Wunsch war sie einige Male mit ihm zum Nordfriedhof gegangen, um sie »zu besuchen«. Überdies war Herr Weigel ein leidenschaftlicher Friedhofsliebhaber. Diese anscheinend ansteckende Begeisterung führte dazu, dass nun auch Sima öfter, mit oder ohne Herrn Weigel, auf Friedhöfen spazieren ging. Sie beteuerte, sie genösse es, durch jene alten Grünanlagen zu schlendern, deren einzigartige historische Grabsteine zu den Sehenswürdigkeiten der Stadt gehörten. Sie war sicher, dass sich die Kunst, schöpferische Kraft, Unverfälschtheit und Originalität der Deutschen, also alles Grundlegende auf einmal, besonders auf deren Friedhöfen entdecken ließen. Mittlerweile kannte Sima sich so gut aus, dass sie etwa das Grab von Trude Herr auf dem Nordfriedhof oder den »Ruheplatz« von Willi Millowitsch auf dem Melatenfriedhof mit geschlossenen Augen fand. Damit widersprach sie der allgemeinen Meinung ihrer Landsleute, ein Friedhof sei ein Ort des heiligen Friedens für die Toten und kein Vergnügungsplatz für die Lebenden.

Jetzt blieb sie, ein Bein in Weigels Flur, das andere im Treppenhaus, regungslos stehen und fragte ihn erstaunt: »Entschuldige, hab ich richtig verstanden? Das ist ein Geschenk deiner Frau, du hast es aber selbst bezahlt?«

Herr Weigel, der sich wahrscheinlich von meiner Mutter Mitgefühl und nicht diese materialistische Frage gewünscht hatte, nickte nur kurz.

Sima Khanoom zog vielsagend die Augenbrauen hoch und analysierte die knappe Antwort. Auf Persisch meinte sie nachdenklich zu mir: »Bestimmt ist das auch eine deutsche

Sitte. Da Zeit für sie von so großem Wert ist, schenken sie Verwandten und Freunden nur, dass sie ihnen ein bestimmtes Geschenk ausgesucht haben. Besorgen müssen die es sich dann selbst. Logisch gesehen ist das auch korrekt. Denn: Zeit ist Geld ...«

Als errate er die Auslegung meiner Mutter, schüttelte Herbert traurig den Kopf: »Sie starb, ehe sie dazu kam. Der Tod klopft nicht vorher an.«

Nach dieser philosophischen Bemerkung führte Herbert aus, seine Frau habe ihn von unterwegs angerufen und ihn raten lassen, welche erfreuliche Überraschung sie für ihn hätte. Herr Weigel, der keine Vorstellung von der »erfreulichen Überraschung« und deren Anlass hatte, fand nach einigen Fragen und Antworten wie in TV-Quiz-Shows endlich heraus, dass es ein Windspiel war. Frau Weigel schilderte ihm voller Begeisterung alle Einzelheiten über das schöne Geschenk und den Laden, in dem sie es gefunden hatte. An der nächsten Ampel erlitt sie einen Herzschlag und verstarb auf der Stelle.

Hätte Herr Weigel die Geschichte nicht selbst erlebt, wäre ich davon ausgegangen, dass sie aus einem Hollywood-Film stammen musste. Herrn Weigels Stimme klang tragisch, als er fortfuhr: Da er den letzten Wunsch seiner Frau erfüllen wollte, sei er von der Beerdigung aus direkt zu dem Geschäft gefahren und habe dort vor dem Regal gestanden und »wie ein treuer Hund gejault«. Bevor der Ladenbesitzer ihn wegen »geschäftsschädigenden Verhaltens« aus dem Laden rausgeschmissen hätte, habe er das Geschenk selbst gekauft.

Laut Herrn Weigel hielt die Trauer so lange an, bis er beim Durchblättern der Scheckbelege seiner verstorbenen Gattin zufällig darauf gestoßen sei, dass die verehrte Frau Weigel oftmals zu einem Männer-Club gegangen war und sich gegen Bezahlung mit den Gigolos amüsiert hatte. Der letzte Scheck war an ihrem Todestag ausgestellt worden.

An diesem Tag hatte Herbert Weigel das Windspiel in einen Karton gepackt und in eine Ecke des Kellers gestellt. Weil es ihm wichtig war, vom Tod nicht unvorbereitet überrascht zu werden, wollte er es in treue Hände weggeben, wie alles andere auch. Herbert drehte sich um, deutete auf die verstreuten Kartons und Gegenstände und sagte: »Das letzte Hemd hat keine Taschen. Ich schicke das alles wieder an meine Kinder zurück. Vielleicht können sie die Sachen gebrauchen. Ich habe auch das Bestattungsinstitut schon selbst ausgesucht und die Musik, die in der Trauerkapelle gespielt werden soll.«

Rasch entschied ich mich, nicht an Weigels Beerdigung teilzunehmen. Ich war mit seiner Friedhofsmusik bereits bestens vertraut. Sima Khanoom verfiel in künstliche Aufregung: »Ach nein, Herbert! Mal den Teufel nicht an die Wand. Du wirst bestimmt noch hundert Jahre leben!«

Dann fragte sie mich auf Persisch: »Wie sagt man auf Deutsch: Sieben heilige Bücher dazwischen*?«

Obwohl ich meiner Mutter schon öfter gesagt hatte, wenn sie Deutsche werden wolle, solle sie auch in Deutsch denken, hörte sie nicht auf, persische Sprüche wortwörtlich zu übersetzen. Da »Sieben heilige Bücher dazwischen« im Deutschen sowieso keinen Sinn ergab und Herr Weigel ohnehin mit einem Vortrag über die Sterbekultur in Deutschland begonnen hatte, entschuldigte ich mich eilig mit der Ausrede, ich käme zu spät zum Unterricht.

Nach einigen Tagen sagte Sima Khanoom, während sie in der Küche das Frühstück vorbereitete, zu meinem Vater, sie wolle nach ihrem Tod nicht als »Störfall« behandelt werden; ein Störfall, der den Lebensrhythmus ihrer Angehörigen durcheinander bringe und rasch beseitigt werden müsse. »Ich will mein Leben nach dem Tod selbst gestalten und über die Einzelheiten entscheiden.«

Mein Vater, der zur Stärkung seines Herzens Ginseng-Tee kochte, sagte traurig: »Nein, bitte! Kein Wort über den Tod.

Ich kann mir ein Leben ohne dich nicht vorstellen. Nein, sag bitte nichts!«

Sima stellte Datteln für mich auf den Tisch und erwiderte didaktisch auf Deutsch: »Wir müssen aber lernen, Trauer zuzulassen und der Realität des Todes einen Platz im Leben einzuräumen.«

Ryan Djahn, der ungewaschen plötzlich auftauchte, verdrehte die Augen, als er Schafskäse und Quitten-Marmelade auf dem Tisch sah und murmelte in mein Ohr: »Das klingt nach Herbert!«

Abbas Agha bedeckte die Kanne mit einem Tuch, ließ den Tee ziehen und protestierte: »Warum redest du jetzt Deutsch mit mir? Sag mir einfach, worauf du hinaus willst mit dieser neuen Geschichte.«

Sima Khanoom sagte in einem Atemzug: »Ich meine, komm, lass uns eine Sterbegeldversicherung abschließen. Ich kenne eine Versicherung, die auf eine Gesundheitsprüfung bei Antragstellung verzichtet. Das heißt, man muss nicht draufzahlen, wenn man krank ist.«

Erstaunt fragte Abbas: »Soll das ein Pluspunkt sein? Außerdem: Was nützt uns eine Sterbegeldversicherung? Ich zahle bereits die Hälfte meines Umsatzes an diverse Versicherungen und bis jetzt habe ich kaum eine ihrer Leistungen genutzt.«

Ryan Djahn machte von seiner Intelligenz Gebrauch und sagte auf Persisch: »Leistung dieser Versicherungen, ja, bestimmt. Weil Sie tot sind, wenn nicht morgen, dann übermorgen. Keine Sorge! ولی این بیمه حتما استفاده،آره. چون فردا، نه پس فردا حتما می مردی.«

Ich deutete Ryan an, mit seinen klugen Ratschlägen aufzuhören, wenn er seinem Vater nicht auf die Zehen treten wolle. Abbas vergab seinem Augenlicht und setzte seinen eigenen Vortrag fort: »Wir hatten in Iran nur zwei Sorten Versicherungen und damit basta. Weder hatten wir Zukunftsängste noch ging es uns elend.«

Sima war auf einmal eine Laus über die Leber gelaufen: »Seit wann lebst du hier? Seit einer Ewigkeit! Willst du immer noch nicht akzeptieren, dass wir nicht in Iran sind?«

Abbas Agha sagte brav: »Okay, hab ich akzeptiert. Meine Leiche will ich aber nicht hier in Deutschland, sondern in Iran begraben lassen.«

»Kannst du mir bitte sagen, wer dein Grab auf dem Friedhof in Teheran pflegen soll? Wer soll dort für dich ein Gebet lesen? Wir sind alle hier, oder glaubst du …?«

Ryan Djahn rieb sich eine Weile verärgert die Augen. Dann deutete er an, er wolle sich waschen gehen, und trottete aus der Küche. Abbas hielt wieder seine alte Standpauke: »Ich komme aus diesem Land, bin aus dessen Erde und Staub. So möchte ich auch unter dessen Erde begraben werden. Ich werde arrangieren, dass meine Leiche innerhalb von 24 Stunden nach meinem Tod nach Teheran transportiert wird. Dich wird man neben mir beisetzen.«

Er schüttete den Gesundheitstee mit einem Zug herunter.

Da beide mich nach meiner Ansicht fragten und erwartungsvoll musterten, stopfte ich mir den Mund mit frischen Datteln voll, deutete auf die Wanduhr und verschwand blitzschnell.

Der Versicherungs-Kampf zwischen meinen Eltern hielt noch einige Tage an. Diesmal drohte keiner von beiden, die Wohnung zu verlassen. Doch meine Mutter beharrte so eifrig auf dem Abschluss eines Versicherungsvertrages, als sei ihr eine Prämie angeboten worden. Mein Vater setzte seinen Dickkopf dagegen. Es stand zu befürchten, dass er, nur um sich zu behaupten, sich bald umbringen würde – nicht ohne veranlasst zu haben, dass seine Leiche binnen 24 Stunden aus Deutschland verschwunden wäre.

Eines Nachts, als ich wach lag und der Zank meiner Eltern seinen Höhenpunkt erreichte, erschien plötzlich Ryan Djahn und brachte alles ungewollt ins rechte Lot. Zu Sima sagte er: »Sie hier. Baba da. شما این جا. بابا آن جا. Sonst ihr streitet nach dem Tod auch unter der Erde weiter! برای این می خواهید پهلوی هم باشید Deswegen ihr wollt zusammen begraben werden, oder?«

Abbas und Sima lachten mitten in ihrem Gezänk Tränen, als sie Ryans Kommentar hörten. So erledigte sich der Streit ohne weiteres und es kehrte wieder Frieden in der Familie Azad ein.

30.

Bedauerlicherweise konnte Sima Khanoom keine Spur eines Allergie auslösenden Hundes finden. Dennoch fuhr sie mit ihren Besuchen bei Herrn Weigel fort und berichtete ihm von ihren Bemühungen. Mein Vater hatte keinerlei Verständnis für die sich häufenden abendlichen Besuche. Einmal fragte er aufgeregt: »Sag mal. Was macht ihr da unten, du und Herr Weigel?«

Meine Mutter antwortete ihm unschuldig: »Nix. Nur reden.«

»Worüber denn?«

»Über alles. Über Gott und die Welt, den Alltag.«

»Sind wir taub oder stumm, dass du nicht mit uns über Gott und die Welt reden kannst?«

Sima Khanoom, die auf gar keinen Fall auf ihre Info-Beziehung verzichten wollte, betonte zwar, dass wir weder taub noch stumm seien, brachte aber eine Reihe von Argumenten gegen den Nutzen derartiger Gespräche mit ihrer Familie vor. »Erstens, ihr seid nie zu Hause. Wenn dem doch so ist, seid ihr entweder müde oder mit euren Sachen beschäftigt. Wenn man mit euch redet, gibt es keine Antwort. Höchstens ein Ach oder Och, oder? Als ob man gegen eine Wand redet. Außerdem ist Herbert, ich meine, ist Herr Weigel Deutscher. Wenn ich ihm was erzähle und ihn nach seiner Meinung frage, erklärt er mir, wie er sich als Deutscher an meiner Stelle verhalten würde. Das ist auch eine Art, sich mit der deutschen Kultur auseinander zu setzen. Von euch kann ich sowas nicht lernen, stimmt's?«

Die Erklärung meiner Mutter war so plausibel, dass sich keiner von uns traute, etwas dagegen vorzubringen. Um es

Sima schwer zu machen, beharrte mein Vater stur: »Nur unter einer Bedingung. Kein Bier beim Weigel!«

So waren für Sima Khanoom alle Hindernisse zur Begegnung mit der Weigelschen Kultur aus dem Weg geräumt und deren Aneignung stand nichts mehr entgegen. Sie nutzte jede sich bietende Gelegenheit. Einmal ging sie sogar mit Herbert ins Konzert. Dabei wurden Stücke gespielt, die sie zuvor als Begräbnismusik abgelehnt hatte: Ein deutsches Requiem, op. 45, von Johannes Brahms, für Solo, Chor und Orchester. Aus dem Mund eines 80-köpfigen Chors konnte sie die Stimme Jesu vernehmen, der sang:

»Seht mich an /
Ich habe eine kleine Zeit /
Mühe und Arbeit gehabt /
und habe großen Trost gefunden.«

Was aber meine Mutter an diesem Konzert störte, war die Halskette der Sopranistin. Sie passte weder zum Text noch zu deren langem Abendkleid. Mit voller Stimme hatte die Sängerin intonieren müssen:

»Ihr habt nun Traurigkeit /
aber ich will euch wiedersehen /
und euer Herz soll sich freuen /
und eure Freude soll niemand von euch nehmen.«

Ihre Kunst dagegen lobte Sima Khanoom begeistert, ohne Wenn und Aber, vor allem weil sie fast eine Minute lang das Wort »Trauuuriiiiiiigkeit« gedehnt und anschwellend singen konnte. Trotzdem beharrte meine Mutter darauf, dass die Plastikhalskette, die aus nichts anderem als fünf weißen Tischtennisbällen bestand, total deplatziert gewirkt habe.

Herbert war anderer Meinung: »Ach, komm! Das zeigt doch, dass die Sängerin Brahms wohl verstanden hat. In diesem Requiem geht es darum, wie Brahms selber es ausdrückte, seine himmlischen Lieder den Zuschauern auf irdische Art und Weise zu vermitteln. Das hat sie nicht nur mit ihrer Stimme, sondern auch mit ihrer Halskette wunderbar gemacht!«

Diese Interpretation entsprach so gar nicht dem Verständnis meiner Mutter von Kunst und Kultur. Vorwurfsvoll fragte sie: »Gab's keine andere Möglichkeit, den irdischen Aspekt von Brahms zu zeigen, außer mit ein paar Tischtennisbällen?«

Nach tagelangen Diskussionen und weil beide fest auf ihren Ansichten beharrten, einigten sich meine Mutter und Herbert, auf weitere gemeinsame Konzertbesuche zu verzichten. Dennoch gab Herr Weigel nicht so schnell auf, meine Mutter über Brahms und seine Werke zu belehren. Er schenkte ihr eine CD des deutschen Requiems und den vollständigen Text, damit sie das Ganze in aller Ruhe hören, lesen und seine Interpretation nachvollziehen könnte. Meine Mutter nahm das Geschenk entgegen und ließ die CD gleichgültig in Ryans Kram verschwinden. Die Broschüre mit den Liedertexten verstaute sie in einer Küchenschublade zwischen Gebrauchsanweisungen von Spül- und Waschmaschine und sagte grinsend: »Er kann warten, bis er Wurzeln geschlagen hat. Ich hab keine Lust, mir diese Leichenfeier anzuhören und die Klagelieder nachzulesen, egal ob himmlisch oder irdisch.«

Abbas Agha und ich begrüßten das Ende der gemeinsamen Konzertbesuche meiner Mutter und Herrn Weigels. Mein Vater, weil er fürchtete, persische Bekannte könnten von der Freundschaft zwischen den beiden erfahren – denn die Gefahr, dass sie von Landsleuten gesehen würden, bestand immer, was die Ehre meines Vaters ohne Zweifel in den Dreck gezogen hätte. Und ich war froh, weil mir die unzumutbare Pein erspart blieb, Sima Khanoom ständig singen zu hören. Denn sie hatte direkt nach dem Konzert den von vornherein zum Scheitern verurteilten Versuch unternommen, Trauuuuriiiiigkeit wie die Sopranistin in verschiedenen Tonhöhen eine Minute lang zu schmettern.

31.

Abbas Aghas Erleichterung nach der Brahmsschen Krise hielt nicht lange an. Denn meine Mutter verbrachte nun nicht nur abends, sondern auch tagsüber ihre Zeit mit dem ehrenwerten Herrn Weigel. Nach und nach blieb sie sogar dem Frühstück fern, das für meinen Vater die heilige Kuh einer glücklichen Familie war. Dennoch spürten wir ihre »Anwesenheit« stärker und intensiver denn je. Sie erledigte ihre mütterlichen Pflichten – wie sie sie selbst nannte – nun durch bunte, kurze und lange Zettel oder schriftliche Anweisungen. Diese klebte sie überall an die Wände, auf die Türen und an die Schränke. Vor allem waren wir von ihrer gönnerhaften Höflichkeit überrascht, die sie uns mit der großzügigen Verwendung der Ausdrücke »bitte« und »danke« vermittelte: »Bitte vor dem Einschalten Salz bitte in die Spülmaschine, danke.« Oder: »Bitte das Licht ausmachen bitte vor dem Ins-Bett-Gehen, danke.« Oder: »Bitte gut geschlafen? Guten Morgen!«

So viele noch nie vorgekommene und zuweilen falsch benutzte »bitte« und »danke« irritierten Ryan Djahn, der ohnehin mit der Handschrift seiner Mutter nicht zurechtkam. Jedes Mal, wenn er versuchte, ihre Anweisungen zu buchstabieren und zu lesen, zog er seine Augenbrauen zusammen und sagte auf Deutsch: »Bestimmt hat ihr Herr Weigel beigebracht, derart höflich zu sein. Sie übertreibt aber. So oft sagen nicht mal Deutsche ›bitte‹. Und Iraner schon gar nicht, nicht mal in einem Jahr!«

Es ist wahr, dass es uns Iranern schwer fällt, »bitte« zu sagen, es sei denn, es handelt sich um eine außergewöhnlich wichtige Angelegenheit. Doch mir stand nicht der Sinn nach

Kulturbetrachtungen mit Ryan Djahn. Denn ich war tief besorgt über Abbas Aghas zunehmende Gleichgültigkeit gegenüber Sima Khanooms Abwesenheit, unabhängig davon, ob sie kurz oder lang dauerte. Mein Vater schenkte ebenso dem Dash Akoll keine Beachtung mehr und interessierte sich auch nicht für die plumpe Koketterie Omar Sharifs. Jedes Mal, wenn er Sima Khanoom verschwinden sah, blickte er sich suchend nach einer Spur von ihr um. Fand er einen ihrer Zettel, las er ihn flüchtig und ging kommentarlos seiner Arbeit nach. Oft versuchten Ryan Djahn und ich ihm durch provozierende Anmerkungen irgendeine Diskussion aufzuzwingen. Doch vergeblich. Mein Vater weilte in einer Welt, zu der wir keinen Zugang fanden. Noch rätselhafter waren die bizarren Gegenstände, die er gelegentlich mitbrachte. Plötzlich entdeckte er eine brennende Leidenschaft für Stierleder. Alle vier Wände seines Zimmers bedeckte er mit glänzenden Lederstücken, auf die einige Gedichte von Molavi, Saadi, Attar und Obid Zakani in der Schönschriftart Nasta'liq* gemalt waren:

»Hättest du einen Spiegel, in dem du
das Licht der Wahrheit Gottes sehen könntest
würdest du dann nichts anderes in aller Welt sehen
außer dem Gesicht der Derwische.
Denn sie sehen Gottes Wahrheit,
sprechen Gottes Wahrheit,
suchen Gottes Wahrheit und das ist Gottes Wahrheit
was den gescheiten Derwischen einfällt.« (Saadi)

»Wir gehören zu den Sufies, nichts ist uns überlegen.
Wir fürchten uns vor Ausrottung unserer Existenz,
unseres Daseins nicht.
Wir sind Könige unserer Zeit, obwohl dem Schein nach
besitzt unsere Einheit keine Trommel und keine Flagge.«
(Obid Zakani)

Beim Anblick jener ledernen Bilder steckte Ryan immer die Hände in die Taschen seiner Baggiepants, zog den ledernen Gürtel hoch und fragte mich: »Was steht denn auf diesem stinkenden Leder?«

Ich beherrsche meine Muttersprache in Wort und Schrift ziemlich gut. Doch erschien mir die Bedeutung der Gedichte genauso schleierhaft und kompliziert wie Ryan. Ich ließ es mir aber nicht anmerken. Arrogant räusperte ich mich und sagte: »Was nützt es dir? Selbst wenn ich dir alles wortwörtlich übersetzen würde, könntest du es nicht verstehen.«

Ryan Djahn ignorierte meinen Dünkel, nahm Abstand von den stinkenden Weisheiten und schüttelte den Kopf: »Was für eine komische Schrift. Als würde eine Herde Zwergpudel im Bett hopsen.«

Wäre meinem Vater der bildhafte Kommentar seines Sohnes über die »schöne persische Schrift« zu Ohren gekommen, hätte er ihn unverzüglich enterbt. Denn diese persische Schrift war ein »Bestandteil der alten Zivilisation der Menschheit und der ehrenhaften iranischen Identität«. Auch ich war über Ryans herablassenden Kommentar erstaunt. Hätte sich Peter solche dreisten Bemerkungen erlaubt, hätte ich ihm rassistische Neigungen vorgeworfen und mich von ihm getrennt. Ryans Hundeinterpretation rührte aber von seiner Unwissenheit und nicht von Arroganz her. So maß ich dem keine große Bedeutung bei. Meine aktuelle Sorge um die Familie Abbas Aghas wog schwerer als Sprüche meines pubertierenden Bruders.

Beim Gedanken daran, dass nun ich an Abbas' Stelle wegen des Untergangs der Familie Azad besorgt war, grinste ich. Jetzt war ein recht günstiger Moment, mich vom ausnützerischen Einfluss meiner Eltern – wie Peter mir empfohlen hatte – zu befreien, dachte ich. Ich rang den ganzen Tag mit mir. Doch als mein Vater abends die Tür aufschloss, empfing ich ihn mit einem liebevollen Lächeln und fragte, ob er seinen Herzstärkungstee trinken wolle.

Meine Frage kam so unerwartet und unbeholfen, dass selbst Ryan sich wunderte. Am Ärmel meiner Bluse ziehend, flüsterte er mir auf Persisch ins Ohr: »Wie nette Tochter bist du! Keinen Tee nach fünf Uhr Baba nicht trinken. Er hat Angst, schlafen nicht können!«

Er hatte Recht. Räuspernd versuchte ich die peinliche Situation zu vertuschen. Umsonst. Denn mein Vater hatte die Frage überhaupt nicht gehört. Sein Körper stand vor uns, seine Seele schwebte aber in einer anderen Welt. Mein Herz zuckte zusammen, als ich seine abgemagerte Gestalt betrachtete. Von Sima vernachlässigt, war er so tief in den Abgrund der Verzweiflung gestürzt, dass er nicht mal mehr seinen Bart rasierte oder zum Friseur ging. Es kam mir so vor, als sei sein sonst so aufrechtes Haupt nun geneigt und als würden seine breiten Schultern schlaff nach unten hängen. Was für eine Last trug er auf seinem Rücken!

Abbas Agha las den Zettel seiner gnädigen Frau. Sie sei mit Herrn Weigel nach Unterberg an der Wupper gefahren, um Frösche zu retten. Kommentarlos machte mein Vater kehrt und ging in sein Zimmer. Ich folgte ihm in der Hoffnung, mich eine Weile mit ihm unterhalten zu können. So deutete ich auf die Bilder an der Wand und auf die – wie Ryan sagte – hüpfenden Pudel und fragte mit kindlicher Stimme: »Was steht hier, Baba Djahn, in diesen Gedichten? Was bedeutet das?«

Weder die Gedichte noch mich würdigte er eines Blickes. Er nahm ein dickes Buch aus dem Regal mit einem langen Titel. Im Gegensatz zu früher, wo er mir alles ausführlich erklärt hatte, zitierte er unwirsch einen Halbvers, der, wie ich später in Erfahrung brachte, von Molavi Balkhi stammte: »Es ist jenseits deines Denkvermögens, was die Sufis betreiben.«

Aus meinem gesammelten Nicht-Wissen zog ich dennoch blitzschnell zwei Schlussfolgerungen:

Erstens: Mein Vater befand sich im Prozess des Derwisch-Werdens.

Zweitens: Ich durfte ihn nicht weiter stören.

So stand ich auf und verließ wortlos das Zimmer. Während er sich einen Bruch lachte, wartete Ryan Djahn in der Küche auf mich: »Na, das Haupt der Familie hat dich rausgeschmissen? Kein Denkvermögen?«

Ich brüllte: »Das geht dich überhaupt nichts an! Du hast sowieso keinen Sinn für die Familie, also brauchst du dich nicht über mich lustig zu machen!«

»Was heißt überhaupt Sinn für die Familie, was heißt Denkvermögen?«

Mit Ryan zu zanken ist reine Zeit- und Energieverschwendung. Für eine richtige persische Keiferei reicht sein Sprachvermögen nicht aus. Das Wortgefecht gerät zum Persisch-Kurs und bringt mich vor Wut zum Kochen. Darüber fällt die Streitursache unter den Tisch, doch der Zorn dreht sich weiter wie eine glühende Kugel in meinem Kopf. Und auf Deutsch? Kann man sowieso nicht so gut streiten. Zu viel bitte, danke und Entschuldigung.

32.

Während ich nach einem Mittel suchte, um meine lodernde Wut zu löschen, ging plötzlich die Haustür auf. Erschöpft betrat Sima Khanoom den Flur. Sie schleppte eine Reihe von Utensilien auf dem Rücken, mit denen sie sich in unserem kleinen Eingangsbereich kaum drehen und wenden konnte. Neben ihrem neu gekauften gut gepolsterten Rucksack, Marke Jack Wolfskin, mit dem sie mühelos in den Alpen mit 30 Kilo Last hätte bergwandern können, noch einige schwarze Plastikeimer und einen Arm voll dürrer Zweige. Statt in ihren Lieblings-Lackschuhen, die sie mit Ryans Hilfe bei ebay im Internet ersteigert hatte, steckten ihre Füße in einem Paar dreckiger grüner Gummistiefel, die, ohne zu übertreiben, mindestens zwei Nummern zu groß waren.

Irritiert brachte Ryan Gegenwart und Zukunft durcheinander und fragte: »Oh, weh, Mama. Wird was passieren? چه اتفاقی خواهد افتاد«

Sima Khanoom stapfte an ihrem Sprössling vorüber. Bei jedem ihrer Schritte entwich mit dem Pfeifen einer Lokomotive Luft aus den Gummistiefeln. Obwohl meine Mutter recht durcheinander wirkte, war sie doch darauf bedacht, mit den Spitzen der Zweige nicht Wände und Lampe zu streifen. Keuchend betrat sie die Küche. Ausnahmsweise korrigierte sie Ryans grammatischen Fehler nicht. Während sie sich von der Last des Rucksacks, der Eimer und der Äste befreite, sagte sie mit ernster Stimme: »Nein, Liebes. Es wäre etwas passiert. Wir haben es aber verhindern können.«

Verdutzt schaute ich meine Mutter an. Mir war neu, dass Sima Khanoom über magische Kräfte verfügte, mit der sie den Lauf der Ereignisse bestimmen konnte. Es lag auf der

Hand, dass auch Ryan unsere Mutter nicht verstanden hatte. Er blickte verlegen auf die großen grünen Gummischuhe und fragte: »Wir? Wer sind Wir? Ich unschuldig! Keine neue Tattoo, nur Chemie lernen!«

Sima Khanoom begann von den spektakulären Aktionen zu erzählen, die ihre Gruppe nach den Anweisungen von Herrn Weigel durchgeführt hatte, um die deutschen Frösche zu retten. Dabei zog sie ihren linken Fuß wie einen Fisch aus dem Gummischaft. Die Bedeutung jener hässlichen Kröten stellte sie so dar, als ob mit deren Rettung nicht nur die Deutsche Nation – die laut Statistik bald aussterben würde –, sondern darüber hinaus die ganze Menschheit gerettet worden wäre. Sie versuchte geschickt, angelehnt an ihre Erfahrungen und ihr Wissen als Biologielehrerin, das nicht vorhandene Interesse von mir und Ryan Djahn für Frösche zu wecken und uns für deren Artenschutz zu begeistern. Ihre eigenen Ausführungen rissen sie so mit, dass die in zwölf Stunden harter Arbeit entstandene Müdigkeit von ihr abfiel. Allmählich redete sie sich in Schwung. Sie machte die Politiker und die Lobbyisten der Autoindustrie und der Baufirmen nieder, weil sie ohne Rücksicht auf die Lebensweise der Kröten Straßen durch den Wald gebaut hatten.

»Wisst ihr? Seit Jahrhunderten wandern die Frösche, die in Unterbergs Wäldern zu Hause sind, Jahr für Jahr auf dieser Strecke, um ans Wasser zu kommen. Der Bau einer asphaltierten Straße bedeutet nichts anderes als die Vernichtung dieser hilflosen Kreaturen und ihrer gesamten Art. Denn die armen Frösche werden nun unter den Autorädern eines zweibeinigen, grausamen, egoistischen und äußerst taktlosen Wesens namens Mensch zerquetscht und sterben, anstatt wie ihre Vorfahren gefahrlos ans Wasser zu gelangen, um Eier zu legen. Wisst ihr, was das heißt?«

Nein, wir wussten es nicht und wollten es auch nicht wissen. Unser Verhältnis zu jeder Art von Amphibien war und blieb emotionslos.

Hätte ich es gewagt, meiner Mutter das ins Gesicht zu sagen, ich wäre erleichtert gewesen. Doch natürlich hielt ich den Mund, aus Angst beschuldigt zu werden, ich würde die iranischen Sitten und Gebräuche des Respekts vor den Eltern mit Füßen treten. Oder genauer: unter Autoreifen zerquetschen wie einen hilflosen Froschlurch.

33.

Abbas Agha war von dem krötenfreundlichen Vortrag meiner Mutter unbeabsichtigt ausgeschlossen geblieben. Er saß in seinem Zimmer und genoss wahrscheinlich die Lektüre seiner »geistreichen Gedichte«. So verpasste er die Gelegenheit, seine Kehle zu blähen und mit der Stimme Dash Akolls sein übliches Referat zu halten: »Siiiiiimaaa! Lass den Quatsch! Wie viel tausende Kinder sterben heute täglich in der so genannten Dritten Welt und allen geht es am Arsch vorbei, sowohl den Leuten in der ersten als auch in der hundertsten Welt! Jetzt predigst du mit tausend Zungen die Rettung der Frösche?«

Hierzu trug indes ausgerechnet Abbas Aghas Augenlicht einen Lösungsvorschlag bei: »Warum beibringen Sie die Frösche nicht andere Wasser? Andere Weg?«

Auf so eine absurde Idee konnte nur mein Bruder kommen! Ich warf Ryan einen entsprechenden Blick zu. Sima Khanoom schien hingegen für jede Art von Anteilnahme dankbar, egal wie dusselig sie war. Geduldig erklärte sie ihrem Sohn, dass die Kröten nicht so intelligent seien wie er als Mensch! Es nähme eine Weile in Anspruch, den Fröschen beizubringen, dass sie zum Beispiel keine Bienen fressen sollen. Selbst der gelehrte Frosch würde diese Erfahrung allerdings nur zwei Wochen lang bewahren und dann für immer vergessen.

Um Ryans Intelligenz zu testen, nahm ich mir vor, ihm in zwei Wochen einige Fragen über Frösche zu stellen. »Stattdessen finden wir bei den Kröten ein ausgeprägtes Revierbewusstsein«, fuhr Sima fort. »Viele Exemplare ruhen jeden Tag an einer bestimmten Stelle und kehren selbst dann wieder dorthin zurück, wenn man sie fortnimmt und in einer Entfernung von anderthalb Kilometern freilässt. Da ist quasi ihre Heimat!«

Ryan stutzte. Er hatte überhaupt kein Gefühl für einen Ort namens Heimat entwickelt; weder für Deutschland noch für Iran. Für Iran nicht, obwohl oder gerade weil Abbas Agha ihn stets zu belehren versuchte, dass er auf sein Iranischsein stolz sein müsse. Für Deutschland nicht, weil ihm in der Schule beigebracht wurde, dass man auf sein Deutschsein nicht stolz sein solle. So ging ich davon aus, dass der ausführliche Vortrag Simas in ihm nur Langeweile hervorrief.

Falsch geraten! Denn Ryan Djahn saß seiner Mutter mit offenem Mund gegenüber und hörte ihren Erklärungen konzentriert zu. Sollten vielleicht die Heimaterfahrungen von Kröten in ihm Bewusstseinsprozesse auslösen? Sima Khanoom gelangte nun zur Beschreibung der biologischen Unterschiede an Wirbelkörper und Brustbein der 17 Gattungen »innerhalb der Familie der echten Kröten, die über die gesamte Erde mit Ausnahme von Madagaskar verbreitet lebt«. Sie schloss mit einer Betrachtung über die Zivilcourage der Lurchtiere: »Wenn sich eine Kröte von einem Feind, zum Beispiel einer Schlange, bedroht fühlt, flieht sie nicht. Sie bläst sich auf und stellt sich hoch auf ihre Beine, so dass es der Schlange schwer fällt, sie zu verschlingen.«

»Sei kein Frosch!«, sagte Ryan und kicherte. Was hatte er wohl verstanden?

Im Grunde genommen quälte mich das Referat meiner Mutter. Sie saß hier und dozierte, während unser Vater von düsteren Seelenschatten gepeinigt wurde! Statt sich zu bemühen, Abbas Agha aus dem Schlangenring der Depression zu erlösen, rettete sie lieber Kröten.

Ich war im Begriff aufzustehen und die Küche zu verlassen, um Peter anzurufen. In diesem Wirrwarr könnte er mich vielleicht beraten. Um mir seine üblichen Ratschläge zu ersparen – ich solle mir die Grundsätze des Egozentrismus aneignen –, nahm ich mir vor, das Verhalten meiner Mutter gegenüber ihrem Mann selbst zu kritisieren. Das einzige Problem war nur das Wie! Ich musste mir eingestehen, dass die Angst vor dem giftigen Tadel meiner Mutter stärker wog als mein Schneid.

Sima Khanoom erklärte nun die gefährlichen Warzen der Kröten. Es seien in Wirklichkeit Ansammlungen von Giftdrüsen. Wenn beispielsweise ein Hund eine Kröte mit seinem Maul packe, ließe er sie schnell wieder fallen. Danach zeige er alle Anzeichen starken Ekels, während reichlich Speichel aus seinem Maul fließt. Jede Warze sondere eine milchige Flüssigkeit ab, die einen starken Reiz auf die Schleimhäute des Angreifers ausübe.

Das Würgegefühl, das plötzlich Ryan Djahn überkam, ersparte uns den Rest des Vortrags. Angeekelt sagte er: »Was zu tun hat alle krasse Geschehen mit Ihnen das?«

Ryan Djahn stellte seine Frage so verzottelt, dass weder meine Mutter noch ich sie sofort verstanden. Doch sie hatte einen Nutzen: In mir regte sich kühne Neugierde. Bevor Sima Khanoom beginnen konnte, Ryan grammatisch zu korrigieren, fragte ich sie unschuldig: »Entschuldigen Sie, Mama, aber was haben all diese Geschichten mit Ihrer Integration in die deutschen Lebensverhältnisse zu tun?«

Meine Mutter kam plötzlich zu sich. Kaum legte sie ihre Lehrerinnenrolle ab, verfiel sie wieder in Müdigkeit. Dennoch erwiderte sie bestimmt: »Wieso hat es damit nichts zu tun? Wenn man in einer Gruppe an solchen Aktionen teilnimmt, lernt man die deutsche Mentalität einigermaßen kennen. Klar war es für mich nützlich.«

Dann öffnete sie ihre Faust wie ein Ahornblatt und zählte auf, was sie durch Mitwirkung in der »Kröten-Rettungsgruppe« des Herrn Weigel an Einsichten gewonnen hatte.

Meinem Ermessen nach waren es eher Lästigkeiten: Sie hatte öfter als zehnmal – so viele Gruppenmitglieder waren es – ihren Namen wiederholen und buchstabieren müssen. Dennoch hatten ihn einige wieder vergessen oder sie Ze'na (Ehebruch) oder Siejah (Jammer) gerufen.

Sie hatte mehr als zwanzigmal sagen müssen, dass sie Iranerin sei und dass Iran und Irak zwar Nachbarländer seien, aber unterschiedliche Kulturen und Geschichten hätten. Dennoch hielten einige von ihnen meine Mutter immer wieder für eine Irakerin.

Sie hatte ebenso oft geschildert, wann und warum sie nach Deutschland gekommen war, wie lange sie hier bleiben wolle und wann sie nach Hause fahre.

Als ob Ryan und ich Deutsche wären und sie nicht kennen würden, begann Sima uns ausführlich von sich und ihren Vorfahren, den Gründen ihrer Einreise nach Deutschland und ihres Aufenthalts zu erzählen.

34.

Simas Geschichten waren uns wohl bekannt. Nach einer Weile begann Ryan Djahn heroisch mit seinen Augenlidern zu kämpfen. Doch unsere Mutter ging nahtlos wieder zu ihrer Krötenrettungsexpedition über und erzählte so engagiert, dass sie weder meine geistige Abwesenheit noch das harte Ringen Ryans mit dem Schlaf wahrnahm.

Aus unerklärlichen Gründen packte mich gerade jetzt die Neugierde zu erfahren, in welcher Gestalt Abbas Agha wohl in Ryans Träumen auftauchte: in der Figur Dash Akolls mit seiner unsinnigen »Djahn, Djahn«-Anrede oder als Omar Sharif?

Da drang die in Staunen getränkte Stimme Sima Khanooms zu mir: »... dann hat jeder beim Mittagessen sein Butterbrot aus dem Rucksack geholt, sich in eine Ecke gesetzt und angefangen zu kauen. Sie haben sich gegenseitig nicht einmal ein Stück Brot angeboten oder miteinander gequatscht. Nichts! Herbert hat sich auch so verhalten, als würde er mich nicht kennen.«

Enttäuschung zitterte in Simas Stimme. Ohne zu überlegen, sagte ich leichthin: »Ach, Mama, sind Sie dahin gefahren, um die Frösche zu retten oder sich zu amüsieren und einen Sizdeh Bedar-Ausflug* zu machen? Vielleicht war Herr Weigel erschöpft und hatte keine Lust, sich mit Ihnen zu unterhalten.«

Da Ryan unserer Mutter empfohlen hatte, mit der Gesellschaft Kontakt aufzunehmen, und sich deshalb ihr gegenüber verantwortlich fühlte, sprang er in die Bresche. Er war plötzlich hellwach und stammelte verwirrt auf Persisch: » شما ناراحت نه. Nehmen Sie bitte nicht persönlich. Alle sind so.

Die Deutschen kennen kein Taaroof* تعارف. Sogar meine beste Freunde sind auch so.«

Ich hatte keine Erklärung für die Verlegenheit, die ihn plötzlich überkam. Er war sogar cool geblieben, als Abbas Agha uns verlassen wollte.

Rechthaberisch sagte meine Mutter: »Als ich ihnen aber Koko-Sabzi, Radieschen und frischen Möhrensaft angeboten habe, waren sie begeistert und haben alles angenommen.«

Ryan verstand nicht, worauf sie hinaus wollte. Doch sie lieferte ihm keine weitere Erklärung. Bleierne Stille erfüllte plötzlich die Küche.

Meine Furcht vor einem derartigen Schweigen ist fast so groß, wie es mein Entsetzen angesichts des feurigen Windes war. Denn aus dieser Stille schrien die Missverständnisse. Anfänglich dachte ich, dass nur Ryan Djahn mit seiner froschmäßigen Intelligenz dem roten Faden der Azadschen Gespräche nicht zu folgen vermochte. Später stellte ich aber fest, dass auch Peter mit seinem 0/1-Verstand oft an Grenzen stieß, wenn wir uns unterhielten. Mit meinen auf Harmonie angelegten Interpretationen hatte ich sicher meinen Anteil an den Missverständnissen. Dann herrschte auch zwischen uns immer so eine unangenehme Stille, in der jeder an seinen Auslegungen und Schlussfolgerungen festhielt und weiterdachte. Ich fürchtete, dass Peter sie eines Tages brechen und nach seiner Logik sagen würde: »Wir verstehen uns überhaupt nicht. Kulturelle Unterschiede und Missverständnisse! Unsere Beziehung besteht nur aus diesen zwei Dingen. Es ist unerträglich. Also, Tschüss.« Solange Peter von kulturellen Unterschieden und nicht vom »Kampf der Kulturen« spricht, werde ich, dachte ich mir, jene von Verfänglichkeiten geprägte und schreckliche Stille aushalten.

Ich musterte den verständnislosen Ryan und sagte ungeduldig: »Mama meint, wenn man sich auf das Anbieten-und-Nehmen-Ritual nicht einlassen will, warum hat man dann ihr Koko-Sabzi gegessen?«

Ryan wirkte noch bestürzter: »Das heißt, Sie nix im Magen! Oh, Sie Arme! Haben Sie jetzt Hunger?«

Ryan Djahn alles zu erklären erforderte eine solide Geduld, die mir grundsätzlich fehlte. Besser hätte ich meine Zeit und Energie bei Sima Khanoom investieren sollen, um sie über die deutsche Kultur aufzuklären. Mir fiel auf, dass ich mich von Peters Lehre der Wirtschaftlichkeit leiten ließ. Unbewusst näherte ich mich also ihm und seiner Mentalität mehr und mehr an. Als Gegenleistung könnte er sich eine Weile um meine Bedürfnisse kümmern und mich ihm mein Herz ausschütten lassen, besonders über die Einbürgerungsprobleme meiner Mutter. Zu Sima Khanoom sagte ich: »Das war aber Ihre Entscheidung, Mama Djahn, Ihre eigene Entscheidung, dass Sie Ihren Proviant mit den anderen teilten. Das heißt noch lange nicht, dass die dasselbe tun und Ihnen ihr Butterbrot anbieten. Die anderen müssen auch frei entscheiden dürfen. Oder wollten Sie mit Ihrem Koko-Sabzi auch darüber bestimmen, wie Ihre Mitmenschen sich zu verhalten haben? Sie wissen schon, alles dreht sich für die Deutschen um das Individuum und seine Unabhängigkeit.«

Sima Khanoom kam ins Grübeln. »Aber ich wollte die Deutschen doch gar nicht in ihrer Individualität verletzen, wollte nur eine menschliche Beziehung zu ihnen herstellen. Nichts weiter.«

Sima Khanooms Anliegen, durch die Rettung von Tieren auf das menschliche Verhalten Einfluss zu nehmen, war mir nicht nachvollziehbar. Doch behielt ich meine Meinung für mich, um nicht wieder eine von Verkennung beladene Stille auszulösen.

Im Grunde genommen war ich weder um Krötenkämpfe noch um Simas Sozialkontakte, sondern um den beunruhigenden Zustand Abbas Aghas und seine selbst auferlegte Isolationshaft besorgt. Tatsächlich war sein Verhalten, Gottes Wahrheit zu sprechen und zu suchen, jenseits meines Denkvermögens.

Seit meine Mutter in ihren lokomotivartigen Gummistiefeln die Wohnung betreten hatte, hatte sie sich noch nicht nach ihrem Mann und seiner An- oder Abwesenheit erkundigt. Plötzlich fielen mir die frischen Orangen ein, die sie Abbas Aghas und mir in ferner Vergangenheit Stück für Stück lachend in den Mund gesteckt hatte. Es bedrückte mich, dass die Luft in der Familie Azad in der letzten Zeit oft dick und vergiftet war. Wahrscheinlich verfiel mein Vater in die gleiche Sentimentalität, wenn er von seinem gemütlichen Familienhort redete. Bei diesen Gedanken überkam mich tiefes Mitgefühl mit ihm. Doch gleich darauf glitt ein Lächeln über meinen Mund. Es war kurios: Unmittelbar nach meinem gescheiten Vortrag über die Notwendigkeit, das deutsche Individuum zu respektieren, überkam mich plötzlich die Schwermut über den Verfall meiner Familiengemeinschaft. Um mein Grinsen vor Sima Khanoom und Ryan Djahn zu verbergen, tat ich so, als ob ich meine Nase putzte, und kicherte verstohlen in mein Taschentuch.

Meine Mutter war inzwischen bei einem anderen Thema. Anscheinend war es ein lustiges, denn sie lachte aus voller Brust. Je mehr ich mitbekam, desto weniger amüsant fand ich es. Sollte ich meinen »iranischen« Humor verlernt haben? Doch dann begann auch ich gedämpft zu glucksen wie ein schwer zu startender Motor. Denn ausgerechnet Ryan Djahn lachte sich genau so wie meine Mutter einen Bruch.

Sima beschrieb gerade detailliert ein großformatiges Plakat, vor dem die Krötenliebhaber der Weigel-Gruppe gestanden hatten, um sich zu verabschieden: Fünf Mädchen aus fünf Kontinenten umzingelten einen charmanten und eleganten Mann, der seine rechte Augenbraue als Zeichen der Überheblichkeit hochgezogen hatte. Vor lila-rotem Hintergrund versuchten die fünf Mädchen, mit verführerischen Gesten die Aufmerksamkeit des Mannes auf sich zu lenken. Vergebens! Denn der arrogante Mann blickte cool in die

Kamera. Auf dem Plakat stand der Slogan: »Let's Go to Single Party. It Does Pay!«

Ryan Djahn wackelte vor Lachen mit dem Kopf und wiederholte bestätigend: »Ja, ja. It Does Pay.«

Jetzt lachte ich mich auch scheckig. Nicht, weil ich mittlerweile erfahren hatte, worum es ging, sondern weil das herzhafte Lachen meiner Mutter und meines Bruders mich ansteckte. »Stell dir mal vor«, japste Sima Khanoom, »wir standen alle vor diesem Bild und ich werde gefragt, woher ich mir so sicher sei, dass mein Mann, also Abbas, keine andere Frau irgendwo in einer Ecke in Iran unterhielte. Agnes meinte, die Vermutung sei nicht abwegig, weil muslimische Männer mit vier Frauen verheiratet sein dürfen. Agnes ist wirklich sehr engagiert. Sie ist auch in der Frauenbewegung aktiv ...«

Sima hörte endlich auf zu lachen. Während sie ihre Lachtränen trocknete, sagte sie: »Ja, Agnes ist wirklich eine interessante Frau. Zum Abschied hat sie mir eine Telefonnummer in die Hand gedrückt und gesagt: eine Frauenselbsthilfegruppe. Wenn du von deinem Mann geschlagen wirst, wende dich an sie. Sie werden dir bestimmt helfen.« Schmunzelnd ergänzte sie: »Der Gipfel der Geschichte war aber, dass sie alle dachten, mein Halstuch wäre mein Kopftuch. Sie haben Herbert gefragt, ob Abbas wisse, dass ich mit ihm stundenlang und ohne Schleier unterwegs sei.«

Staunend verfolgte ich, wie meine Mutter schon wieder zu lachen begonnen hatte. Ich machte mir Sorgen. Sie war offensichtlich in einer Nervenkrise. Vor ihrer Entscheidung, Deutsche werden zu wollen, hätte Sima Khanoom ganz anders reagiert, wenn sie solch törichtem Vorurteil begegnet wäre; sie hätte ihre Pumps angezogen, wäre tagelang in der Wohnung hin und her gelaufen und hätte ein hervorragendes Referat über die Nachteile der Ignoranz und die Vorteile der Toleranz gehalten – als stünde sie vor der unsichtbaren deutschen Nation und hätte mal wieder Watte in den Ohren.

Weil sie wegen »Missachtung der Kleidungsvorschriften und Zurschaustellung einer Haarsträhne« vom islamischen Schulaufsichtsrat mehrmals vor ihren Schülerinnen gerügt worden war, war sie diesbezüglich besonders empfindlich. Die islamischen Schulaufsichtsräte handelten einst nach dem Motto: Entweder Kopftuch oder Asche auf den Kopf. Wie konnte meine Mutter es komisch finden, dass die Deutschen sie unter die Schleierträgerinnen eingeordnet hatten?

Sima Khanooms Gehör- und Nervenkrisen endeten normalerweise in einem heftigen Zank mit Abbas Agha und dem Verkauf eines Gegenstands, der sie in dem Moment seelisch besonders belastete. Beim letzten Mal nahm sie Abbas Agha in die Zange, damit er unseren wunderschönen Esstisch aus Pinie, der von mir immer mit einer handgestickten Tischdecke mit Terme-Muster aus Isfahan dekoriert wurde, verkaufte. Mein Vater hatte ihn durch einen Esstisch aus Stahl und Milchglas zu ersetzen. Sie begründete ihre extravaganten Wünsche mit einer Art Allergie, die bei ihr neuerdings gegen Weichholz »aufgrund des gesellschaftlichen Drucks auf meine Seele« ausgebrochen war! An dem Tag, an dem wir uns alle zum Möbelhaus Pesch am Neumarkt begaben, um ihre Gehör- und Nervenkrise, die zu einer Familienkrise eskaliert war, zu heilen, fand Sima Khanoom dort einen Tisch, berührte die Oberfläche liebevoll und zart und entschied: »Stahl und Glas, die sprechen mich im Moment an. Ja, den nehmen wir.«

Obwohl ich die Geschichte über das Hals- beziehungsweise Kopftuch Sima Khanooms und die Einstellung der Krötenschutz-Gruppe überhaupt nicht lustig fand, war ich recht angetan von der liberalen Reaktion meiner Mutter auf die Vorurteile ihrer deutschen Begleiter. Daran ließ sich der Einfluss Herrn Weigels ablesen. Auch wenn sich zwischen Gehörkrise und hysterischem Lachen, der früheren und heutigen Reaktion meiner Mutter im Hinblick auf ihre seelische Verfassung kaum ein Unterschied ausmachen ließ.

Die einzige Person, die von der Haltungsänderung profitierte, war Abbas Agha. Er musste neben der Familienkrise nun nicht auch noch eine Finanzkrise verkraften.

35.

Das Lachen Sima Khanooms war noch nicht verklungen, da tauchte plötzlich Abbas Agha auf, diesmal jedoch in Gestalt von Molana Schamse Tabrizi. Sein üppiger grauer Bart war so gewachsen, dass man daraus hätte ein Stück Seil drehen und darauf tanzen können. Ungewöhnlicherweise stürmte er nicht auf Sima zu und fragte auch nicht, wo sie gewesen sei. Den Blick auf den Boden geheftet, schob er sich an ihr vorbei. Zwar versuchte er, den Anblick ihrer Froschrettungsausrüstung zu vermeiden, doch es gelang ihm nicht ganz. Er streifte sie mit einem kurzen Blick, verdrehte die Augen und starrte an die Decke, als wolle er zum Schöpfer beten. Perplex über die Selbstversunkenheit ihres Gatten, stutzte Sima und fragte, als sähe sie seinen dreimonatigen Bart zum ersten Mal: »Oh, weh, Abbas, was hast du mit dir gemacht?«

Teilnahmslos schwebte mein Vater dahin, die Gedanken in einer Welt jenseits unserer irdischen. Beschäftigt mit einer anscheinend komplizierten Frage kniff er die Augen zusammen und flüsterte: »Von einer Unendlichkeit bis zur anderen herrscht die Armee der Ungerechtigkeit / Doch die Derwische haben von einer Ewigkeit bis zur anderen fortlaufend Kampfzeit. Hafiz, wenn ich es Recht erinnere.«

Ryan Djahn zeigte sich mit dem Aufräumen von Simas Rettungsausrüstung beschäftigt, nur um von Abbas Agha nicht auf dessen Lieblingsdichter und die Frage nach dem Urheber des zitierten Verses angesprochen zu werden. Er hätte die Antwort selbstverständlich nicht gewusst. Und Sima war offensichtlich mit der Lösung gegenwartsbezogenerer Probleme beschäftigt.

»Was für eine Ungerechtigkeit?«, fragte sie. »Du lebst hier in diesem demokratischen Land, ohne Angst und Sorge verhaftet zu werden zum Beispiel, bist aber immer noch unzufrieden? Was für eine Ungerechtigkeit? Wer hat dich ungerecht behandelt? Wann …?«

Sima Khanooms Fragen nahmen kein Ende. Aus der berechtigten Befürchtung, sie könnten zu einem ausladenden Streit führen, nahm Ryan noch Simas Rucksack, verstaute ihn in der Abstellkammer und stahl sich dann aus der Wohnung, um seinen lieben Kai zu treffen.

An Sima Khanooms Stelle hätte ich das Thema Ungerechtigkeit überhaupt nicht angesprochen. Wollte man dem Dichter Hafiz oder einem seiner Gesinnungsgenossen Glauben schenken, war schließlich von einer Ewigkeit zur anderen Zeit, diese Frage zu behandeln. Warum meine Eltern ausgerechnet im Durcheinander ihrer Einbürgerungsstreitereien ins Grundsätzliche gehen mussten, war mir rätselhaft. Seit mein Vater aufgehört hatte, sich seinen Lieblingsfilm »Lawrence von Arabien« anzuschauen, und in den Versen großer persischer Dichter Zuflucht suchte, befand er sich in einem geistigen Zustand, der schlimmer war als der, in dem sich meine Mutter beim Lesen der irrsinnigen Politikerstatements zur Einbürgerung befunden hatte.

Unlängst erklärte Abbas bei einem Telefongespräch seinem Freund: »Sufismus heißt Verlangen nach Wahrheiten, Äußerung von Gewissheiten und Zweifel an menschlichen Klarheiten. Das ist nicht nur meine Meinung, das sagt auch unser großer Dichter Ma'rofi Karkhi.«

Meine Mutter, die gerade damit beschäftigt gewesen war, die Kebabspieße aufzuwärmen, meckerte aus der Küche: »Bis jetzt hat er Marx und Lenin zitiert, nun sind Mohammed, Ma'roof Balkhi und Rumi dran. Gott bewahre uns vor weiterem Unglück!«

Gott aber hatte anderes zu tun und bewahrte uns nicht. Abbas Agha entschloss sich an jenem Abend, ohne uns zu benachrichtigen, seinen Weg von dem unseren zu trennen, und suchte kurz entschlossen eine andere Familie der Sufi-Gemeinde auf. Davon erfuhren Ryan und ich aber erst einige Zeit später.

Heute blieb meine Mutter relativ gelassen, als Abbas all ihre Fragen unbeantwortet ließ. Als hätte sie zu jeder einzelnen eine ausführliche Antwort erhalten, erklärte Sima sie sämtlich für inakzeptabel und dozierte: »Außerdem, nehmen wir an, du seist wirklich ungerecht behandelt worden. Dann kannst du den Typ einfach anzeigen. Wir leben in einem Rechtsstaat, nicht in Iran. Dort ist jeder Passdar Gesetzgeber, Richter und Gesetzesvollstrecker in einem. Hier herrscht allein das Gesetz.«

Mein Vater, dessen nach Gerechtigkeit strebender Geist unbeeindruckt blieb, bejahte: »Ja, es stimmt. Hier bestätigt das Gesetz deine Rechtlosigkeit.«

Meine Mutter war der Ansicht, Abbas wolle uns eine seiner Standpauken halten: Das wirtschaftliche System Deutschlands bestünde in der Ausbeutung der Arbeiter durch die Kapitalisten und in einer Zeit der Globalisierung in der bedingungslosen Unterstützung des Neoliberalismus. Da Sima das alte Lied auswendig kannte, erhob sie sich lustlos und erschöpft, nahm ihre mit Lehm bedeckten Gummistiefel und ging ein paar Schritte auf ihr Zimmer zu. Da steckte Abbas die Hände in die Hosentaschen und sagte traurig: »Hier ist Ungerechtigkeit Gesetz.«

Als wolle Sima Khanoom nicht unseretwegen, sondern wegen des im deutschen Grundgesetz verankerten Geistes der Gerechtigkeit Deutsche werden, interpretierte sie die Bausch-und-Bogen-Behauptung meines Vaters als ungerechte Diffamierung der deutschen Verhältnisse und fragte höflich, aber herausfordernd: »Welche Ungerechtigkeiten meinen Sie, bitte schön?«

Die überraschende Frage versetzte Abbas in Verlegenheit, er zog die Hände aus den Hosentaschen und wies vage auf

Simas Gummistiefel: »Na ja, ich meine diese Ungerechtigkeiten halt …«

Sima blickte stirnrunzelnd erst auf die lehmbefleckten Stiefel und dann zu mir hinüber, so als könne vielleicht ich Abbas Aghas Ansicht nachvollziehen. Ich zuckte ratlos mit den Schultern. Dann fiel mir das blaue Zettelchen auf, das mein Vater in der Hand hielt. Er wedelte mit dem Stück Papier vor unseren Nasen, als lieferte es den unanfechtbaren Beweis für das in der Geschichte der Menschheit ungerechteste Verhalten, das der Deutschen, und wartete kommentarlos auf unsere Reaktion. Sima bedachte das Blatt mit einem skeptischen Blick: »Was ist denn das? Was für eine Entdeckung hast du nun wieder gemacht?«

Neugierig reckte ich mich, um einen Blick auf das Schuldbekenntnis der Deutschen zu werfen. Da erschallte Simas enttäuschter Kommentar: »Das ist doch nur ein Bußgeldbescheid!«

Ich staunte nicht schlecht, dass mein Vater einen solchen erhalten hatte. Da Abbas Agha in seinem Leben nie die Chance gehabt hatte, die Polizei als seinen »Freund und Helfer« kennen zu lernen, vermied er jede Konfrontation und Begegnung mit Ordnungs- und Gesetzeshütern, egal welche Uniform sie trugen. Seine überaus ängstliche Haltung hatte sich auf Ryan Djahn und mich übertragen, einschließlich des Vermeidungsprinzips. Er kam für unsere monatlichen Fahrkarten auf, mit denen wir jedes Verkehrsmittel in Stadt und Umgebung benutzen konnten, aus der doppelten Sorge, wir könnten beim Schwarzfahren erwischt werden und obendrein seine monatlichen »Zuwendungen« anderweitig ausgegeben haben. Musste er selber mit dem Zug reisen, unterzog er die Preise einer peniblen Gegenprüfung, um sich böse Überraschungen zu ersparen, falls der Verkäufer ihm eine ungültige Fahrkarte verkauft haben sollte. Er argumentierte wie der Philosoph Sokrates: »Menschen dürfen sich irren. Und Verkäufer sind auch Menschen.« Wollte er am Fahrkartenautomat eine Karte ziehen und es gab zwei unterschiedliche Preise für dasselbe Ziel, kaufte er unverzüglich die teurere.

Nun aber hatte Abbas Agha einen Bußgeldbescheid kassiert, eine Sensation, die unbedingt ins Familienbuch eingetragen werden musste. Sima Khanoom mit ihren Stiefeln im Arm wendete ihren Blick von dem Zettel ab und meinte taktlos: »Selber schuld! Warum bist du ohne Fahrkarte gefahren? Dass du in deinem Alter noch solche Abenteuer nötig hast, ist ja merkwürdig!«

Wortlos hielt ihr Abbas Agha eine unentwertete Fahrkarte der zweiten Klasse vor die Nase. Sima wehrte ab: »Ich bin nicht die Schaffnerin. Du hättest die Karte im Zug vorzeigen müssen, dann hättest du dir auch das Bußgeld erspart. Du weißt ja, Dummheit schützt nicht vor dem Gesetz.«

Ich war derselben Ansicht. So sammelte ich den Rest der Rettungsutensilien ein und lief hinter Sima her, die unterwegs in ihr Zimmer war. Abbas' Stimme klang rechthaberisch: »Ich hab sie ja auch dem Schaffner gezeigt!«

Wir blieben beide stehen und warteten auf weitere Erklärungen. Der springende Punkt lag am Abteil: Abbas fuhr erster Klasse, weil es ihm in den anderen Abteilen zu voll gewesen war. Als der Schaffner seine Fahrkarte sah, erklärte er sie für ungültig. »Ich sei schwarzgefahren! Da stand ich, mit Bußgeldbescheid und einer Fahrkarte, mit der für mich in der zweiten Klasse kein Sitzplatz war und in der ersten kein Sitzrecht. So stand ich da und wusste nicht, was ich tun sollte.«

Offensichtlich beeindruckt von Sima Khanooms Rechtsstaatlichkeitswahn hatte Abbas Agha gebrüllt: »Ich zeige Sie und die Deutsche Bahn an! Dann sehen wir, wer Recht hat.«

Apathisch hatte der Schaffner geantwortet: »Recht hat nur das Gesetz, und das Gesetz steht auf unserer Seite. Reisende befördern heißt nicht, dass ihnen ein Sitzplatz zusteht. Eine Fahrkarte ist nur ein Ausweis, ohne den man den Zug nicht besteigen darf!«

Anschließend hatte der Schaffner meinen Vater aufgefordert, das Abteil, in dem er sich rechtswidrig aufhielt, umgehend zu verlassen. Nahe daran, über so viel Unrecht die Sprache zu verlieren, hatte Abbas Agha gestottert, da er sowieso Bußgeld zahlen müsse, bliebe er bis zum Ziel auf seinem Platz sitzen. Er habe aber immer noch keine gültige Fahrkarte, hatte der Schaffner erwidert und versucht, ihn aus dem Abteil zu drängen. Und dann habe er ihm, Abbas Agha, unverschämt, aber leise angedroht: »Entweder haust du sofort freiwillig ab oder ich lasse dich an der nächsten Station als verdächtiges Objekt festnehmen. Wie du aussiehst, dauert es ein paar Tage, bis du beweisen kannst, dass du kein Terrorist bist!«

Mein Vater, offensichtlich der Gefahr entkommen, für immer sprachlos zu werden, redete nun wie ein Wasserfall und stellte die in der deutschen Gesellschaft herrschende gesetzmäßige Gerechtigkeit in Frage. Siegessicher fragte er am Ende seiner Standpauke: »Wo liegt der Unterschied zwischen dem Passdar dort und dem Angestellten hier? Das Gesetz hier und die Gesetzlosigkeit da ermöglichen beiden, meine Würde und Ehre als Mensch zu verletzen.«

Bequemlichkeitshalber ließ meine Mutter ihre vom Lehm bedeckten Stiefel fallen, um freier diskutieren zu können. »Hahaha! Würde und Ehre! Der Unterschied liegt darin, dass dich der verehrte Passdar dort beim ersten Mucks direkt ins Jenseits befördert, mit einer Bleikugel im Herzen selbstverständlich. Damit wäre das Ehrproblem gelöst. Ein Toter kann nämlich um seine verletzte Würde nicht trauern.«

»Und hier? Ist es dir egal, dass man mich wegen meines Bartes als Terrorist bezeichnet?«

Diese elende Diskussion nervte mich. Ich protestierte: »Hören Sie endlich auf, ständig hier und da zu sagen. Was nützt es Ihnen, andauernd Äpfel und Birnen miteinander zu vergleichen?«

Als hätte ich nichts gesagt, redete meine Mutter über meinen Kopf hinweg weiter: »Und dort? Ist es dir egal, dass man die Afghanen wegen ihres Akzents mit Steinen bewirft?«

Um sich zu beruhigen, streichelte mein Vater immer wieder über seinen langen Bart: »Wenn ich gewusst hätte, dass du dich in deinem Deutschsein-Wollen zur Rassistin entwickelst, wäre ich niemals damit einverstanden gewesen.«

Meine Mutter nahm ihre schmutzigen Stiefel wieder auf und sagte gelassen: »Wieso rassistisch? Ich habe Bärte noch nie ausstehen können. Und ich habe sie nicht vergessen, die Gesichter der schwarzbärtigen Passdaran, die uns schwer bewaffnet überfallen haben, um dich zu verhaften. Ich sage dir nun klipp und klar: Solange du diesen ekelhaften Bart trägst, schlafe ich im Wohnzimmer.«

Abbas Agha schüttelte vor Staunen den Kopf. Zum Frisör zu gehen bedeutete für ihn nicht nur, seinen üppigen Bart abrasieren zu lassen, sondern auch den Verzicht auf ein für die Derwischschule, in die er eintreten wollte, symbolträchtiges Zeichen. Abbas Agha summte bedauernd: »Das Herz ist voller Schmerzen / oh weh, wo ist der Balsam. – Hafiz!«

Dann blickte er hilfesuchend zu mir: »Was für ein Affentheater deine Mutter macht! Gehört das auch zu ihren deutschen Manieren? Fühlt sie sich dadurch emanzipiert? Nein, sie zerstört nur unsere Kleinfamilie, nichts weiter!«

Um mich nicht in die Bettangelegenheiten meiner Eltern einmischen zu müssen, räusperte ich mich und log ihn entschuldigend an, ich müsse schnell duschen und zur Uni. In Wirklichkeit aber wollte ich Peter in seinem Buchladen besuchen und mich bei ihm und mit ihm von meiner Familie erholen.

36.

Unterwegs holte ich das Handy aus meiner Tasche und wählte im Gehen Peters Nummer. Dabei übersah ich ein rot-weißes Band, das von einem Baum zum anderen gespannt war. Es sperrte einen kleinen Platz ab, auf den ich unversehens geraten war. Von irgendwo her ertönte das wütende Bellen eines Hundes. Ängstlich hob ich meinen Blick vom Display. Um mich herum tobten zwei Kinder, die laut schreiend und grölend miteinander spielten. Hinter mir spuckte ein Lautsprecher laut scheppernd ein paar Sätze aus, von denen ich nur das Wort ›Achtung!‹ verstand. Erschrocken brüllte ein halbnackter Mann auf einem Balkon: »*Vieni, sopra, sopra! Perchè è pericoloso!* Kommt hoch, das ist gefährlich!«

Seine Stimme klang voluminös, als sei Herr Pavarotti höchstpersönlich auf der Bühne aufgetaucht. Das Hundebellen übertönte Pavarottis Tenorstimme noch. Ausgerechnet in diesem Augenblick schrie Peter in meinem Handy: »Hallo, Hallo?«

Der Rüde kläffte mich an. Noch ehe ich wahrnahm, dass das Ende der Hundeleine in der Hand eines Polizisten lag, der mit seiner Pistole auf mich zielte, machte ich mein Handy aus. Der Freund und Helfer deutete mit der Pistole darauf und befahl: »Fallen lassen und Gesicht zur Wand! Stell die Tasche ab!«

Von oben grölte der Italiener immer noch vom Balkon: »Das ist gefährlich, gefährlich!« Die Kinder waren spurlos verschwunden. Der Hund knurrte bloß noch. Der Polizist steckte seine Pistole weg und ließ seinen vierbeinigen Kollegen, dem der Speichel aus dem Maulwinkel floss, zur Bewachung vor mir Platz nehmen. Ich blieb regungslos. Der Polizist sprach leise in sein Head-Set: »Die Frau könnte eine Komplizin sein. Ja, dunkle Haare, Augen …«

Mein Kontakt zu italienischen Staatsangehörigen beschränkte sich auf gelegentliche Besuche eines italienischen Lebensmittelgeschäfts in unserem Viertel. Bei der Inhaberin, Rosalia, einer netten und aufgeschlossenen Frau, kaufte ich meine Pasta und meinen Parmesankäse. Wir brachten uns manchmal, während wir iranische und italienische Kochrezepte austauschten, ein paar Sätze auf Persisch oder Italienisch bei. Meine dürftigen Kenntnisse des Italienischen reichten aber vollkommen aus, um später auf dem Polizeirevier aussagen zu können, das Pavarotti-Double auf dem Balkon habe nur nach seinen Kindern gerufen. Doch zuerst musste ich beweisen, dass ich mit dem Italiener nichts zu tun hatte und versehentlich in ihre »Razzia« geraten war. Um meine Glaubwürdigkeit zu untermauern, gab ich ihnen Anschrift und Telefonnummer von Peter, einem anständigen deutschen Bürger und Steuerzahler, der in seinem Betrieb sogar vier Arbeitsplätze geschaffen hatte.

Die Ordnungshüter sahen nicht besonders begeistert aus, als sie feststellten, dass sie einer braven und »sauberen Ausländerin« begegnet waren. Im Gegenteil, denn ihre Vermutung, ich gehöre der internationalen Mafia an, hatte sich damit in Luft aufgelöst. Laut ihrer Hypothese waren das Pavarotti-Double auf dem Balkon, einige Dealer und ich Mitglieder einer globalen Bande. Während der Razzia sollten Pavarotti mit seinem Geträller und ich mit meinem Handy die anderen Komplizen gewarnt haben, damit diese sich aus dem Staub machen konnten. So eine faule Geschichte kam eigentlich nur in den Krimiserien der Privatsender vor.

Da meine Unbescholtenheit bei den Ordnungshütern Enttäuschung ausgelöst hatte, grinste ich denn auch demonstrativ und brummte dazu einige passende persische Worte. Der

Kommissar musterte mich mit einem giftigen Blick und sprang auf, mir eine Lektion zu erteilen. Er brüllte: »Was willst du mir sagen?«

Vor Entsetzen schwieg ich in sieben Sprachen. Der Freund und Helfer setzte sich wieder und vertraute meine pädagogische Unterweisung einem Hund an, der sich frei im Raum bewegte. Kläffend lief er auf mich zu. Doch ehe das Tier seine Zähne in mein Fleisch bohren konnte, stürmte ein zweiter Polizist auf es zu, schlang sich die Leine um die Hand und schaffte den pflichtbewussten Vierbeiner aus dem Raum.

Als ich das Abenteuer später Peter erzählte, vergaß er beim Anblick meines bleichen Gesichts sogar seine zwitschernde Kasse. Nachdem er mich zuerst mehrmals und vielerorts geküsst hatte, warf er mir vor: »Bist du bescheuert? Warum legst du dich mit der Polizei an? Wenn der Köter dich angegriffen hätte, hättest du in keinen Sarg mehr gepasst!«

Dann erzählte er mir, er sei bereits kurz nach dem Geschehen über die Einzelheiten informiert worden. Einer seiner Stammkunden hatte alles mit scharfem kriminalistischem Gespür beobachtet und ihm den Vorfall Stück für Stück erzählt. Unter anderem hatte er berichtet, einige Polizisten seien, nachdem der Italiener mit seiner beeindruckenden Stimme auf dem Balkon das Lied »Pericoloso, Pericoloso / Gefahr, Gefahr« angestimmt hatte, in dessen Wohnung gestürmt.

Während Peter mir im einzelnen erzählte, was geschehen war, hielt er mich fest in seinen Armen. Damit meine Haare seine Stimme nicht dämpften, richtete er seinen Kopf zur Wand, als würde er mit ihr und nicht mit mir reden. Ich hörte seine Stimme, war aber auf sein spitzes Kinn fixiert, das wie beim Morsetelegrafen rhythmisch, sanft und kurz auf meine Kopfknochen stieß. Bestimmt formten seine Lippen eine Knospe, wenn er Wörter wie ›Maul‹, ›Bauch‹ oder ›Kauen‹ aussprach!

Mit einem Mal ließen seine Arme meinen Körper frei. Als ob das grelle Licht einer plötzlich erschienenen fingierten Sonne ihn geblendet hätte, legte er die Hand wie ein Vordach an seine Stirn, drehte sich auf dem Absatz um und sagte gereizt: »Ich verstehe aber auch nicht, warum man in so einer Situation italienisch reden muss, wenn man in Deutschland lebt. Hätte er deutsch gesprochen, hätte er den Verdacht, es handle sich um eine Verschwörung, ausräumen können. Jeder hätte verstanden, dass der Mann nur seinen Kindern etwas zuruft.«

Der Kommentar brachte mich zum Lachen. Ich wusste schon, dass Peter als erfolgreicher Ladenbesitzer für die Steuerpolitik der CDU warb. Ich wusste aber nicht, dass er auch die »Ausländerpolitik« dieser Partei für vernünftig hielt. Seine Bemerkung, Pavarotti möge mit seinen Kindern deutsch reden, ging noch einen Schritt über den Deutschzwang hinaus, der jüngst über deutsche Schulhöfe verhängt worden war. Kopfschüttelnd lächelte ich Peter an und sagte: »Aber du kannst doch nicht über das Verhalten anderer Menschen in ihren vier Wänden bestimmen. Darüber, was sie essen und trinken sollen und in welcher Sprache sie zu reden haben.«

Peter, der es nun eilig hatte, zu seiner zwitschernden Kasse zurückzukehren, umarmte mich liebevoll: »Übertreib nicht so! Mit euch Südländern ist es immer schwierig! Zu viel Emotion und Übertreibung. Da bleibt kein Platz für Logik und Sachlichkeit. Bei dir ist es noch schlimmer! Du bist nämlich das Kindeskind von Scheherezade! Vielleicht ist das ja der Grund, warum du mich so faszinierst.«

Mit diesen Worten überließ Peter mich wieder meinen Sorgen und widmete sich, ohne weiter von mir fasziniert zu sein, seinen niedergeschriebenen Verbrechen.

Seit er begonnen hatte, mit Fatma Arabisch zu lernen, sah er mich öfter in der Gestalt Scheherezades. Zuweilen wünschte er sich, dass ich ihn mit offenen Haaren, einem

Muttermal am Mundwinkel und einem Nachthemd, das er mir geschenkt hatte und das zu 100 % aus Polyester bestand, empfing. Ich aber bin gegen Kunststoff allergisch. Meine gesamte Unterwäsche ist aus Baumwolle. Außerdem ziehe ich es vor, meine Haare zu einem Pferdeschwanz gebunden zu tragen. Denn:

Erstens: Es passt zu meinem sportlichen Typ.

Zweitens: So stören sie mich nicht, wenn ich mich übers Mikroskop beuge.

Schlimmer noch ist, dass ich von Alpträumen heimgesucht werde, wenn ich an Muttermale denke, seien sie künstlich oder natürlich. Denn ich werde die Vorstellung nicht los, das Symbol der Schönheit à la Scheherezade trage krebserregende Substanzen in sich. Deshalb stelle ich mich zuweilen nackt vor Sima Khanoom hin und bitte sie, meinen Körper gründlich zu untersuchen und verdächtige Muttermale zu markieren, damit ich sie bald dem Messer eines Chirurgen anvertrauen kann.

Aus diesem Grund und aus anderen, kulturellen Gründen, auf die ich im Moment nicht weiter eingehen möchte, bin ich nur ein einziges Mal vor Peter als Scheherezade aufgetreten. Seither hat sich Peters sexuelles Verhalten geändert. Er war nun der Meinung, er bräuchte mehr »orientalische Phantasien«, um mich im Bett »frei« lieben zu können. Einmal, als ich mit Fatma darüber sprach, riet sie mir, die Schlafzimmerdekoration zu ändern, und zwar nach Art des Harems von Sultan Shahriar. Ich solle im Schlafzimmer duftendes Aloeholz und Amber verbrennen und eine Kerze anzünden. Dann fasste sie zusammen: »Originalität! Was die deutschen Männer lockt, ist die Originalität orientalischer Erotik, die Atmosphäre erzeugt.«

Ich war keine Expertin, was die Psyche deutscher Männer anbetraf. Zufällig wusste ich aber, warum man vor eintausendvierhundert Jahren im Schloss des Sultans Shahriar mit Hilfe von Aloe und Amber eine erotische Atmosphäre erzeugt hatte: Weil damals keine Toiletten vorhanden waren und alle Schlossbewohner, vom Sultan persönlich und seinen Frauen bis hin zu seinen Sklaven und Bediensteten, ihre Notdurft in dem Saal verrichteten, in dem sie auch ihre Mahlzeiten zu sich nahmen. Das ganze Schloss diente als Toilette seiner Bewohner. Sie mussten wohlriechenden Amber verbrennen, um den Kotgestank zu vertreiben. Ich konnte nicht nachvollziehen, warum ich mich hinsichtlich meiner Erotik an derartigen Verhältnissen orientieren sollte. Fatma erklärte ich: »Heute sind die Toiletten aus Porzellan. Sie sind sauber und glänzen. Meine Großmutter meint, manche davon seien so edel, dass man sie als Schüssel benutzen und daraus essen könnte.«

Bei der Vorstellung, aus einer Toilettenschüssel zu essen, wurde mir übel. Dennoch wollte ich das Gespräch mit Fatma um jeden Preis fortsetzen. Ich beharrte so stur darauf, als ob es Fatma und nicht Peter gewesen sei, die mich aufgefordert hatte, sie in Gestalt von Scheherezade zu verführen. Ich war unergründlicherweise zuversichtlich, dass Peter von seinem Scheherezade-Traum Abstand nehmen würde, wenn ich Fatma davon überzeugen konnte, dass dieser ganze 1001-Nacht-Zauber ein albernes Klischee war. So argumentierte ich weiter: »Wenn ich übrigens wirklich authentisch sein soll, muss ich statt Wachs Schafstalg verbrennen. Stell dir mal vor, dass ich und Peter in seiner Zweizimmerwohnung während des Liebesakts vor Talggestank und Mangel an Sauerstoff den Geist aufgeben.«

Fatma, die »südländischer« war als ich und sich folglich weniger sachlich und logisch verhielt, verlor ihre Geduld und würdigte meinen Authentizitätsanspruch in keiner Weise: »Du denkst nur in Klischees. Wir leben in einer Zeit, in der alles legitim und möglich ist. Vor allem die Mischung der Kulturen, Traditionen und Lebensweisen aus Vergangenheit, Gegenwart und Zukunft. Wir leben in einer Zeit, in der alles mit einer wahnsinnigen Geschwindigkeit miteinander verbunden und vermengt wird. Hast du vielleicht mal von Postmoderne und Globalisierung gehört?«

Ja, das hatte ich. Mit beiden Begriffen war ich bestens vertraut. Über die Auswirkungen des Globalisierungsprozesses auf mein Bettverhalten war ich mir aber nicht im Klaren. Und eine gleichberechtigte Vermischung der Kulturen und Lebensweisen konnte ich nicht entdecken. Denn alles führte meiner Meinung nach nur zur Amerikanisierung der Verhältnisse. Fast alle auf der Welt aßen bei McDonald's, tranken Coca-Cola, kauten Kaugummi, trugen Jeans und kämpften mit ihrer Microsoft-Software. Dass ich in diesem Wirrwarr meine Authentizität nun mittels Nachthemden aus Polyester und Verbrennung von Schafstalg beweisen sollte, brachte mich zum Grinsen. Fatma, die das nicht als Antwort anerkennen wollte, protestierte: »Was ist? Machst du dich über mich oder über den Globalisierungsprozess lustig? Wenn du mich verspottest, vergebe ich dir. Die Araber sind bekannt für ihre Großzügigkeit. Wenn du aber die Globalisierung nicht ernst nimmst, bist du verloren. Pass auf, dass sie dich nicht erdrückt.«

Um einem Streit aus dem Wege zu gehen, sagte ich: »Weder noch. Ich war dabei mir vorzustellen, was meine Großmutter sagen würde, wenn sie mich als Scheherezade vor sich sähe.«

37.

Peter hat, wie jeder, einige Macken, gibt mir aber außer Liebe auch Sicherheit und Geborgenheit. Ob Sima sich an meiner Stelle glücklich fühlen würde? Da es kein düsterer Dienstag war, gingen wir am Rhein entlang spazieren.

Ich musste mir dringend meine Beziehungsprobleme von der Seele reden. Denn neuerdings verbrachte Peter seine Freizeit fast ausschließlich mit Fatma. Missgestimmt sagte ich: »Er spricht jetzt ein paar arabische Sätze. Stinksauer bin ich auf ihn, weil …«

Sima Khanoom unterbrach mich unerwartet. Nach der Brahmsschen Krise mit Herrn Weigel fiel mir auf, dass meine Mutter neben der Angewohnheit, überall das Wort »oder«, ob angebracht oder unangebracht, zu benutzen, sich auch andere seltsame Attitüden aneignete.

»Riech mal, riech mal. Wonach riecht es?«, störte sie meine Herzausschüttung. Obwohl ich über ihre Gleichgültigkeit gegenüber meinem Kummer beleidigt war, atmete ich ein paar Mal durch und sagte mürrisch: »Hab gerochen. Wonach soll es riechen?«

Meine Mutter packte mich verwirrt am Arm und drängte: »Nein, ich bitte dich, riech mal richtig. Riechst du das auch?«

Ihr Verhalten irritierte mich. Konzentriert atmete ich mehrmals tief durch: »Ich rieche nichts besonderes. Das ist wohl das Februarwetter. Und die Abfälle fließen wie immer den Rhein mit hinunter.«

Sima ließ meinen Arm los. Bedrückt spähte sie in die Ferne, wechselte rasch die Richtung und keuchte erneut: »Kannst du wirklich nichts riechen? Es riecht nach Öl, oder? Eindeutig!«

Das beruhigte mich. Das einzige, was nicht in der Luft lag, war Ölgestank. Ich blieb gelassen: »Ach, Mutter. Sie täuschen sich bestimmt. Öl? Wieso soll es denn nach Öl riechen?«

»Ja, eben! Vielleicht ist ein Öltanker im Rhein versunken! Wir müssen das sofort dem Umweltministerium melden.«

Erstaunt fragte ich: »Was melden? Was hat ein Öltanker hier auf dem Rhein zu suchen?«

Meine Mutter öffnete hastig ihre Handtasche, holte zwei Taschentücher heraus, gab mir eins davon und hielt sich das andere vor den Mund. Ihre Antwort war taschentuchgedämpft: »Eben! Wir müssen nun herausfinden, warum dieser Öltanker auf dem Rhein herumgefahren ist. Oder? Herbert meint, die dänischen Öltanker sind an sich bereits eine große Gefahr für die Weltmeere! Versunken oder nicht, spielt keine Rolle.«

Ich wurde ungeduldig: »Aber, Mutter, Köln liegt nicht auf der Strecke nach Dänemark! Machen Sie sich nicht so viele Sorgen.«

Sima Khanoom verschanzte sich wieder hinter ihren Ohrenproblemen. Ohne auf mein Argument einzugehen, fuhr sie bekümmert fort: »Halt dein Taschentuch vor den Mund! Halt es vor deinen Mund, bitte! Es ist wohl möglich, dass durch den Ölteppich auf dem Rhein nun auch die Luft verseucht ist. Das erregt Lungenkrebs. Guck mal, die Vögel! Die Armen, sie sehen so schutzlos aus!«

Die Vögel spielten, meiner Beobachtung nach, munter wie immer auf dem Wasser und waren offensichtlich von keiner Gefahr bedroht. Ich wagte eine Andeutung. Doch meine Mutter schenkte mir kein Gehör. Sie wurde schrecklich nervös und konnte es kaum abwarten, nach Hause zu gelangen und dort mit ihren umsichtigen Recherchen zu beginnen. Sie erklärte, in solchen Notsituationen zähle jede Sekunde. Es könne lebensbedrohlich sein, für Mensch und Tier, vor allem für die Vögel. Sie griff nach meinem Handy und telefonierte mit unzähligen Stellen.

Es war nicht einfach, ein für das Gemisch von Öl und Wasser zuständiges Amt oder einen entsprechenden Amtsträger ausfindig zu machen. Ich verfüge über kein besonders gutes 0/1-Gespür, konnte während der Gespräche meiner Mutter aber problemlos Rückschlüsse auf meine Telefonkosten ziehen.

Während Sima den Rhein rettete, kam mir in den Sinn, dass Peter Recht hatte. Vielleicht war ich zu stark in die vielfältigen Probleme meiner glücklichen Familie verwickelt. Ich wäre gerne zu ihm gegangen und hätte ihm mein Herz ausgeschüttet, doch da war seine Verabredung mit Fatma. Bestimmt hätte er mir sonst zugehört und mich sogar zwischen der Erledigung seiner Arabisch-Übungen getröstet.

Meine Mutter verbrauchte mein ganzes CallYa-Kartenguthaben bei ihrer Suche nach gewissenhaften Amtspersonen, die entweder in einer Konferenz steckten oder krank geschrieben waren oder aber auf den Karibischen Inseln ihren Urlaub genossen. Ihre mehr oder weniger zustandegekommenen Verhandlungen mit deutschen Beamten hatten der englischen Firma Vodafone eine Menge Geld eingebracht, nur um einen fiktiven dänischen Öltanker ausfindig zu machen, auf dem sie wiederum der Herbertschen Kultur entgegenschipperte. Und das alles auf meine Kosten.

38.

Nach einigen Tagen, als Abbas Agha endlich begriffen hatte, dass meine Mutter nun tatsächlich im Wohnzimmer auf dem Sofa schlief, setzte er sich auf der Suche nach dem von Hafiz empfohlenen Balsam für sein schmerzendes Herz mit Simas Eltern in Verbindung.

Mein Großvater, der immer zu Hause war, mittlerweile aber keine Kraft mehr besaß, um mit seinem Stock zu fechten, legte ihm höflich nahe, dass er Abbas immer noch für einen »Hurensohn« hielt, »der sich bei Nacht und Nebel aus dem Staub gemacht hatte, sobald er Wind davon bekam, dass im Land dicke Luft herrschte«. Darüber hinaus machte er meinen Vater sogar für einen eventuellen frühzeitigen Tod seines Schwiegervaters verantwortlich – falls das Schicksal ihn, der nun 82 Jahre alt war und lediglich unter Alterskrankheiten litt, von uns trennen würde, selbstverständlich. Mein Großvater begründete diese Prophezeiung mit der ungeheuerlichen, unendlichen Qual der Trennung von seiner Tochter Sima; eine Qual, die selbst die Zeit noch nicht hatte heilen können. Denn er habe seine Tochter großgezogen, nicht um sie Abbas ein Leben lang zur Verfügung zu stellen, sondern damit er sich als Greis auf sie stützen könne.

Abbas Agha war der Ansicht, Großvaters Qual sei heilbar: »Sima zu sehen ist aber ganz einfach, Agha Djahn. Steigen Sie ins Flugzeug und besuchen Sie sie. Innerhalb von fünf Stunden sind Sie hier. Soll ich Ihnen ein Ticket schicken?«

Abbas Aghas Lösungsvorschlag wurde von meinem Großvater als Affront ausgelegt: »Es fehlte mir noch, dass ich in meinem Alter das Land der Ketzer betrete und mein tägliches Brot von dir bekomme! Nein, junger Mann. Selbst auf dem Sterbebett vergesse ich nicht, dass du meine Tochter von mir fortgeschafft hast.«

So fand Abbas Agha in meinem Großvater keinen Balsam und auch keinen Helfershelfer. In einem aber war er sich sicher: Er würde meinen Großvater direkt ins Reich Gottes schicken, falls er ihm von seinem kalten Bett und Simas Absicht, Deutsche zu werden, erzählte. Deshalb griff Abbas frühmorgens, in der Zeit, in der mein Großvater noch träumte, erneut zum Telefonhörer, um mit Simas Mutter zu sprechen, die uns mehrmals in Deutschland besucht hatte. Bei diesen Besuchen hatte sich eine enge Beziehung zwischen Abbas Agha und seiner Schwiegermutter entwickelt, die er nun sogar mit dem Vornamen ansprach: Mansureh Khanoom. Mittlerweile nahmen sie sich sogar gegenseitig freundschaftlich auf die Schippe, im Gegensatz zu früheren Zeiten, als sie einen distanzierten und nüchternen Umgang miteinander pflegten. Mansureh Khanooms einst gestelzt wirkender Schwiegersohn, von ihr Herr Oberleutnant genannt, wurde nun mit dem niedlichen Kosenamen »Abbassi« gerufen. Abbassi wusste, dass seine Schwiegermutter keine Gurken mochte, weder in Form noch Geschmack. Dennoch nahm er beim Essen bisweilen, wenn er gut gelaunt war, eine dicke, lange Gurke in die Hand und versuchte, sie gegen den Widerstand seiner Schwiegermutter auf ihren Teller zu legen. Um die Vorführung spannender zu machen, führte sich Abbas wie ein ernsthafter und besorgter Gastgeber auf und sagte immer: »Ich hab diese dicke, knackige Gurke extra für Sie bestellt. Sie müssen sie sich unbedingt schmecken lassen.«

Mansureh Khanoom zog jedes Mal kichernd mit gespielter Abscheu ihr Kopftuch bis zu den Augenlidern hinunter, damit sie weder Abbas noch die Gurke sah. Dann wandte sie sich kokett vom Tisch ab und sagte mit mädchenhafter

Stimme: »Ach, lass das, Abbassi! Lass mich in Ruhe das Essen genießen! Oder willst du, dass es mir bitter wie Gift schmeckt?«

Die Vorführung dauerte meist so lange, bis Sima Khanoom endlich aus der Küche kam und mit »Abbassi« schimpfte.

Einmal wohnte auch Peter Abbas Aghas Gurkenwitzen bei und verschluckte vor Entsetzen den Pflaumenkern im Fessendjahn*. In der Nacht, als er sich vor Bauchschmerzen auf dem Boden wälzte, kommentierte er: »Schuld ist allein das obszöne Gurkentheater deines Herrn Azad. Machen alle iranischen Schwiegersöhne mit ihren Schwiegermüttern solch erotischen Spiele?«

Je mehr ich mich bemühte, Peter zu erklären, dass es nur ein harmloser Witz zwischen Abbas und Mansureh war, über den sich alle amüsierten, desto weniger konnte ich ihn überzeugen. Er diagnostizierte, dass ich unter »kultureller Blindheit« litt, und wenn ich meine Augen öffnete, könnte ich die sonnenklare Tatsache sehen, dass Abbas Agha mit Mansureh Khanoom eine Affäre hätte.

Die Vorstellung, meinen Vater und meine Großmutter hüpfend und reitend im Bett zu erwischen, brachte mich zum Lachen. Ich warf Peter vor: »Du leidest dagegen unter kultureller Sexbesessenheit. Jede Beziehung, die nicht aus Sex besteht, ist bei euch anormal. Ihr lernt schon als Säugling, alles mit Sex in Verbindung zu bringen. Als ob euer Leben sich nur um Sex drehen würde.«

Peter schien meine Gegenrede erheiternd zu finden. Vor Lachen vergaß er seine Bauchschmerzen: »Iranern wird sowieso nachgesagt, dass sie eine gewisse Neigung zur Übertreibung haben. Das kann ich erfahrungsgemäß nur bestätigen.«

39.

Endlich gelang es Abbas Agha eines Morgens um vier Uhr mit Mansureh Khanoom zu sprechen. Nachdem sie sich mehr als eine halbe Stunde gegenseitig nach dem Wohlbefinden der Familie und der Verwandtschaft erkundigt und immer wieder die Floskel »Ja, bestens, Gott sei Dank« als Antwort wiederholt hatten, gelangten sie zu ihrem Lieblingsthema: dünne oder dicke, lange oder kurze Gurken und wie man sie am besten mit Essig und diversen Kräutern einlegt. Das Thema »Abbas' Bett und sein kalter oder warmer Zustand« wurde als letztes angesprochen. Trotz kultureller Blindheit wussten auch iranische Schwiegersöhne wie mein Vater, dass sie ihre sexuellen Schwierigkeiten der Schwiegermutter nicht unmittelbar offenbaren durften. Deshalb begnügte er sich mit der Aussage: »Sima geht ihren ehelichen Pflichten nicht nach.«

Dieser eine Satz leuchtete Mansureh Khanoom ein. Statt sich auf die Seite ihrer Tochter zu stellen, bemitleidete sie ihren Schwiegersohn. Um ihn zu trösten, folgte sie ihrer Biester-Methode und erzählte ermahnende Geschichten, deren Moral immer zugunsten der männlichen Hauptfigur auslegbar war. Um uns allen, besonders meiner Mutter, den Zugang zu den moralischen Quintessenzen Mansureh Khanooms zu ermöglichen, schaltete mein Vater die Sprechanlage des Telefons ein, so dass Mansurehs Stimme durch die ganze Wohnung schallte.

Es war kurz vor Morgendämmerung, doch wir lagen alle wach. Niemand war in der Lage weiterzuschlafen, während sich Abbas Agha mit meiner Großmutter über das Wohlbefinden der ganzen Familie unterhielt. Zuerst blieb ich reglos im Bett liegen. Denn weder Abbas' Bettprobleme noch seine besondere Beziehung zu Mansureh Khanoom gingen mich – nach Peters Auffassung – etwas an. Doch die Geschichten, die meine Großmutter erzählte, hörten sich so spannend an, dass ich rasch aufstand, meinen Morgenmantel anzog und mich ins Wohnzimmer begab. Sowohl Ryan Djahn als auch Sima Khanoom saßen dort schon mit vor Erstaunen aufgerissenen Augen und lauschten Mansurehs Erzählungen.

Sobald Ryan mich sah, sagte er in seiner Mischsprache und mit Abbas' Haltung: »Komm und hör, Oma. Nicht Es-war-einmal-Geschichten! Echt passiert heute, in Teheran.«

Abbas Aghas Augen glänzten vor Freude, weil sein Augenlicht eben zum Ausdruck brachte, was er selbst hatte äußern wollen. Nur in etwas flüssigerem Stil, selbstverständlich. Sima aber sah Abbas böse an – wenn Blicke töten könnten. Sie war missgelaunt, wahrscheinlich weil ihr Ehemann nach iranischer Art die Familienkonfliktlösung durch Weisenschlichtung herbeiführen wollte. Ich ignorierte sowohl Abbas Aghas glänzende Augen als auch den giftigen Blick meiner Mutter und ließ mich schläfrig mit geschlossenen Augen aufs Sofa fallen. Mansureh Khanoom erzählte gerade, wie liebevoll Naiereh, die Cousine meiner Mutter, mit ihrem Mann Nader umging, wie sie ihn, der doch zehn Jahre älter war als sie, mit großer Hingabe wie ein gebrechliches Kind hegte und pflegte, obwohl sie selbst berufstätig, betucht, gebildet und wie eine Rose zart und frisch sei.

Ryan Djahn stieß mich an: »Was heißt betucht? Welches Kind hat erbrochen?«

Er erhielt keine Antwort von mir. Ich stellte mir das faltige Gesicht Naierehs vor, die nur zwei Monate jünger war als meine Mutter. Dass sie immer frisch aussah, lag an der Schminke, die sie allzeit so dick auf die Haut auftrug, dass die Poren überhaupt nicht atmen konnten. »Keine Minute lässt sie zu, dass sich Nadar langweilt.« Mansureh Khanoom schwärmte weiter von Naierehs ehefraulichen Attributen: »Mit ihr hat er das große Los gezogen. Jeden Abend fädelt sie Feste, Besuche, Parties ein. Er weiß auch, was für ein Kronjuwel er an ihr hat. Vor kurzem haben sie, es ist erst ein paar Wochen her, nach zwanzig Jahren noch einmal geheiratet.«

Wie im Chor fragten wir alle gleichzeitig: »Noch einmal geheiratet? Nach zwanzig Jahren?« Selbst Ryan hatte ohne weiteres bereits beim ersten Mal verstanden, was es bedeutet, noch einmal zu heiraten.

Mansureh Khanoom setzte ihre ermahnende Geschichte fort. Nach ihren Schilderungen war Naiereh nicht nur ein gutes Hausmädchen, eine erfahrene Krankenschwester und eine versierte Gesellschaftsdame, sondern auch eine kundige Liebhaberin.

»Eines Tages, als Naiereh merkte, dass sich Nader langweilte, kam ihr die geniale Idee mit der nochmaligen Hochzeit. Nader war begeistert und guter Stimmung. Doch ihm fehlte etwas. Schließlich fanden sie nach mehreren intimen Gesprächen heraus, dass er sich eine jungfräuliche Braut wünschte.«

Naiereh Khanoom konnte nach zwanzig Jahren Ehe nicht unberührt sein, aber dennoch versprach sie ihrem Mann, seinen Wunsch zu erfüllen. Zuerst war sie von der Idee besessen, einem der Mädchen Geld zu geben, die einer Jeanshose wegen in der Jourdan-Straße abends auf Kunden warteten, und auf diese Weise für ihren Mann eine junge und jungfräuliche Frau zu besorgen. Nach einer Weile gab sie die Idee aber auf und beschloss, ihre eigene Jungfräulichkeit wiederzugewinnen. So wandte sie sich an einen angesehenen Chirurgen, gab ihm eine beachtliche Summe Geld und ließ mittels einer Operation ihr Hymen wiederherstellen.

Als das Hochzeitsritual im Bett zu Ende ging, küsste Nader seine Frau und erklärte, er habe schon lange nicht mehr ein solches Gefühl gespürt, ein »richtiger Mann und jung zu sein«.

Abbas Agha grinste siegreich und blickte unauffällig auf die bestürzte Sima, die nicht recht wusste, was sie von dieser seltsamen Geschichte halten sollte. Ehe Abbas ein passendes sufistisches Gedicht einfallen konnte, erklang wieder die Stimme Mansureh Khanooms: »Ich hab nur keine Ahnung, was bei der Operation passiert ist, denn das Ding da hat sich so entzündet, dass Naiereh monatelang Tabletten schlucken musste. Selbst jetzt hat sie manchmal große Schmerzen und läuft herum, als ob sie schwanger wäre.«

Ungerührt setzte meine Großmutter ihre Ausführungen über die neu erfundenen Methoden fort, nach denen Teheraner Frauen ihre Ehemänner verwöhnten; dabei hatten wir Naierehs bizarren Fall noch nicht verarbeitet. Die Initiatorinnen dieser Methoden wollten laut Mansureh »ihr Schicksal selbst in die Hand nehmen« und nannten ihre Praktiken »Vorbeugemaßnahmen«; Vorbeugung einer Scheidung, Vorbeugung der Qual, sich mit einer zweiten oder dritten Ehefrau ihres Mannes abfinden zu müssen. Die Anhängerinnen dieser Methoden, die sich als »Realo-Feministinnen« bezeichneten und zahlreiche Selbsthilfegruppen gebildet hatten, ergriffen ihre Maßnahmen erst dann, wenn sich eine gewisse Kälte in ihren ehelichen Beziehungen eingestellt hatte. In diesem Fall begannen sie damit, eine »Beischläferin« für ihre Paschas zu finden. Sie gingen etwa einzeln oder gruppenweise in Schwimmbäder oder Saunen und suchten die Frau aus, die sich demnächst für eine Weile an ihren Ehemännern und eventuell an ihrer Liebe beteiligen sollte. Danach folgte, wie zufällig oder nach Plan, die Begegnung mit dem jeweiligen launischen »Versorger«. Sollte sich der Windbeutel mit der Auswahl nicht zufrieden zeigen, mussten die Frauen von vorne beginnen. Erfahrungsgemäß bestünde kein Problem, das Einverständnis der ausgesuchten Frauen zu erzielen. Eine anfängliche Missbilligung des Plans seitens der Kandidatinnen könnte jedoch eventuell den Preis hochtreiben. Mansureh Khanoom war überzeugt, dass diese von iranischen Frauen konzipierte »Share-men«-Initiative weltweit beispiellos dasteht. Ryan Djahn, der von der ganzen Geschichte wahrscheinlich lediglich die Wörter Schwimmbad und Sauna verstanden hatte, kommentierte erfreut in perfektem Deutsch: »Toll, die Iraner, voll cool!«

Keiner schenkte Ryans nationalistischem Kommentar Beachtung. Erschöpft holte Mansureh Khanoom tief Luft und fügte hinzu: »Heutzutage ist es sehr schwierig, einen Ehemann zu finden und ihn zu hüten. Dieser Weg ist im Moment der beste. Denn das Scheidungsgesetz und das Recht auf vier Frauen lässt sich nun mal zurzeit nicht ändern. Aber so können die Frauen, wie sie sagen, von ihrem Selbstbestimmungsrecht Gebrauch machen. Das heißt, sie bestimmen darüber, wer mit ihren Männern schlafen soll. So schützen sie sich darüber hinaus auch vor Krankheiten wie Aids. Denn die zum Beischlaf ausgewählte Frau muss sich zuerst einem Test unterziehen.«

Mansureh Khanoom führte die Vorteile der Initiative »Share-men« so breit aus, als ginge die eine Hälfte der weiblichen Bevölkerung freiwillig und glücklich dem ehrenhaften Job nach, Beischlaf mit den anspruchsvollen Paschas der anderen Hälfte auszuüben. Überrascht war ich von der ausbleibenden Empörung meiner Mutter, die als emanzipierte und selbstständige Frau kein Wort des Protests verlor. Sollte ich Peter diese Geschichten erzählen, würde er sich vielleicht begeistert zeigen, sein Reiseziel ändern und statt in die Wüste Sinai in den Iran, ins Paradies der Männer fliegen. Letztendlich könnte er dann aufhören, mit Fatma Arabisch zu lernen. Eventuell ließe er sich dafür von mir überzeugen, dass es sich lohne, stattdessen Persisch zu lernen. Dann müssten wir mehr Zeit miteinander verbringen. Und ich hätte die Möglichkeit, in Anlehnung an meinen doppelten kulturellen Hintergrund eine deutsche Version der iranischen Vorbeugemaßnahmen umzusetzen. Ich war geistig bereits zu sehr mit der Konzeption einer deutschlandgerechten »Share-men«-Initiative beschäftigt, um dem komplizierten Auswahlverfahren, das meine Großmutter nun schilderte, zu folgen. Ich hörte nur noch, dass zusätzlich zu Brust-, Taille- und Gesäßgrößen auch »Finger und Loch« entscheidend waren. Da Sima Khanoom Ryan an die Hand nahm und beide das Zimmer verließen, nahm ich an, dass sich die Verbindung zwischen »Finger und Loch« um eine unmoralische Achse drehte. Denn Sima Khanoom ließ, ihrer Alterstheorie entsprechend, immer noch nicht zu, dass Ryan sich Filme anschaute, die für Jugendliche unter 16 Jahren ungeeignet waren. Außerdem begann Abbas Agha wie bei den Gurkenwitzen zu glucksen. Ich beschloss ebenfalls die Szene zu verlassen, um Abbas Agha und Mansureh Khanoom mit ihren Sex- und Sorgengeschichten allein zu lassen.

40.

Nach jenem Telefonat mit seiner geschätzten Schwiegermutter drehte Abbas Agha sich des öfteren um die eigene Achse und sang »Share-men, Share-men«, wenn er Sima Khanoom in Harnisch bringen wollte. Dazu zitierte er ein Gedicht unseres verehrten Dichters Omar Khayam Nishabouri: »Das Geheimnis muss vor allen verheimlicht werden / Vor den Halunken muss das Mysterium verborgen bleiben.«

Einmal reagierte Sima bebend vor Zorn, aber höflich und meinte: »Wenn Sie vom Traum so besessen sind, warum kehren Sie nicht in Ihr geliebtes Land zurück? Bitte schön, keiner hindert Sie daran!«

Ich hielt den Atem an. Wenn mein Vater in seine geliebte Heimat zurückkehrte, würde man ihn zweifelsohne in einen lebenden Märtyrer verwandeln. Ich betrachtete ihn besorgt. Er schien unbekümmert und klang zuversichtlich: »Auch hier in Deutschland kann man solche Vereine gründen. Selbst ist der Mann!«

Meine Mutter ließ sich von Mansureh Khanooms ermahnenden Geschichten nicht beirren. Sie hielt an ihrer Bedingung fest: Sollte die Distanz zwischen Ehebett und Sofa aufgehoben werden, müsse Abbas Agha erst seinen üppigen, derwischmäßigen Bart gehörig rasieren lassen. Nicht weil er wie ein Terrorist aussähe, sondern weil der Bart die Quelle unangenehmer Gerüche sei.

Mein Vater zitierte wiederum einen seiner historischen Genossen: »Derwisch zu sein, heißt Besudelung für die Menschen und Verschönerung für den Schöpfer. – Anssari!«

Und er tröstete sich mit Hafiz' Worten: »Oh, du Weingießerin, gib mir einen Kelch von Gerechtigkeit, damit die Untertanen / nicht aufbegehren und die Welt ins Unglück stürzen.«

Dann wackelte er mit dem Kopf und fügte bedauernd hinzu: »Was für Gerüche? Ich dusche jeden Tag und rauche nicht. Vielleicht hast du zusätzlich zu deinen Ohren auch mit deiner Nase Probleme? Gegen Recht bist du, wenn du gegen Derwische bist! – Shirazi!«

Meine Mutter hatte keine Probleme mit ihrer Nase, sondern mit Hafiz, Khadjeh Abdoulahe Anssari und Saadi Shirazi, die mit der Macht ihrer Worte das Erscheinungsbild wie auch das Gedankenbild ihres Mannes legitimierten. Doch sie kannte keine wirksame Strategie, gegen jene »Vertreter der nationalen Ehre Irans« zu kämpfen. So hielt sie an dem Argument fest, der Bart rieche ekelhaft nach altem Fett und Zwiebeln.

Um der unerhörten Behauptung Sima Khanooms entgegenzutreten, strich Abbas über seinen Bart, hob ihn wie einen Teller vor meine und Ryan Djahns Nase und beschwor »unser waches Gewissen«, ihm zu bezeugen, dass sein weicher Bart nach nichts anderem rieche als dem bezaubernden Duft von Calvin-Klein-After Shave!

Weder Ryan noch ich waren bereit, am Barte unseres Vaters zu riechen. Ich redete mich auf eine Parfümallergie heraus. Ryan Djahn schaute wie ein unbeholfener, fauler Schüler und fragte: »Was heißt waches Gewissen?«

Da Ryan und ich nicht als Zeugen aufzutreten gedachten, ließ mein Vater seinen Bartteller frei, schmollte und deklamierte theatralisch: »Das Innere wurde trüb. In der Dunkelheit soll / ein Eremit eine Kerze anzünden. – Hafiz.«

Nach dieser herzzerreißenden Vorstellung fragte er Sima Khanoom empört: »Willst du dich immer noch gegen den Willen deiner Mutter durchsetzen? Hast du keinen Respekt mehr vor ihr? Sie hat klipp und klar gesagt, sie sei dagegen, dass du Deutsche wirst.«

41.

Keiner von uns war über die Missbilligung Mansurehs erstaunt. Das letzte Mal, als sie uns besucht hatte, war sie nicht zurückhaltend gewesen mit täglichen Kostproben ihrer radikalen Abneigung gegen das »Deutschtum« und seine gottlosen Auswüchse.

Das erste Opfer ihres Aufbegehrens war der unschuldige und intelligente Peter geworden. Nur mittels einer Armkette, eines goldenen Rings (24 Karat) und einer silbernen Armbanduhr Marke Rolex hatte er sich nach einiger Zeit dafür erwärmen lassen, sich mit den kulturellen Eigenheiten meiner Großmutter zu arrangieren.

Alles begann mit dem eigenständigen Beschluss meiner Eltern, dass Mansureh Khanoom von der Existenz meines Freundes Peter keinen Wind bekommen sollte. Mein Vater hatte Peters Dasein in meinem Leben bislang selbst noch nicht offiziell anerkannt.

Wäre sie damals weniger als sechs Monate geblieben, hätte sich der Vorfall vielleicht vermeiden lassen. Jedoch war niemand, nicht einmal ein schlauer Agent, in der Lage, sechs Monate lang Existenz und Anwesenheit eines Mannes von 72 Kilogramm Gewicht und 1,78 Meter Größe vor den neugierigen und scharfen Blicken einer alten Dame zu verstecken, die grundsätzlich keine andere Beschäftigung hatte, als sich in die Angelegenheiten anderer einzumischen und deren Umfeld auszuspionieren. Jedes Mal, wenn das Telefon klingelte oder es an der Tür läutete, fragte Mansureh Khanoom erwartungsvoll wie ein Kind, das gerade sprechen gelernt hat: »Wer war's? Was gab's? Woher kennt ihr den?«

Sie hörte mit ihren unangemessenen oder auch angemessenen Kettenfragen erst auf, wenn sie auf jede ihrer Fragen eine plausible Antwort bekommen hatte. Es fiel mir schwer, Peter in ihrer Anwesenheit nicht zu erwähnen. Aber eine »wilde Beziehung« mit einem Mann, der in Zukunft nicht einmal mein Ehemann werden sollte, ordnete Mansureh Khanoom unter den unverzeihlichen Sünden ein. Nur eine Prostituierte könne gegen Gottes Gebot verstoßen und mit einem fremden Mann, noch dazu mit einem Deutschen, solch eine verbotene Beziehung pflegen. Hier wäre nicht nur die Ehre Abbas Aghas beschmutzt, sondern auch Sima Khanooms guter Ruf. Sie könnten sogar als sittenlose, Prostitution fördernde Eltern von der Verwandtschaft verstoßen werden. Abbas Agha hätte es vorgezogen, dass ich meine Beziehung zu Peter aufgebe, statt sie zu verheimlichen, damit ich »von allen« als vorbildliche »Miss Familie« gelobt würde. Als wir zuletzt darüber diskutierten, schwoll mir zum ersten Mal die Kehle derart an, dass ich auf meine Stimme Acht geben musste, damit sie nicht vor Wut und Anspannung kippte: »Wen meinen Sie mit allen?«

Abbas Agha zeigte versehentlich auf die iranischen Zeitungen, die auf dem Tisch verstreut lagen und in denen einige Fotos von vollbärtigen Mullahs abgebildet waren, und erwiderte verwirrt über meine rebellische Reaktion: »Ich meine – diese Iraner halt.«

Obwohl ich es nicht gewohnt war, ihm meine Meinung direkt ins Gesicht zu sagen, nahm ich meinen ganzen Mut zusammen: »Ich will keine Iranerin mehr sein, wenn das dazu gehört.«

Seit diesem Tag verlor mein Vater kein Wort mehr über meine Rolle als »Miss Familie«. Deshalb akzeptierte ich auch das Mantra, welches er und meine Mutter vor Mansureh Khanooms Ankunft Tag und Nacht wiederholten: »Verheimliche deine Liebe! Verheimliche deine Liebe!«

Das Problem war nur Peter, dem die moralischen Regeln meiner Eltern als »kulturelle Verlogenheit« erschienen.

Deshalb versuchte er konsequent, sich mehr denn je sichtbar zu machen. So rief er mich bei jeder Gelegenheit an, um stundenlang mit mir zu plaudern. Oder er tauchte plötzlich morgens, bevor er seine Buchhandlung öffnete, vor unserer Wohnung auf, um mich zur Uni zu fahren. Noch nie zuvor hatte er mir so viele Ausflugsangebote gemacht, etwa die Besichtigung von Tropfsteinhöhlen mit Stalagmiten und Stalaktiten in der Stadt Wiehl oder eine Fahrt zu den felsigen Bergen im Müllertal in Luxemburg. Ich traute mich nicht sie abzulehnen. Denn Peter schenkte mir zum ersten Mal seine ungeteilte Aufmerksamkeit. Nach zwei Monaten hatte er sein Ziel erreicht: Mansureh Khanoom begann sich für ihn zu interessieren und fragte mir Löcher in den Bauch. Woher der blauäugige Deutsche käme, ob er Familie und Arbeit hätte, was er studiert hätte und so weiter. Mit ausweichenden Antworten versuchte ich anfänglich, ihr Augenmerk auf andere Themen zu lenken – vergeblich. Danach war ich gezwungen, Mansureh Khanoom anzulügen. Meine Lügen waren so groß, dass ich sie selbst nicht geglaubt hätte. Da meine Großmutter sich aber mit »den deutschen Lebensverhältnissen« nicht auskannte, war ich guter Hoffnung, ihr mein dummes Geschwätz als Wirklichkeit verkaufen zu können. Das Gegenteil war jedoch der Fall. Weil Mansureh Khanoom mit der deutschen Kultur nicht vertraut war, riefen meine Lügen in ihr eher Zweifel als Vertrauen hervor. Sie testete die Richtigkeit oder Falschheit meiner Aussagen, indem sie Ryan und meinen Eltern dieselben Fragen stellte und die Antworten verglich.

Als wir Mansureh Khanooms Trick durchschauten, hatte sie bereits viele Widersprüche in unseren diversen Aussagen festgestellt. Ryan verteidigte sich mit dem plausiblen Argument, er beherrsche seine Muttersprache nicht so gut und könne sich deshalb nicht verständlich ausdrücken. Sima Khanoom behauptete, dass sie in letzter Zeit an Konzentrationsstörungen leide, da sie tausend Sorgen im Kopf habe.

Mansureh dürfe ihre Bemerkungen nicht ernst nehmen. Abbas und ich – es war Ironie des Schicksals, dass wir Komplizen wurden – gestanden beschämt, wir hätten ihr fahrlässig falsche Informationen und Unwahrheiten geliefert. Selbstverständlich waren wir äußerst bemüht, das Wort »Lüge« zu vermeiden.

Nach einer Weile vermochte Abbas Agha die beleidigte Mansureh Khanoom wieder aufzumuntern, indem er viel Trara um seine Gurkenwitze machte. Als einzig Verantwortliche für den Vertrauensbruch an meiner Großmutter wurde ich in diesem ganzen Zirkus Opfer der falschen Verteidigungspolitik meiner Eltern, die nicht als Prostitutionsförderer haftbar gemacht werden wollten. Es fiel mir sehr schwer, mich mit der Titulierung »Vertrauensbrecherin« abzufinden. Als ich endlich meinem Vater meine Verdrossenheit anvertraute, sah er mit dem Großmut eines Dash Akoll ein, dass wir demnächst unsere Aussagen vor der Großmutter abstimmen mussten, um unangenehme Folgen zu verhindern. Dass auch diese Methode nicht funktionieren konnte, wurde uns erst in den folgenden Tagen klar.

Erstens: Weil wir nicht wussten und nicht wissen konnten, welche Fragen Mansureh Khanoom stellen würde.

Zweitens: Weil wir nicht wussten und nicht wissen konnten, wo genau sie sich aufhielt, wenn wir unsere falschen Aussagen abstimmen wollten. Vielleicht direkt hinter uns?

Hinzu kam, dass Mansureh Khanoom dank unserer widersprüchlichen Aussagen längst auf eigene Faust die Wahrheit zu ergründen suchte. In ihrem Forscherdrang prüfte sie jede noch so abgelegene Ecke und jeden privaten Gegenstand auf das sorgfältigste. Kaum dass sie früh morgens aufgestanden war, band Mansureh Khanoom also ihren Tschador um die Hüfte, nahm ihren teuren Rosenkranz aus Achat in die Hand und schlenderte unauffällig auf nackten Sohlen in der Wohnung hin und her. Dieses ungehörige Flanieren, das bisweilen bis um Mitternacht andauerte, fand so geräuschlos statt, dass kaum jemand ihr Vorübergehen bemerkte. Innerhalb kurzer Zeit mussten wir uns jedoch an Bilder von verstreuten Büchern und Tagebüchern, durchwühlten Schubladen und verwüsteten Kleiderschränken gewöhnen. Anfänglich, wenn wir miteinander überlegten, wer ein solches Chaos wohl verursacht habe, gab Mansureh Khanoom freiwillig ihre Täterschaft zu und sagte schuldbewusst: »Ich war's, meine Lieben, ich suchte nach meinem Gebetstein. Ich war's, meine Hoffnungen, ich suchte nach meinem Gebetbuch. Ich war's, meine Rosenknospen, ich suchte nach meinem Gebettuch!«

Als ich mich bei meiner Mutter beschwerte, begann sie mit einem ausführlichen Referat über die unhintergehbare Sitte, mit den Älteren »respektvoll umzugehen«, und fügte dann hinzu: »Was soll sie denn den ganzen Tag hier machen? Sie wird sonst verrückt.«

Das war ein plausibles Argument. Damit meine Großmutter nicht verrückt wurde, nahmen wir jede Einschränkung in unseren Beziehungen und persönlichen Freiheiten in Kauf. Wir kontrollierten uns etwa beim Essen, Schlafen, Telefonieren und bei intimen Gesprächen mit Freunden. Wir verzichteten sogar zum großen Teil auf das Menschenrecht, mal eine Weile alleine zu sein oder auch nur für einen einzigen Moment in Ruhe gelassen zu werden. Als ich Peter von diesen Einengungen erzählte, schaute er mich mit aufgerissenen Augen an: »Wäre sie meine Großmutter, hätte ich sie schon längst vor einem Hotel abgesetzt und das Schloss der Wohnungstür gewechselt. Ökonomisch gesehen ist es besser, wenn eine verrückt wird, als dass vier durchdrehen. Oder besser gesagt, fünf. Weil du auch mich am Ende mit deinen familiären Problemen in den Wahnsinn treibst. Denn ich gehöre mittlerweile doch zu eurer Familie, oder?«

Peters ökonomische Logik mochte richtig sein, seine Einschätzung bezüglich seiner Anerkennung in unserem heiligen Familienhort erwies sich jedoch als übereilt. Denn er war es, der das Drama auslösen sollte. Abends beim Abschied hatte er im Treppenhaus, trotz meines Widerwillens, versucht, meinen Hals zu küssen. In dem Moment öffnete sich unsere Wohnungstür und Mansureh Khanoom tauchte im Türrahmen auf. Ihren rechten Arm streckte sie aus wie Imam Ali. Statt des Imams Schwert hatte sie einen großen Holzlöffel in der Hand. Als wolle sie böse Geister verscheuchen, begann sie Gebete auf Arabisch zu sprechen. Peter, der sich fühlte, als werde er zum Teufel gejagt, verschwand blitzschnell, obwohl er gerade jetzt sein Ziel erreicht und die »kulturell bedingte iranische Verlogenheit« entlarvt hatte. Die große Siegerin aber war meine Großmutter, die ihr Forschungsterrain unauffällig ausgebreitet, uns durch den Türspion im Treppenhaus beobachtet und erwischt hatte. Mansureh Khanoom schnappte mich am Handgelenk und zog mich hinter sich in die Küche, dazu murmelte sie eine Sure aus dem Koran: »Und die Verbrecher werden hart gequält und bestraft.«

Praktischerweise saßen meine Eltern bereits in der Küche und diskutierten über den schlechten Einfluss des »grünäugigen Deutschen Kai«, der Ryan dazu überreden wollte, jeden Abend bis zehn Uhr auf der Straße herumzuhängen. Meine Mutter war der Ansicht, Abbas trüge die Hauptschuld, weil er Kai verboten hatte, Ryan zu Hause zu besuchen. Das Problem des grünäugigen Deutschen war noch nicht gelöst, als ein neues Problem auf meine Eltern zukam, das des blauäugigen Deutschen namens Peter. Denn in diesem Moment schubste meine Großmutter mich in die Küche und wandte sich an Abbas, der sich als männlicher Familienhüter grundsätzlich um meine sexuelle Enthaltsamkeit und Keuschheit zu kümmern hatte: »Willst du, dass deine Tochter am Tag des Jüngsten Gerichts in der Hölle zu Kohle wird? Warum erlaubst du, dass dieser blauäugige Deutsche alles mit deiner Tochter tut? Ihr nennt euch Muslime? Dass ich nicht lache!«

Dass meine Großmutter Peter als Haupttäter benannte, bedeutete nicht, dass sie mich nicht für eine Prostituierte hielt. Es wäre jedoch unsittlich gewesen, dieses Wort auszusprechen.

Sima Khanoom zog es vor, sich nicht mit ihrer Mutter anzulegen. So schaute sie erwartungsvoll auf Abbas Agha, den amtierenden Weltmeister in der Disziplin der Mansureh-Khanoom-Beschwichtigung, damit er als Verteidiger seiner und ihrer Ehre auftrat. Betont gleichgültig wirkend sagte Abbas Agha: »Wieso? Was ist passiert, Khanoom? Warum soll sie in die Hölle? Dieser blauäugige Deutsche ist doch ein Eingeweihter, ein Vertrauter. Sie sind miteinander verlobt.«

Sima Khanoom und mir stockte vor Schreck das Blut in den Adern. Mit aufgerissenen Augen starrten wir auf unsere Großmutter und warteten auf ihre Reaktion. Dass ich nun aufgrund der dreisten Lüge meines eigenen Vaters nicht mehr in der Hölle zu Kohle verwandelt werden sollte, bedeutete noch nicht, dass Mansureh Khanoom meine Eltern als echte Muslime anerkennen würde. So kam Abbas Agha mit dieser provisorischen Lösung, der Ernennung des ahnungslosen Peter zu seinem Schwiegersohn, vom Regen in die Traufe und schleppte seine verehrte Ehefrau Sima Khanoom dazu noch mit.

Es herrschte eine bedrückende Stille in der Küche. Bang warteten wir darauf, dass meine Großmutter nun fragen würde, warum man sie nicht von Anfang an von diesem grandiosen Ereignis in Kenntnis gesetzt habe. Doch Mansureh Khanoom stand da und sagte nichts. Schließlich nahm sich Sima Khanoom ein Herz: »Wir haben es Ihnen nicht gesagt, weil wir dachten ... dachten ...«

Der Meisterin der Interpretation wollte leider keine einleuchtende Begründung einfallen. Doch da kam Abbas ihr zur Hilfe: »... weil wir dachten, dass es Ihnen nicht gefallen würde. Dass es Ihnen nicht so recht wäre, wenn unser künftiger Schwiegersohn Deutscher ist.«

Mansureh Khanoom zog die Augenbrauen zusammen und ergänzte unwirsch: »Und ein Kafar, كافر ein Ketzer dazu.«

Aus Angst, den soeben gewonnenen Boden wieder zu verlieren, setzte Abbas Agha noch eins drauf und verkündete hemmungslos: »Nein, nein. Er ist Muslim geworden, in einer türkischen Moschee! Und ... entschuldige, aber er ist sogar beschnitten worden.«

Sima Khanoom und ich stürzten in einen Schacht der Verlegenheit. Meine Mutter hielt sich unwillkürlich die Hand vor den Mund, um einen Schrei in der Kehle zu ersticken. Abbas Agha log wie gedruckt weiter. Ehe er Peters nicht existierende Eltern noch nach Mekka schickte, um seinen vorherigen Lügen Glaubhaftigkeit zu verschaffen, gewann ich meine Fassung zurück. Ich wandte mich zuvorkommend an ihn und sagte tadelnd: »Ich bitte Sie, Baba. Können wir jetzt nicht über andere Themen reden?«

Mein Einwand konnte als Protest gegen die Zurschaustellung von Peters Intimbereich ausgelegt werden; er zielte aber vor allem darauf ab, meinen Vater daran zu hindern, Mansureh Khanoom weiter die Jacke voll zu lügen. Auch Sima Khanoom kam wieder zu sich. Als ob nichts passiert wäre, setzte sie vollständigkeitshalber den Satz fort, dessen roten Faden sie zuvor verloren hatte: »Ja. Wir haben Sie nicht informiert, weil wir dachten, dass Sie vielleicht ein klein wenig dagegen sein könnten, Ihre Enkelin mit einem Deutschen zu verheiraten.«

Der Gedanke daran, wie Peter auf diese taufrische kulturelle Verlogenheit reagieren würde, machte mich flatterig. Unruhig rieb ich mir die Stirn, entschlossen, im nächsten Augenblick aufzustehen, um Mansureh Khanoom die ganze Wahrheit ins Gesicht zu sagen und ihr zu erklären, dass ich mich ganz persönlich zwischen »Miss Familie« und dem Status einer Prostituierten für letzteres entscheiden würde. Es war sonnenklar: Diese neuerliche kulturelle Verleumdung ließ sich nicht einfach vertuschen. Es war nicht auszuschließen, dass meine Großmutter, um ihre uferlose Neugierde zu befriedigen, von Ryan ein paar Sätze auf Deutsch, wie etwa »Hose runter, zeig mir dein Ding da!« lernen würde, um bei der ersten Gelegenheit zu prüfen, inwieweit Peter Muslim geworden war.

Die Auswirkung der Ausführungen meiner Eltern auf Mansureh Khanoom war höchst verwunderlich. Vor Staunen öffnete sich ihr Mund, mit ausgestreckten Armen kam sie auf mich zu, umarmte mich, rezitierte wieder einen Koranvers auf Arabisch und sagte versöhnlich, wenn auch immer noch beleidigt: »Doch der Schöpfer der Welt ist barmherzig und gnädig! Aber sind denn die Männer so knapp geworden, dass du ausgerechnet einen Deutschen ...?«

Abbas Agha, der nun die Gefahr gebannt sah, als Zuhälter zu gelten, lachte laut: »Man kann nichts dafür. Manche können Gurken nicht vertragen und manche verlieben sich in einen Deutschen. So ist das halt!«

Nachdem meine Großmutter die Küche verlassen hatte, rieb Abbas Agha, stolz auf sein »geschicktes Management«, sich siegesbewusst die Hände und forderte uns auf, ihn zu loben. Doch Sima Khanoom, die voraussah, dass sie aufgrund von Abbas Aghas' genialem Management ihrer Mutter sowohl über die Förderung der Prostitution als auch über die Verbreitung von Unwahrheiten Rechenschaft abzulegen hatte, sagte ungerührt: »Du verdienst eine Goldmedaille im Wettlügen! Jetzt bring auch selbst wieder alles ins Lot.«

Sie packte mich am Arm und schaffte mich aus der Küche. Dort blieb Abbas Agha alleine zurück mit einem Blutdruck, der die kritische Grenze von 180 überschritt.

Einige Tage herrschte in der Wohnung Funkstille zwischen Abbas und uns. Er nutzte sein Augenlicht, Ryan Djahn, als Sprachrohr. Inständig bat ich meinen Bruder, Mansureh Khanoom kein einziges Wort Deutsch beizubringen. Einen besonders großen Bogen solle er um Wörter machen, die in irgendeiner Art und Weise auf Körperteile und Kleidungsstücke hinwiesen. Natürlich blieb die Gefahr weiterhin bestehen, dass meine Großmutter eines Tages vor Peter stünde, mit dem Finger auf seine Hose wies und ihn wortlos aufforderte, sie herunterzulassen. Auch meine Mutter schloss diese Möglichkeit nicht aus.

Laut Scharia war Peter nun als künftiger Schwiegersohn der Familie kein Namahram نامحرم, kein Uneingeweihter, mehr. Sie durfte in seiner Anwesenheit sogar ohne Kopftuch herumlaufen und mit ihm, genauso wie mit Abbas, Gurkenscherze machen. Das beruhte auf dem Glauben, dass das Prinzip der Verwandtschaft sexuelle Triebe und Begierden tilgt.

Dennoch blieb das Problem von Peters aufgezwungener und fingierter Konvertierung ungelöst. Es gelang Abbas Agha nicht, das problematische Thema ohne ein Eingeständnis seines in Wahrheit miserablen Managements ad acta zu legen. Beschämt ging er endlich eines Tages zu Peter. Nachdem er ihm die ganze Geschichte erzählt hatte, bat er ihn, bis zur Abreise meiner Großmutter die Rolle eines ehrenhaften Schwiegersohns zu übernehmen.

Peter, als redlicher Deutscher gegen jegliche kulturelle wie nicht-kulturelle Verlogenheit, war schwer als Komplize zu gewinnen. Als Abbas all seinen Anstrengungen aber nach iranischer Sitte den verlockenden Faktor »money« hinzugefügt hatte, modifizierte Peter seinen Standpunkt. Damit der Überzeugungsfaktor nicht als Bestechungsgeld ausgelegt werden konnte, verwandelte mein Vater »money« in eine Armkette, einen goldenen Ring und eine silberne Armbanduhr Marke Rolex und nannte alles »Geschenke«, die, um alle möglichen Missverständnisse auszuräumen, meine Großmutter Peter höchstpersönlich aushändigte. Zu Mansureh Khanooms tolerantem Umgang mit Peter trugen auch zwei falsche Zeugnisse bei, die Abbas Agha, nach Ausgabe einer beträchtlichen Summe, von einem türkischen Moschee-

Aufseher erhalten hatte. Sie bestätigten, dass Peter sowohl beschnitten als auch zum Islam konvertiert war. Dennoch versteckte Mansureh Khanoom bei der Übergabe der Geschenke ihre Hand so unter dem Geschenkpapier, dass ihre Finger Peters Hand nicht berührten.

In diesem Szenarium, das mit List und Lüge begonnen hatte und sich mit List und Lüge weiterentwickelte, spielten wir alle, künstlich glücklich und heiter wirkend, mit. Innigst feierten wir die Annäherung unserer Kulturen mit einem großen Essen und schwungvollem Tanz. Selbstverständlich waren einige Komponenten dieser inszenierten Feier aber auch echt und wahr:

Erstens: Unser aufrichtigstes Anliegen, den anderen eine Freude zu machen.

Zweitens: Das Gold von Peters Ring und Armkette, das bei jeder Bewegung seiner Hand glänzte.

Drittens: Die unerschütterliche Überzeugung meiner Großmutter von der unumstrittenen Erhabenheit der iranischen Nationalität, der sie am Ende des Festes doch noch einmal Ausdruck verleihen musste: »Trotz alledem, Liebes, wenn Peter doch bloß Iraner wäre!«

Mit einiger Sorge stellte ich fest, wie hoch die Chancen standen, dass uns Simas Wille zur Deutschwerdung und ihre Vernachlässigung der Ehepflichten einen neuen Besuch Mansureh Khanooms bescheren würden. Beim Gedanken daran, was dann geschähe, bekam ich einen Schweißausbruch. Wir mussten alles daransetzen, meine Eltern zu versöhnen! Nur, was konnte alles sein?

42.

Nachdem Abbas im Kampf mit Sima um die Verurteilung der Deutschen wegen »Mordes an der Tante Mansureh Khanooms« gescheitert war, widmete er sich ganz dem Sufismus: Er versank in der »Einheit des Seins«, *wahdat e wudschud*, und der »Vielheit des Wissens«, *kethrat e ilm*. »Alles ist Er« und »Alles ist Ich«. Er war offenbar entschlossen, nichts geringeres als ein Scheich, ein Derwisch-Ordensmeister zu werden. Ununterbrochen drehte er sich um sich selbst. Um seinen Misserfolg zu vergessen und sich zu trösten, sang er dabei: »Tauchte auf der einen Hälfte des Globus die Armee des Ostens und des Westens auf / Würde auf der anderen Hälfte der Leib eines einsamen Derwisches ausreichen. – Saadi!«

Da Ryan und ich, was die Versöhnung unserer Eltern anbetraf, mit unserem Latein am Ende waren, entschieden wir uns, ihnen für eine Weile aus dem Weg zu gehen. Der einsame Leib des Sufis Abbas ging in unserer Wohnung um wie getrieben. Er beugte sich bei jedem Schritt, drehte sich zweimal im Kreis und bewegte sich dann drei Schritte nach vorn. Sein Gang war so schwankend, als habe er Gleichgewichtsstörungen. Wenn Ryan und ich ihn beim Drehen und Verbeugen sahen, hätten wir vermuten können, er trinke heimlich. Immerhin hatte unser Vater uns unlängst erklärt, dass einige Derwisch-Orden das Trinken von Alkohol erlaubten.

Als wir ihn aber vormittags in demselben Zustand sahen, verlegten wir unsere Zweifel auf das Gleichgewicht seines seelischen Befindens. Denn Sima Khanoom schlief nach wie vor im Wohnzimmer. Der häusliche Kriegszustand dauerte an.

Eines Morgens stieß Ryan Djahn, als er in aller Frühe zur Toilette eilte, im Flur heftig mit dem sich eifrig drehenden Abbas Agha zusammen. Verlegen trat Ryan beiseite. Nach kurzem Zögern wagte er, Abbas Agha nach dem Grund seiner wild kreisenden Bewegungen zu fragen. Dieser räusperte sich, um seiner schläfrigen Stimme mehr Kraft zu verleihen, und erwiderte nachdenklich: »Das Kreisen ist der Urzustand unserer Existenz, mein Sohn. Es gibt nichts, das sich nicht dreht und wendet.«

Aus diesem geistreichen philosophischen Statement zog Ryan Djahn falsche Schlüsse. Er stürzte ins Schlafzimmer, um zu erfahren, ob Abbas Agha in der Nacht ein Glas über den Durst getrunken hatte.

Sima Khanoom lag halbnackt im Bett und wurde von Ryans Lärm wach. Kaum hatte sie erfasst, wer da seinen Kopf durch den Türspalt steckte, da zog sie sich die Decke über die Brust und schrie wie am Spieß: »Raus hier! Hundertmal habe ich dir gesagt, du sollst keinen Fuß in unser Schlafzimmer setzen. Raus!«

Obwohl aus dem Schlafzimmer verjagt, kam Ryan Djahn strahlend zu mir mit der großartigen Nachricht: Sima Khanoom sei ins Eheverhältnis zurückgekehrt! Das zeige:

Erstens: Im anhaltenden Krieg um das Deutschwerden meiner Mutter herrschte eine Weile Waffenstillstand.

Zweitens: Es existierten zur Versöhnung Simas und Abbas' auch andere Maßnahmen als die Inszenierung von Vieraktern; nämlich die, dass wir von der Szene verschwanden und die beiden miteinander allein ließen.

Ryan Djahn brachte auch die Vorgeschichte von Abbas' Morgentanz in Erfahrung: unser Vater hatte seiner gnädigen Frau versprochen, seine Beschwerde bei Mansureh Khanoom zurückzuziehen. Deshalb hatte meine Mutter wieder ins Eheverhältnis zurückgefunden. Im Gegenzug wollte Abbas seiner einflussreichen Unterstützerin Mansureh Khanoom sogar freiwillig die Nachricht unterbreiten, ihre Tochter ließe sich nun nicht mehr einbürgern. In Wirklichkeit aber könne meine Mutter ihre Bemühungen, Deutsche zu werden, fortsetzen.

Ryan Djahn verstand die Vorgehensweise, wie er behauptete, sofort, obwohl es sich kompliziert anhöre. Er war der Auffassung, zu guter Letzt habe Abbas Agha sich durchgesetzt, weil er seinen einsamen Nächten im Bett ein Ende gesetzt hatte. Am Schluss seiner Ausführungen nickte Ryan wissend und verkündete: »Vor lauter Freude kreist er jetzt um sich selbst herum, ja, deshalb!«

Nur Ryan konnte eine solch schräge Interpretation der Realität abgeben. Ich hingegen vertrat die Meinung, dass letzten Endes Sima Khanoom als Siegerin aus der Auseinandersetzung hervorging, denn mit dem erlangten Kompromiss schränkte sie den Einfluss ihrer Mutter ein, ohne jedoch ihr Deutschwerden aufzugeben. So suchte der besiegte Abbas eines zweifachen Rückschlags wegen Trost in den endlosen Kreisungen des Sema-Tanzes.

Ob nun Freude oder Trost der Grund für Abbas' Tänze war, das Verhältnis meiner Eltern verblieb im Stadium des Waffenstillstands. Also setzte Abbas seine Tänze fort und Sima ihre Besuche bei Herrn Weigel.

Ich musste derweil als Scheich-Assistentin fungieren, damit Abbas Agha sich mit dem »Urzustand unserer Existenz« auseinandersetzen konnte. Die Position einer Scheich-Assistentin zu erlangen war für diejenigen, die sie anstrebten, selbstverständlich eine unvergleichliche Ehre. Für mich aber war es eine unerträgliche Qual, weil ich weder mit der Bedeutung noch mit den Aufgaben dieses Jobs vertraut war. Von den Ausführungen meines Vaters, die er mir eines Abends beim Essen lieferte, verstand ich nur, dass er um sich kreisen wolle, weil Protonen und Neutronen – und alles in der Welt setzt sich daraus zusammen – im Atom umeinander kreisen, weil das Blut im Körper zirkuliert und nicht zuletzt, weil der Mensch sich in seinem Leben kreisförmig zum Tod hin bewegt: Er stamme nämlich von der Erde ab und kehre auch zu ihr zurück. Das war's. Wäre Sima Khanoom nicht gerade bei Herrn Weigel gewesen, um mit ihm im Prozess ihres Deutschwerdens über die Rettung der Frösche zu diskutieren, hätte sie mir aufgrund ihrer langjährigen Erfahrung als Lehrerin das Ganze wahrscheinlich besser erklären und vermitteln können. Ryan Djahn fasste Abbas' Rede zusammen, während er einen Streifen Ketchup wie Zahnpasta auf sein Kebab schmierte: »Kreise bis Hirntod? مثل فرفره چرخش بکنید«

Abbas Agha versuchte, den Omar-Sharif-Klang durch den bescheidenen Tonfall eines Sufis zu ersetzen: »Nein, mein Sohn! All diese Drehungen sind ganz natürlich und geschehen unbewusst. Daneben besitzt der Mensch Verstand und Intelligenz, die ihn von anderen Lebewesen unterscheiden. Wenn du willentlich und ganz bewusst an den Drehungen teilnimmst, bedeutet das, du passt dich dem Urzustand unserer Existenz an. Verstanden, mein Sohn?«

Die Angewohnheit immer wieder »Mein Sohn, mein Sohn« zu sagen, war auch eine Folge von Abbas' Derwisch-Werden und brachte Ryan und mich auf die Palme. Genüsslich kaute der einzige männliche Erbe den Ketchup-Kebab, nickte schmatzend, und während er einen Kreis in die Luft malte, sagte er mit vollem Mund: »Ja, ja, ja! Das heißt Folklore und so weiter und so fort.«

Unwillkürlich schrie Abbas Agha auf: »Nein, nein, nein!« Sofort merkte er aber, dass Brüllen der ausgeglichenen Grundhaltung eines Derwischs widersprach. So versuchte er dem Licht seiner Augen auf Deutsch klarzumachen: »Nein. Ein Derwisch spricht Ihm, das heißt Gott, durch den Tanz seinen Dank aus und betet zu Ihm.«

Über Abbas Aghas Ausbruch immer noch bestürzt, stand Ryan Djahn nach diesem Satz auf und zerkaute seine Sätze zwischen Kebab und Ketchup: »Ich … Kai, Chemie …«

Kai und Ryan investierten seit Monaten so ungeheuer viel Zeit, um angeblich Chemie zu lernen, dass sie längst Chemie-Weltmeister ihrer Altersgruppe hätten sein müssen. In Wirklichkeit aber waren Ryans Kenntnisse so gering, dass seine Noten die Obergrenze einer Vier immer noch nicht überstiegen. Jedoch zerbrachen sich bei all den Turbulenzen weder Abbas Agha noch Sima Khanoom den Kopf über Schule oder Zukunftsaussichten des einzigen männlichen Erben meines Vaters. Hätte sich Ryan am ganzen Körper tätowieren lassen und wäre nackt vor ihnen umherstolziert, sie hätten die Veränderungen nicht wahrgenommen. Mein Interesse an Ryan Djahns Beziehung zu Kai wurde an dem Tag geweckt, an dem ich feststellte, dass er unter dem Vorwand Chemie zu üben, zu Hause keine Verantwortung mehr übernahm und sich einfach amüsierte, während die Last, unsere Familie zu behüten, mir allein auf den Schultern lag.

Gerade wollte ich ihm androhen, ich würde das Geheimnis seiner miserablen Schulsituation und die Finte der Kai-Ryan-Chemie-Übung entlarven, falls er sich wieder absetzen sollte. Doch kaum hatte ich meinen Mund geöffnet, schlug er die Tür hinter sich zu und ließ mich mit dem einsamen Leib des Abbas-Derwischs und der diffusen Aufgabe einer Scheich-Assistentin allein.

Theoretisch musste mein Vater beim Sema-Tanz drei Grundkomponenten der menschlichen Natur in sich vereinen: Verstand, Herz und Körper. Ich dagegen sollte auf seine Hände und Füße aufpassen, damit sie nicht plötzlich selbstständig agierten und die anderen Organe bei den bewussten Drehungen Abbas Aghas um sich selbst störten.

Mein Problem lag nicht nur im Mangel an Praxis, sondern auch in einem mangelnden Verständnis dafür, warum sich ein vernünftiger und klarsichtiger Mensch die intuitive Bewegung einer bewusstlosen und potenziell zerstörerischen Materie wie der des Atoms aneignen sollte, um sich mit Gott zu vereinen. Selbstverständlich setzte ich Abbas Agha von meinen Problemen und Bedenken nicht in Kenntnis. Ich bekräftigte dagegen entschieden seine Ausführungen über die diversen Stationen der Annäherung an Gott, als hätte ich alles verstanden. Am Anfang des Sema-Rituals hatte der Abbas-Derwisch seine Arme zu kreuzen und mit ihnen die Zahl Eins zu formen. Auf diese Weise bestätigte er die Einheit Gottes.

Gott sei Dank, dass der Unterschied zwischen der Ziffer Eins auf Persisch und Deutsch gering ist. So konnte sich Abbas der Symbolik beider Sprachen bedienen. Im Grunde genommen gebührt dem Sohn Rumis, Sultan Valad, Dank, der nach dem Tod seines Vaters im 13. Jahrhundert die Choreographie dieses Tanzes festlegte und betonte, die Zahl Eins müsse auf der Brust der künftigen Derwische nicht in Buchstaben, sondern in Zahlen gestaltet werden. Anderenfalls wäre es zu einer Katastrophe gekommen, für deren Folgen niemand die Verantwortung hätte übernehmen können. Denn die Einheit Gottes auf Persisch zu bestätigen – jeck = eins –, bedeutet auf Deutsch oder genauer gesagt auf Rheinländisch, ihn der Verrücktheit zu bezichtigen. Dies hätte unter Umständen, nicht zuletzt aufgrund des Mottos der Kölner Karnevalisten, »Jeder Jeck ist anders«, zu unlösbarem Streit zwischen iranischen und deutschen Derwischen führen können. Wahrscheinlich verfügte der Derwisch-Sultan Valad, der sich mehrmals beim Beten mit dem »Schöpfer des Seins« vereinigt hatte, über einen derartigen geistigen Weitblick, dass er schon damals den *Clash of Cultures* im 21. Jahrhundert hatte voraussehen können.

Nach der Einheitsphase musste ich als Scheich-Assistentin beobachten, wie der Sufi Abbas in die Freigebigkeitsetappe überwechselte. Auf dieser Stufe hatte mein Vater, begleitet von Sema-Musik, rechtzeitig seine Arme weit auszubreiten, während er sich, als trage er einen Hula-Hoop-Reifen um die Hüfte, um sich selbst im Kreis drehte. Sein rechter Arm musste in Richtung Himmel weisen und bereit sein, die Gunstbeweise Gottes entgegenzunehmen. Seine linke Hand, auf die seine Augen geheftet waren, musste zu Boden zeigen. In dieser Haltung sollte er der Erde das spirituelle Geschenk Gottes überbringen. Ich hatte aufzupassen, dass Abbas sich dabei stets von rechts nach links um die eigene Achse drehte. So umschlösse er die ganze Menschheit in Liebe und gäbe die Gunstbeweise Gottes an sie weiter. Gelänge Abbas Agha dies, wäre er nach eingehender Wahrheitssuche schließlich in der Lage, die Grenzen seines Ichs zu überschreiten und zur Vollkommenheit zu gelangen.

Als Scheich-Assistentin stellte ich fest, dass Abbas Agha in zwei Abschnitten der Sema-Zeremonie Probleme hatte:

Erstens: Er öffnete seine gekreuzten Arme zu früh und zu schnell.

Zweitens: Er achtete zu sehr auf seinen rechten Arm, der Richtung Himmel zeigt. Damit deutete sich an, dass er es eilig hatte, Gunstbeweise entgegenzunehmen und das Entgegengenommene darüber hinaus für sich alleine behalten wollte. Da er die Gunstbeweise Gottes nicht an seine Mitmenschen weiterleitete, nachdem er die Grenze des Ich überschritten hatte, wurde ihm nach einigen Drehungen schwindlig. Er stolperte nach links und nach rechts und plumpste am Schluss auf den Boden. Der Anblick meines Vaters, der im Alter von fünfundfünfzig Jahren das alte persische Kinderspiel »Drehung, um Abbas Willen, Drehung« erneut entdeckt hatte, nach zweimaligem Drehen aber sein Gleichgewicht verlor und wie ein Betrunkener hinfiel, war höchst amüsant. Abbas Agha schrieb mit seinen liebevollen Bemühungen, Vollkommenheit zu erreichen, plötzlich seine Autorität und sein Prestige, die er durch Nachahmung von Persönlichkeiten wie Dash Akoll und Omar Sharif erworben hatte, in den Wind. Nach jedem Hinfallen musste ich mich zusammenreißen, um nicht loszulachen, sondern Abbas unter die Arme zu greifen, der beim

Aufstehen mit viel Weh und Ach die Hand auf die Hüfte stützte.

Am Schwierigsten war beim Drehen die Koordination zwischen den wahrheitssuchenden Bewegungen, seinem Filzhut und dem weißen Gewand nebst Umhang. Des Umhangs entledigte er sich glücklicherweise unmittelbar nach Beginn des Tanzrituals als Zeichen der spirituellen Wiedergeburt. Der hinderlichere Teil war damit der aus Kamelhaar gefertigte Filzhut, ein Gebilde, das stark an einen runden, hohen Kübel erinnerte. Der Hut hatte zwar eine Schnur, die hinter den Ohren befestigt werden konnte, rutschte aber bei jeder kleinsten Bewegung nach links oder rechts und brachte Abbas Agha aus dem Gleichgewicht. Einmal, als ich ihn zum tausendsten Mal auf Abbas' Kopf zurechtgerückt hatte, kochte ich so sehr vor Wut, dass ich mit der Faust daraufschlug. Der kamelhaarige Kübel war so hoch, dass Abbas nicht den leisesten Klaps auf seinem Kopf spüren konnte. Dennoch schrie er aufgeregt: »Was machst du da? Das ist der Grabstein meines Egos. Du würdest noch mit Füßen auf meinem Grabstein rumtrampeln, statt ihn mit Wasser zu reinigen, nach meinem Tod natürlich.«

Da ich damals zwischen Ich und Ego nicht unterscheiden konnte, glättete ich die Falten seines weißen Gewandes mit den Fingern, um ihn zu beruhigen. Vorbildlich wie alle braven iranischen Mädchen entschuldigte ich mich bei ihm und wiederholte wie ein Papagei den alten Spruch: »Der Tag soll uns gestohlen bleiben, an dem Ihnen etwas zustoßen könnte. Sie leben noch hundert Jahre munter und gesund, Inshallah!«

Hätte ich Mut gehabt, hätte ich ihm gesagt, wegen der Pflege seines Grabsteines brauche er sich den Kopf nicht zu zerbrechen. Sollte er in Deutschland begraben werden – und alles sprach dafür –, werde die großzügige Natur dieses Landes diese Aufgabe übernehmen und so oft und so ausgiebig auf seinen Grabstein regnen, dass seine Leiche unter der Erde ertrinken und er im Tod noch einmal sterben würde. Ich traute mich aber nicht.

Verärgert und erschöpft von den verwirrenden Aufgaben einer Scheich-Assistentin spürte ich beim Anblick meines tanzenden Derwisch-Vaters nach einer Weile einen inneren Drang, sein weißes Gewand zu zerreißen und diesem Theater ein Ende zu setzen. Ich traute mich jedoch auch das nicht. Denn jene Tracht repräsentierte in der Symbolik des Sema-Rituals das Leichentuch von Abbas' Ego und erforderte ehrfurchtsvollen Respekt, hundertfach mehr Respekt als Abbas Agha selbst gegenüber!

Bei dem symbolischen Leichentuch meines Vaters handelte es sich in Wirklichkeit um einen recht mittelmäßigen Umhang, der nach Größe und Maß molliger verschleierter Türkinnen zugeschnitten war, die ihre Frömmigkeit und Gottesfurcht auch hier im Lande der Ketzer praktizieren wollten. Mein Vater kaufte ihn in einem türkischen Geschäft in Mühlheim, da ihm die Geduld fehlte, auf das bei Mansureh Khanoom in Teheran bestellte Sema-Gewand zu warten. Trotz seiner XXXL-Größe reichte ihm das Leichentuch nicht mal bis zu den Knöcheln. Hingegen überstieg die Brustweite des Tuches den Brustumfang meines Vaters um das Doppelte. Obwohl ich die seitlichen Abnäher entfernt hatte, sah es so aus, als hingen im Oberkörper der Tracht noch zwei üppige Brüste. Nicht einmal im Karneval wäre ich mit solch einem Gewand aufgetreten und gewiss hätte ich damit nicht meine spirituelle Reise zur Vollkommenheit repräsentieren wollen! Als ich dies meinem Vater einmal vorsichtig andeutete, grinste er und zitierte Sadi-Shirazi: »Die Festkleidung der Sultane steht ihnen nicht so schön / wie den Derwischen ihre staubigen Lumpen.«

43.

Kaum hatten wir uns an die staubigen Lumpen Abbas Aghas gewöhnt, tauchte Sima eines Tages ausgerechnet in der Festkleidung der Sultane auf. Herr Weigel begleitete sie bis zur Wohnungstür. Er verschwand blitzschnell, als er von dort aus meinen Vater sah, der verlegen einen Schritt nach vorne und zwei Schritte nach hinten tanzte. Der Overall meiner Mutter sah aus wie die Rüstung Kaiser Karls V. in der Schlacht bei Mühlberg. Der Anzug glänzte kupfern. Die Hosenbeine waren wadenbetont eng. Der metallähnliche Stoff des Schutzanzugs musste dennoch elastisch sein, denn meine Mutter konnte sich mühelos bücken und knien. Wahrscheinlich hatte ihr der verehrte Herr Weigel das Fechten als alte deutsche Sportart nahegelegt.

Abbas Agha in seinen staubigen Lumpen hörte auf sich zu drehen, wandte sich an mich und fragte: »Warum hat sie sich wie die Höllenschlange Ghaiescheh* verkleidet?«

Da ich weder die Bedeutung des Wortes Ghaiescheh noch die dazugehörige Schlange kannte, zuckte ich mit den Achseln. Ich ahnte, falls mein Vater seine Sufi-Lektüre fortsetzte und sich weiter deren Ausdrücke aneignete, bekämen wir bald ein zusätzliches Verständigungsproblem. Ohne Sima oder Abbas anzusehen, stand ich auf, um in mein Zimmer zu gehen. Mich trieb die Befürchtung, auch meine Mutter könnte mir im Zusammenhang mit ihrem wie ein Fechtanzug aussehenden Dress eine Aufgabe erteilen, die ähnlich gelagert war wie meine Scheich-Assistenz.

Ich hatte mein Zimmer noch nicht erreicht, da donnerte Abbas Agha: »Hätte ich gewollt, dass du dich wie die unverfrorene Sängerin Madonna anziehst, hätte ich mir eine andere Frau ausgesucht.«

Simas schöne Festkleidung ließ Abbas' Besonnenheit der Derwische wie einen Ballon zerplatzen. Der Vergleich zwischen Madonna und der frommen Sima, deren Körper vom Hals bis zu den Knöcheln mit einem Schild aus glänzendem Stoff bedeckt war, brachte mich zum Lachen. Doch das Lachen blieb mir im Hals stecken, als ich mich umdrehte. Denn Sima Khanoom hatte sich in diesem Moment gebückt. Durch den dünnen Stoff schimmerten die zwei Rundungen ihres Gesäßes. Dezent glitt mein Blick von Simas Rückfront hinüber zu Abbas Agha, dessen kräftige Gestalt sich in seinem weitläufigen Leichentuch bewegte.

Nach langem Schweigen, währenddessen Sima Khanoom meinen Vater, sein weißes Gewand und seinen Grabstein-Filzhut gemustert hatte, rief sie erstaunt und ohne sich auf Abbas' Madonna-Frage einzulassen: »Ach du lieber Himmel, wie siehst du denn aus? Warum hast du dir dieses komische Segel übergezogen?«

Da ich als Scheich-Assistentin die Antwort auf diese Frage zu Genüge kannte, drehte ich mich um und brach wieder in Richtung meines Zimmers auf. Unvermittelt stieß ich gegen ein Hindernis, verlor mein Gleichgewicht, fiel auf den Boden und wurde rasch unter einem Haufen Plastikkanister begraben. Weder meine Mutter noch mein Vater halfen mir auf. Wahrscheinlich dachten sie, ihre Hilfe schadete meinem Selbstständigkeitsgefühl. Erst als ich inmitten der Kanister zu husten begann, weil es überall nach Benzin roch, sprang Sima auf mich zu, um mich vor dem Erstickungstod zu retten. Danach drückte sie mich so fest an ihre Brust, dass ich keine Luft mehr bekam. Die glänzende Schutzfolie ihres Overalls fühlte sich auf meiner Haut kalt wie Fischschuppen an. Als ich vor Frösteln zitterte, trat mein Vater hinzu. Ich hoffte, er würde mich aus der Enge der mütterlichen Umarmung erlösen. Stattdessen versetzte er den leeren Benzinkanistern einen Tritt und fragte: »Was sind das für Dinger? Warum hast du sie hier gestapelt? Willst du das ganze Haus in Brand setzen? Ist das hier eine Wohnung oder ein Tanklager?«

Erfreulicherweise erzielte Abbas' Protest dasselbe Ergebnis, als hätte er mir geholfen. Meine Mutter ließ mich frei und schützte die Kanister mit ihrem Schildleib: »Hey, nicht treten, nicht treten! Willst du uns umbringen? Wenn du sie kaputt machst, werden wir alle mit dem Boot untergehen.«

Mein Vater stammelte eine der denkbar nebensächlichsten Fragen: »Was heißt wir? Welches Wir?« Um meine Mutter nicht noch mehr zu ärgern, antwortete ich an ihrer Stelle: »Das ist doch klar: Herr Weigel und seine Truppe.«

Da aber die glückliche Familie Azad kein Boot besaß, fragte nun ich à la Abbas Agha: »Was heißt Boot? Wessen Boot?« Simas Zorn stieg, wahrscheinlich aufgrund der idiotischen Art der Fragestellung: »Das Boot heißt das Boot! Und so eines wollen wir bauen!«

Obwohl die Antwort kurz und rätselhaft war, verstand ich alles: Herr Weigel und seine Gesinnungsgenossen bereiteten sich auf eine Aktion vor, die mit dem Wasser zu tun hatte, und sie beabsichtigten deshalb den Bau eines Bootes, um die Menschheit zu retten und damit zugleich Sima Khanoom ein Stück deutscher Kultur beizubringen. Als Umweltschützer hatten sie vor, das Boot nicht aus Baumstämmen zusammenzufügen, sondern alte Benzinkanister zu recyceln. Deshalb war Simas Schutzschild-Overall auch aus einem besonderen, wasserdichten Material. Plötzlich schnitt es mir ins Herz. Blitzartig erinnerte ich mich an eine Aktion von Greenpeacelern, die mit einem Seil aus einem über dem Atlantischen Ozean fliegenden Hubschrauber auf das Deck eines Überseeschiffes herabgelassen worden waren, dessen Besatzung mit der Jagd auf Wale beschäftigt war. Die Greenpeace-Aktivisten wollten die Öffentlichkeit dadurch auf das Aussterben der massigen Säugetiere aufmerksam machen.

Wollte auch Sima Khanoom an solchen Aktionen teilnehmen?

Wäre Ryan da gewesen, hätten wir unser Vier-Akt-Stück vorführen können. Doch von meinem Bruder fehlte jede Spur. Mein Vater mit seinem weiten, weißen Leichentuch stand Sima Khanoom in ihrem wasserdichten Schutzanzug schräg gegenüber. Beide beschäftigten sich, um sich nicht ansehen zu müssen, mit ihren Gewändern. Ich war vom Schreckensbild der Abseilaktion so eingeschüchtert, dass ich mich nicht traute, meine Mutter nach ihren weiteren Plänen fragen. Hätte ich vorher gewusst, dass Sima Khanooms Einbürgerung mit solchen Abenteuern verbunden war, hätte ich wie mein Vater von vornherein die Ablehnungsflagge gehisst!

Plötzlich fielen Abbas Agha, während er die Falten seiner Tracht glättete, die Tugenden eines angesehenen Derwisches wieder ein und er flüsterte: »Es ist leicht zu ertragen, von jenem gelockten Haarschopf gefesselt zu werden / vor Kerker und Kette erschreckt sich derjenige nicht, der edelmütig ist. – Hafiz.«

Solcherart inspiriert meinte der edelmütige Abbas aufmunternd und zärtlich zu meiner Mutter: »Wie gut, wie schön! Soll ich dir dabei helfen?«

Die plötzliche Wandlung meines Vaters erstaunte Sima. Doch wollte sie seine Hilfe nicht annehmen. Entschieden, aber höflich erwiderte sie: »Nein, danke! Ich bekomme genug Unterstützung vom Verein der Wasserkarnevalisten. Ich meine, sobald meine Aufnahme bei ihnen abgeschlossen ist.«

Mein Vater stand wie vom Blitz getroffen. Vor lauter Schreck konnte er nicht einmal stammeln. Mit aufgerissenen Augen schaute auch ich meine Mutter an. Es schien mir, Sima überdrehte bei ihrem Vorhaben, Deutsche zu werden, die Schraube. Ihr nächster Schritt führte bestimmt zu einem Antrag auf Mitgliedschaft in einem Schützenverein oder dazu, wie echte Deutsche in Bayern das Jodeln zu lernen. Ich konnte mir gut vorstellen, dass sie, ehe noch ihre Einbürgerungsurkunde ausgestellt war, vier Liter reines deutsches Blut bestellen und es per Transfusion gegen das ihre austauschen ließe. Abbas Agha kam endlich zu sich, doch seiner Kehle entstieg nur ein einziges Wort. Gedehnt brummte er: »Siiiimaaaaaa!«

Die so Angesprochene erwiderte ruhig: »Was ist? Warum ist es kein Problem, wenn du dich zum Derwisch wandelst, aber der Weltuntergang, wenn ich Mitglied in einem Karnevalsverein werde?«

44.

Kaum hatte Abbas Agha zwei Worte erwidert, als sich die Wohnungstür öffnete und sein Augenlicht Ryan eintrat. Trotz seiner dünnen Gestalt hatte er einen schweren Gang, als ob zwei große Kugeln mit jeweils 20 Kilo an seinen Schultern hingen. Als er die Wörter »Sitten« und »Lebensstil« hörte, bog er ab und wollte in sein Zimmer. Abbas erwischte ihn mit einem Sprung, hielt sein Handgelenk fest und zog ihn zurück in den Flur. Ryan Djahn blickte schweigend auf die im Flur liegenden Benzinkanister, auf Sima, die wie Kupfer unter der Sonne glänzte, und auf mich, die ich die Hälfte meines Gesichtes unter meinen langen, glatten Haaren verborgen hatte, um mir meine Schwermut nicht anmerken zu lassen. Ryan aber tat so, als ob er nichts bemerkte. Kein Erstaunen. Keine Neugierde. Das konnte zwei Gründe haben:

Erstens: Da er in der Azad-Familie ständig mit abenteuerlichen und kühnen Vorfällen konfrontiert war, gab es für ihn kein Ereignis, das ihn noch beeindrucken konnte.

Zweitens: Alles was mit der Familie Azad zusammenhing, war ihm gleichgültig.

In beiden Fällen konnte ich nicht mit seiner Hilfe rechnen. Abbas Agha richtete seinen rechten Arm wie ein Einbahnstraßenschild in Richtung Plastikkanister und sagte zu seinem Sohn, ohne auf den Unterschied zwischen der Mitgliedschaft in einem Karnevalsverein und der Zugehörigkeit zu einem Derwischorden einzugehen: »Deine Mutter will mit diesen Dingern Boot fahren.«

Ryan Djahn strengte sich an, Interesse zu zeigen: »Echt? Wann? Wohin?«

Sima Khanoom wandte sich an ihren lieben Sohn und begann, ihm alles ausführlich zu erzählen, als sei lediglich Ryan im Flur anwesend. Obwohl der Anblick von Ryan Djahns Gesicht voller Löcher, Pickel und Metallringe gewiss eine optische Herausforderung darstellte, wünschte ich mir immer, meine Eltern würden sich überhaupt nur noch auf ihn konzentrieren. Dann könnte ich mich jederzeit unauffällig zurückziehen und mich mit meinen eigenen Problemen auseinandersetzen.

Mitten im Flur stand Abbas Agha mit vor der Brust gekreuzten Armen und musterte die Szene, während er zuweilen mit seinem üppigen Bart spielte. Vermutlich dachte er an sein »elendes Leben« im Exil und an die deutsche Kultur, die ihn und seine glückliche Familie zugrunde gerichtet hatte. Wenn er in Iran geblieben wäre, hätten seine familiären Verhältnisse anders ausgesehen, und zwar besser und humaner!

Sima Khanoom war wieder zu vernehmen: »Klar, Liebes. Wasser ist wertvoll, sehr wertvoll. Umsonst nennt man es nicht das goldene Blau.«

Aus den Ausführungen meiner Mutter konnte ich entnehmen, dass meine Vermutung stimmte: Sie planten tatsächlich eine Aktion, die nicht auf dem Festland, sondern auf dem Wasser stattfinden sollte. Meine Furcht, Sima könne sich mit ihrem kupferfarbenen Schutzanzug an lebensgefährlichen Maßnahmen beteiligen und etwa aus einem Hubschrauber abseilen lassen, war jedoch grundlos. Es ging nicht um die Rettung von Fröschen oder Walen, sondern um etwas Wichtigeres, Brisanteres, nämlich um das Wasser, um das goldene Blau selbst. Sozusagen als pädagogisches Training wollten die Wasser-Karnevalisten direkt damit in Berührung kommen, um seinen unentbehrlichen Wert höchst unmittelbar zu erfahren. Jedenfalls wollten sie mit selbst gebauten Flößen am Karnevalszug teilnehmen, der jedes Jahr im September in der Nähe von Köln auf der Wupper stattfindet. Der Verein vertrat nämlich die grundsätzliche Auffassung, dass nur persönliche Erfahrung auch Engagement fördert.

Anscheinend hatte Sima Khanoom die ausgebrannte Wüste während unserer Aliceschen Reise vor Augen, da sie nun von der Wasserrettung so fasziniert war. Als ich sie darauf ansprach, wehrte sie freundlich ab und sagte: »Nein, Liebes. Diese gemeinsamen Aktionen haben den Vorteil, dass die Gruppe auch etwas über meine Kultur erfährt.«

Dann erzählte sie mir ungefragt vom Urinteresse der Deutschen an der Geschichte des kargen Persien in der Zeit des Feudalismus, an den »klugen Persern« und ihren effektiven Methoden der Wasserkanalisation, die selbst die öden Wüsten »unserer heiß geliebten Heimat« erreichte. Sima Khanoom verwandelte sich, wenn sie mit den Deutschen über das Thema »Iran« sprach, jedes Mal in eine Nationalistin à la Abbas Agha. Das Problem bestand nur darin, dass die neuen deutschen Bekannten meiner Mutter zu der Sorte Deutscher gehörten, die sich von ihrer Nationalität zu distanzieren versuchten und überhaupt nicht stolz waren, Deutsche zu sein. Zuweilen rief Sima mit ihrem geliehenen Nationalismus derart antinationalistische Gefühle hervor, dass man ihr ungeniert nahelegte, ihre eigene Identität zu bewahren und sich nicht so viel mit ihrer Nationalität und Nationalstaatlichkeit als solcher zu befassen. Dieser historische Fehler sei dem deutschen Volk unterlaufen, als es nämlich seine nationale Identität mit der des Nationalsozialismus verband, und nun müsse es die kollektive Verantwortung für die Verbrechen der Nazis übernehmen. Sima Khanoom, die über diese Epoche der deutschen Geschichte oftmals mit ihren Schülern diskutiert und Mitwisser als Mittäter entlarvt hatte, ließ sich nun in überbordender Deutschwerdung dazu hinreißen, gelassen zu äußern: »Ach, das ist halb so schlimm. Man kann ja immer behaupten, man wüsste von nichts. Da hat man dann weder vor sich selbst noch vor der Geschichte und der Welt Rechenschaft abzulegen.«

Als Fortsetzung ihrer Ausführungen über die Wasserarmut Persiens und den Wasserreichtum Deutschlands und deren Beziehung zueinander fügte Sima Khanoom jedenfalls hinzu, selbst der deutsche Philosoph Karl Marx habe einst Persisch gelernt, um die Fachliteratur über die geniale Methode der persischen Wasserkanalisation im Original zu lesen. Danach öffnete sie den Reißverschluss ihres Overalls bis zur Brust, um sich in ihrer wasserdichten Rüstung ein wenig Freiraum zu schaffen: »Das nennt sich Kulturaustausch von unten.«

45.

Plötzlich fauchte mein Vater Sima Khanoom an: »Ich pfeife auf diesen Kulturaustausch, dessen Vertreterin du bist, ganz gleich, ob er von unten oder von oben kommt.«

Dann verkündete er, er sei auf keinen Fall bereit, mit Sima als Mitglied eines Wasserkarnevalsvereins unter einem Dach zu leben. Ryan Djahn und ich schauten ihn empört an. Abbas' Radikalität entsprach überhaupt nicht dem ausgeglichenen Benehmen eines Derwischs. Sima zuckte bedauernd mit den Schultern und erwiderte: »Ich auch nicht. Ich habe deine ewigen Sufi-Nörgeleien satt.«

Das brachte meinen Vater in Harnisch. Entschieden sagte er: »Ich kann dir eins sagen: Nicht im Traum wirst du erleben, dass ich aufhöre, ein Derwisch zu sein!«

Die Fronten hatten sich wieder verhärtet. Wahrscheinlich würde sich Sima Khanoom nun endgültig auf den Weg zum Frauenhaus machen, mit oder ohne Koffer, das spielte keine Rolle. Ryan, mit solchen Drohungen vertraut, stand lustlos auf und wollte noch ein wenig Chemie üben gehen. Dann fiel ihm aber ein, dass er gerade vom angeblichen Chemie-Üben zurückgekommen war. So ging er auf den Fernseher zu und stellte ihn wortlos an. Seiner Haltung nach war er um nichts in der Welt bereit, noch einmal in unserem Vierakter mitzuwirken.

Sima Khanoom schloss den Reißverschluss ihres Schutzanzuges wieder und ging auf Ryan zu. Zufrieden sagte sie: »Wir haben gar kein Problem, zu dritt unter einem Dach zu leben, nicht wahr?« Dabei brachte sie mit einem gezielten Tastendruck die vor Aufregung schreienden und jubelnden Zuschauer von »Wetten, dass ...« zum Schweigen.

Ich starrte auf den Boden, um keine Stellung beziehen zu müssen. Nicht mit der radikalen Einstellung meines Vaters, sondern mit der inneren Zufriedenheit, die Sima Khanoom ausstrahlte, war ich in Gedanken beschäftigt. Dass meine Mutter nach den elend langen Jahren im Exil nun aufgrund ihrer Entscheidung, Deutsche zu werden, mit sich und der Welt zufrieden war, machte auch mich glücklich.

Hartnäckig berichtete meine Mutter uns von weiteren Einzelheiten der spektakulären Karnevalsaktion, die von Herrn Weigel und seiner Gruppe vorbereitet wurde. Mein Vater, der sich in seiner Autorität nicht recht ernst genommen fühlte, zauderte, ob er sie noch einmal in aller Konsequenz verteidigen sollte oder nicht. Da er aber brennend gerne mehr über Herberts Plan und seine »Wasseranbeter« erfahren wollte, gab er vor, sich intensiv mit dem Grabstein-Filzhut zu beschäftigen.

Simas Stimme bebte vor Aufregung. Wie im Chor habe die Gruppe geschrien: »Bloß keine konventionelle und langweilige Aktion!« So entschieden die Aktionisten am Ende einer basisdemokratischen Diskussion, ein Boot zu bauen, das anders als alle anderen Boote aussehen sollte, und zwar eines aus Benzinkanistern. Herbert werde zwei Kästen Kölsch bestellen, gegen Langeweile und um dafür zu sorgen, dass seine Truppe bei guter Stimmung bliebe. Alle seien zuversichtlich, sie würden großen Spaß beim Bootsbau haben. Dafür sei alles vorbereitet; tolle Musik, spektakuläre und exotische Verkleidungen, außergewöhnliche Masken und Theaterschminke. Ryan Djahn, angetan von der leidenschaftlichen Erzählweise Sima Khanooms, blickte auf Abbas und dessen luftigen Überwurf: »Oh, wie schön!به، چه خوب Wenn Langeweile, tanzt Papa dann.«

Ich lachte bei der Vorstellung, dass sich Abbas Agha mit seinem weißen Leichentuch und schwarzen Grabstein-Hut mitten auf einem wackligen, schutzlosen Floß aus Benzinkanistern, den rechten Arm gen Himmel und die linke Hand zur Erde gerichtet, um die eigene Achse drehte und drehte, angefeuert von einigen als Krankenschwestern, Seeräuber, Polizisten und Apachen verkleideten Deutschen, während das ganze schrille Ensemble die Wupper hinunterschipperte. Würde es meinem Vater gelingen, in diesem Wirrwarr die Schaulustigen, die an beiden Ufern des Flusses die Karnevalisten mit Pfeifen und Klatschen anspornten, zu ignorieren und nur an seine Kreisel-Vereinigung mit Ihm zu denken? Würde er zum getreuen, anständigen Derwisch werden und Gottes Gunstbezeugungen an die Karnevalisten weiterleiten?

Zuvörderst war Abbas Agha verärgert, weil Ryan ihn und den staubigen Lumpen der Sufis beleidigt hatte. Da der Affront aber von seinem männlichen Erben ausging, rügte er ihn nicht. Er schob das Problem, mit Sima unter einem Dach leben zu müssen, vorläufig beiseite und protestierte: »Was hast du gesagt? Sehe ich aus wie ein Affe, der vor den Deutschen hüpfen und sich kratzen soll, damit sie lachen? Nein, mein Sohn. Sema ist eine Art zu beten. Derwische reden mit Gott durch Drehungen. Sema ist kein Volkstanz.«

Sicherlich kannte Ryan Djahn weder iranische Volkstänze noch das Ritual, nach dem die Derwische Gott anbeten. Treuherzig sagte er: »Nein! Nicht böse gemeint! Nein! Das heißt, Sie mit iranische Tanz, iranische Kultur. Die Deutschen machen Karneval, deutsche Kultur. Passt gut! هر دو خوب می آیند«

Mein Vater, der Ryan Djahns gut gemeinte Bemerkung über den Kulturaustausch sehr wohl verstanden hatte, momentan aber eher zum Krieg zwischen den Kulturen als zu deren friedlichem Zusammenleben neigte, hielt einen kleinen Vortrag über die Sufis und die islamische Mystik. Wir erfuhren, dass Sufismus die Quelle des spirituellen Bewusstseins sei und den Menschen, begleitet von Tanz, Gedichten und Flötenmusik, zur Vollkommenheit führe. Meine Mutter stellte mit gelegentlichen Kommentaren die Richtigkeit seiner Aussagen in Frage. Vielleicht fürchtete sie, dass Ryan unter dem Einfluss seines Vaters Sufi werden würde.

Nach einer Weile verlor Abbas erneut seine sufistische Geduld, erhob seine Stimme und protestierte bestimmend: »Lass mich diesem Kind etwas Anständiges beibringen, Sima. Oder soll er nur den Quatsch lernen, mit dem die Deutschen in der Schule sein Hirn voll stopfen?«

Meine Mutter, die in letzter Zeit immer und überall als Verteidigerin deutscher Ordnung und Werte fungierte, fragte empört: »Was für ein Quatsch? Meinst du das Wissen, dank dessen die Deutschen so tolle Produkte anfertigen und in die ganze Welt exportieren? Das nennst du Quatsch? Ich bin hundertprozentig damit einverstanden, dass mein Kind das lernt. Man kann im 21. Jahrhundert Vollkommenheit nicht mit spirituellem Bewusstsein und Flötenspiel erreichen.«

Abbas Agha holte tief Luft, bewaffnete sich mit einem Gedicht von Mollana, um einen detaillierten Vortrag über die spirituellen Tugenden einerseits und die Nachteile der Technologie andererseits zu halten: »Hör auf der Flöte Rohr, wie es erzählt / und wie es klagt, vom Trennungsschmerz gequält ...«

Sima Khanoom, die nie eine Flötenklage über Trennungsschmerz erheben würde, besonders nicht, wenn es um die Trennung zwischen ihr und meinem Vater oder zwischen Religion und Staat ging, unterbrach Abbas Agha bei seiner Deklamation: »Übrigens, lass dir das gesagt sein: Deine Vollkommenheitssymbole ändern sich von Tag zu Tag. Einmal heißen sie Lenin, Che Guevara oder Khomeini und das andere Mal Molan Dschalal ad-Din Balkhi. Auf dich und deine Einstellungen ist kein Verlass.«

Mein Vater wusste nicht mehr, wie er sich verteidigen sollte. Unwirsch griff er meine Mutter am schwächsten Punkt ihrer Argumentation an: »Ja, ja. Du hast Recht. Auf mich ist kein Verlass. Auf die Pisa-Studie kann man sich aber sehr wohl verlassen. Danach schnitten die deutschen Schüler doch jämmerlich ab. Sie sind gut im Schlechtsein.«

Mir stand nicht der Sinn nach langen Diskussionen über

das deutsche Bildungssystem im Vergleich zu dem anderer Länder. Zauderte ich noch länger, bestünde die Gefahr, von Sima Khanoom oder Abbas Agha mit meiner dreizehnjährigen Schulerfahrung zur Bildungsexpertin ernannt zu werden, um ihre jeweiligen Ansichten zu bestätigen. Seelisch trug ich jedoch eine so große Bürde, dass ich weder in der Lage war eine Entscheidung zu treffen noch irgendeine Stellung zu beziehen.

Es ergriff mich eine große Sehnsucht abzutauchen. Vielleicht reagierte meine Psyche damit auch nur auf Simas Bootsgeschichte. Ich sehnte mich jedenfalls intensiv nach der Kälte unter Wasser, nach Stille und Abgeschiedenheit. Als angenehmster Zufluchtsort vor dem unerträglichen Druck des Alltags erschien mir die unendliche Weite unter der Wasseroberfläche. Hätte ich nur tauchen gelernt!

Da kein Schwimmbad mehr geöffnet hatte und ich niemanden wusste, der mir im Augenblick Anlaufstelle sein konnte, verschwand ich in die nahe gelegene Diskothek, um meinen Frust ebenerdig auszutoben.

46.

In dieser Nacht kam ich sehr spät nach Hause zurück. Nirgendwo in der ganzen Wohnung brannte Licht. Einen Augenblick lang fand ich den Frieden, den ich in meiner Vorstellung unter Wasser vermutet hatte, in der Stille und Dunkelheit unseres nächtlichen Zuhauses. Doch die Sorge, ob und wie der Streit zwischen Sima und Abbas ausgegangen war, nagte schon bald wieder an mir. Im Flur fand ich keine Spur von meiner Mutter, weder ihre Jacke, ihre Tasche noch ihren Hut. Wenn meine Eltern sich über das deutsche Bildungssystem nicht hatten einigen können, dachte ich, war Sima nun fort ins Frauenhaus. Wahrscheinlich hatte ihr heftiges Zanken über Simas Mitgliedschaft im Karnevalsverein und Abbas' Engagement beim Derwisch-Club weiteres Öl ins Feuer gegossen. Hätte ich aus Selbstsucht nicht meine aufgebrachten Eltern mit dem unerfahrenen und wenig verantwortungsbewussten Ryan alleine gelassen, warf ich mir vor, hätte sich die Lage nicht so gravierend verschlechtert. Es war von vornherein sonnenklar gewesen, dass Abbas' Augenlicht unser Vier-Akt-Stück nicht aufführen würde, schon gar nicht alleine.

Mit Angst und Bangen eilte ich zum Schlafzimmer meiner Eltern. Obwohl das Betreten des Zimmers, gleich aus welchem Grund, streng verboten war, ergriff ich die Klinke und drückte sie lautlos herunter, um einen Blick hineinzuwerfen. Der Anblick des durchwühlten Ehebetts versetzte mich in Panik. Auf dem Boden lag der kupferfarbene Schutzschildanzug meiner Mutter neben dem weißen Leichentuch meines Vaters. Noch einmal streifte ich das Bett mit meinem Blick. Inmitten von Decken und Kissen erblickte ich die nackten

Oberkörper meiner Eltern, die friedlich übereinander lagen. Ich war so entsetzt, dass ich die Tür unwillkürlich zuschlug und in mein Zimmer rannte. Wäre der Teufel hinter mir her gewesen, ich hätte nicht schneller vor dem Bild meiner nackten Eltern im Bett fortrennen können.

Verlegen vor Scham richtete ich in den nächsten Tagen mein Tagesprogramm so ein, dass ich weder Sima noch Abbas begegnete. Meine Anliegen teilte ich ihnen schriftlich mithilfe von Zetteln mit. Ich wagte nicht, ihnen in die Augen zu schauen, obwohl offenbar keiner von beiden gemerkt hatte, dass ich sie nackt im Bett gesehen hatte. Dennoch brannte ich vor Neugierde zu erfahren, wie ihr Karnevals- und Bildungsstreit ausgegangen war. Des öfteren versuchte ich, Ryan Djahn zu erwischen, im Badezimmer oder während eines Telefongesprächs mit Kai. Da die Szenen und Unterhaltungen, die ich von ihm aufschnappte, noch schamloser waren als das Bild meiner halbnackten Eltern, entfernte ich mich unauffällig wieder. Dafür schrieb ich meine Frage auf einen Zettel und klebte ihn auf Ryans Schreibtisch. Zwei Tage später bekam ich seine Antwort per E-mail: Ryan war es an jenem Abend gelungen, ihren Streit über das deutsche Bildungssystem und ihre Mitgliedschaft beim Karneval-Derwisch-Club zu schlichten, indem er ihnen versprach, im Sommer die Großeltern in Iran zu besuchen. Beide hatten versichert, kein Wort mehr über Karnevalisten oder das Leichentuch zu verlieren.

47.

Obwohl Herr Weigel über die unerwartete Absage meiner Mutter bezüglich der Bootaktion äußerst empört war, sah er ein, dass Sima auf ihrem Weg zum Deutschsein nicht alles aufs Spiel setzen konnte. Umso energischer fuhr meine Mutter in ihrer Annäherung an andere Aspekte der Herbertschen Kultur fort. Sie entwickelte sich zu einer ständig wachsamen und einsatzbereiten Zeugin aller möglichen Ereignisse. So schlenderte sie fortwährend durch die Stadt, versuchte sich Bewegungen, Gesichter und Merkmale von Passanten einzuprägen, um sich gegebenenfalls, sollte sich vor ihren Augen etwas Gesetzwidriges ereignen – ein Diebstahl etwa, ein Todesfall oder Totschlag –, rechtzeitig bei der Polizei melden und ihre Beobachtungen weitergeben zu können.

Zusätzlich legte sie weitere, vor allem pädagogische Verhaltensweisen an den Tag, die jahrelang in ihr geschlummert hatten. Wo immer sie sich befand, übernahm sie unentgeltlich und ungebeten die Funktion der Lehrerin. Jedes Mal, wenn sie von ihren Nachmittagsspaziergängen zurückkehrte, hatte sie Herbert unzählige Geschichten zu erzählen und wartete nicht umsonst auf seine ermutigenden Anerkennungshymnen wie »Toll! Toll! Genial!«. Selbst uns schilderte sie eines Tages, wie sie einen Fahrradfahrer, der ihr in einer Einbahnstraße aus der falschen Richtung entgegenkam, angeschrien und gefragt hatte: »Hast du vielleicht eine Sondergenehmigung vom Verkehrsministerium? Dies hier ist eine Einbahnstraße, und es ist verboten, in entgegengesetzter Richtung zu fahren.«

Für meine Mutter war es irrelevant, ob der rasende Fahrradfahrer ihren Vortrag bis zu Ende anhörte oder nicht. Ihr war wichtig, die Aufgaben einer anständigen und engagierten Bürgerin zu erfüllen. Und das tat sie jederzeit gewissenhaft. Nicht nur leichtsinnige Fahrradfahrer waren der Erfüllung ihrer selbst auferlegten Pflichten ausgeliefert, sondern ebenso verwöhnte, Abfall verteilende Kinder, ungezogene, Rotz spuckende Jugendliche oder verantwortungslose Verkehrsteilnehmer, die sich nicht an rote Ampelsignale hielten. Kurz: Bei jedem ihrer öffentlichen Auftritte behandelte sie alle wie Schüler, die sich freiwillig ihren strengen Ermahnungen zu beugen hatten. Alter, Geschlecht, Nationalität, Beruf und gesellschaftlicher Status der Betroffenen spielte dabei keine Rolle.

48.

Als meine Mutter sich entschloss, uns ebenfalls in ihren Unterricht einzubeziehen, herrschte erneut Aufruhr in unserem Leben. Selbstverständlich hatten wir, solange sie ihre Mission auf der Straße erfüllte, versucht, ihr Benehmen zu verstehen und zu tolerieren in der vagen Hoffnung, die unangenehmen Auswirkungen ihres Deutsch-Werdens würden nach der Einbürgerung verschwinden. Als sie jedoch den warmen und hellen Hort der Familie Abbas Aghas derart mit einzubeziehen begann, war die Grenze überschritten. Bei allem Verständnis für die kritische Situation, in der sich meine Mutter befand, war keiner von uns dreien bereit, sich innerhäuslich ihrem an Herbert geschulten Verhalten zu fügen. Es ging dabei um den Energieverbrauch in unserer Wohnung. Sima Khanoom hatte auf Empfehlung von Herrn Weigel von einem zum anderen Tag entschieden, die Heizung erst im November, also nur knapp vor Beginn der Wintersaison, anzuschalten und keineswegs, wenn es etwa im September unverhofft kalt wurde. Auch das Licht sollte grundsätzlich erst eingeschaltet werden, wenn die Straßenlaternen aufglühten. Entsprechend Herrn Weigels Kostenkalkulation würden wir auf diese Weise einiges an Abschlagsbeträgen sparen und nach der Jahresabrechnung von der GEW zurückerstattet bekommen. Zwar genoss ich Frische und Kühle zu jeder Jahreszeit, doch die strenge Kälte, die im Hort unserer Familie nun in den Übergangszeiten herrschte, war auch für mich nicht auszuhalten. Trotz des Schutzes mehrerer übereinandergezogener Pullover und Jacken und eines um den Hals gewickelten Wollschals spürte ich, wie das Blut in meinen Adern langsam, aber sicher gefror. Die Kleiderfülle, die mich umgab, beschränkte meine Bewegungsfreiheit massiv. Das Verrichten der Notdurft empfand ich als Qual. Die kleinste Berührung mit der eisigen Klobrille ließ den nämlichen Körperbereich in Betäubung erstarren. Zehn Spritzen hintereinander hätte ich nicht gespürt.

Mein Vater bemühte sich sehr, Sima Khanoom davon zu überzeugen, dass die GEW ohne die Verzinsung ihres Guthabens nicht die geeignete Sparkasse sein könnte, doch es gelang ihm nicht. Er war sogar bereit, ihr den am Ende des Jahres von der GEW eventuell zu erwartenden Betrag doppelt, bar und sofort auszuhändigen. Meine Mutter blieb unbeeindruckt und argumentierte: »Herbert meint, es ist ein unbeschreiblich schönes Gefühl, wenn man das Geld, das man dem Staat zahlt, wieder aus dessen Klauen zurückbekommt. Das will ich erleben. Herbert behauptet, das sei typisch deutsch.«

Es wäre müßig gewesen, meine Mutter über den Unterschied zwischen den Stadtwerken und dem Finanzamt aufmerksam zu machen. Sima Khanoom zitierte Herrn Weigel mittlerweile wie einen Heiligen und großen Weisen. Ähnlich wie Abbas Agha sich einst auf Lenin bezogen hatte, um sein Verhalten zu rechtfertigen, oder wie mein stocklauniger Großvater stets die Worte Alis, des ersten Imam der Schiiten, im Mund getragen hatte. Ob sich Herr Weigel seiner Rolle als Sima Khanooms deutscher Prophet bewusst war?

49.

Leider erlebte meine Mutter das schöne und rein deutsche Gefühl, aus der Faust des Staates oder der GEW Geld zurückzubekommen, nicht. Das Bezirksamt legte mit einem Schreiben all ihre Pläne lahm. Sie solle, entsprechend aktueller Vorschriften, dem zuständigen Beamten ihren Lebenslauf nicht mit dem PC geschrieben, sondern handschriftlich vorlegen. Außerdem müsse sie sich einem deutschen Sprachtest unterziehen. Weil sie überzeugt war, mit ihrer schrecklichen Handschrift sei jeglicher Versuch, Deutsche zu werden, von vornherein zum Scheitern verurteilt, fiel meine Mutter wie schon oft in tiefe Verzweiflung. Wieder versuchte Abbas Agha sie aufzuheitern. Er bot sogar an, sich ein paar Tage frei zu nehmen und mit ihr an ihrer Schrift zu arbeiten.

Meine Mutter zog zweifelnd die Augenbrauen hoch: »Deine Schrift ist noch schlimmer als meine. Wie Mullah Nassreddin musst du hinter deinen Briefen herlaufen, um dem Empfänger beim Lesen zu helfen. Nein. Ich muss mit einem Deutschen üben.« Sima Khanoom wollte nicht abwarten, bis wir einen Schönschriftexperten ausfindig gemacht hatten. Sie breitete ihren Kram wieder in der Küche aus und begann sofort mit dem Üben. Es vergingen nicht einmal zwei Stunden, bis sie plötzlich aufstand und alle Heizungen voll aufdrehte.

Die Kälte in den Fingern mache ihre krakelige Schrift noch krakeliger, behauptete sie. Das Gefühl in ihrer Hand sei durch den Frost in der Wohnung so abgestumpft, dass sie kaum den Füller halten könne, geschweige denn schönschreiben.

So hatte Sima Khanoom am Ende des Jahres keinen Cent gespart. Im Gegenteil, Abbas Agha musste den doppelten Betrag der im letzten Jahr nachzuzahlenden Gebühren an die GEW überweisen.

Meine größte Sorge galt jedoch nach wie vor dem Sprachtest, den Sima Khanoom überstehen musste. Ich versuchte, ihr die besondere Bedeutung einer korrekten Aussprache doch noch nahezubringen und sagte ruhig: »Gehen wir davon aus, dass Sie es mit einem grantigen Prüfer zu tun bekommen, der darauf besteht, dass Sie, wenn Sie schon Deutsche werden wollen, akzentfrei Deutsch reden. Was machen Sie dann?«

Sima Khanoom zog die Augenbrauen zusammen: »Du meinst, wenn mein Prüfer ein Rechtsradikaler ist? Dann zeige ich ihn an.«

Auch hier, bei der vorgeschlagenen Art der Konfliktlösung, war Herberts Einfluss zu spüren. Er hatte meiner Mutter geraten, sich stets auf das »Prinzip der Rechtsstaatlichkeit des deutschen Grundgesetzes« zu beziehen. Meinen Vater regte diese »blinde Überzeugung« auf. Er mischte sich in unser Gespräch ein: »Ja, ja. Deine Blauäugigkeit ist Folge des Despotismus in unserem Lande. Wir wurden in Iran regelrecht eingeschüchtert, ließen uns alles ohne Gegenwehr gefallen und glauben nun, wir leben hier in einer echten Demokratie. Nein, Siiiimaaa, nein! Auch hier hat der Himmel wie überall dieselbe Farbe: Blau. Sie machen uns nur blauen Dunst vor. Es ist nicht alles Gold, was glänzt. In diesem verdammten Land herrscht dasselbe Prinzip.«

Ich ließ mich nicht in die Debatte über »das verdammte Land« Deutschland verwickeln, die wie immer von Abbas Agha in Gestalt des Dash Akoll provoziert wurde. Stattdessen sagte ich zu meiner Mutter: »Mit rechtlichen Schritten können Sie Ihr Ziel kaum erreichen. Was spricht dagegen, dass Sie ein bisschen besser Deutsch lernen, Ihre Aussprache verbessern?«

Meine Mutter schmetterte meine Frage entschieden ab. »Nein. Ich hab im Moment Wichtigeres zu tun.«

Die »wichtigere« Aufgabe, die meine Mutter beschäftigte, bestand in einem ausgiebigen Üben von Schönschrift. Sie widmete sich dieser Pflicht so hingebungsvoll, dass sie sogar ihre Verabredungen mit Herrn Weigel vergaß oder sie einfach nicht pünktlich wahrnahm. Herbert wies sie mehrmals darauf hin, dass Pünktlichkeit seiner Meinung nach unverzichtbar und vermeidbare Unpünktlichkeit daher eine unverzeihliche Sünde sei. Er warnte Sima Khanoom sogar, sie könne ihre Integrationsbemühungen vergessen, sollte sie nicht in der Lage sein, diese deutsche Tugend zu verinnerlichen.

Herberts Warnung beeindruckte meine Mutter so sehr, dass sie sich bei dem für den übernächsten Tag verabredeten Treffen verspätete. Denn sie war mit ihren Aufgaben als Straßenlehrerin, ehrsame Mitbürgerin und rechthaberische Beschwerdeschreiberin, die dazu noch deutsche Schönschrift üben musste, überfordert. So verwechselte sie einfach den Dienstag mit einem Donnerstag. Seine Heiligkeit Herr Weigel, der nach diesem Vorfall die Hoffnung aufgab, meiner Mutter je deutsche Sitten und Gebräuche beizubringen, stellte außerdem fest, dass sie ihm bei der Spurensicherung des vermeintlichen Hundes nicht großartig behilflich gewesen war. Er schrieb ihr einen langen Brief und warf ihn in unseren Briefkasten.

Keinem von uns dreien gelang es je, den Inhalt des Briefes in Erfahrung zu bringen, obwohl jeder einzelne von uns heimlich Simas persönliche und unpersönliche Sachen gründlich durchsuchte; das letzte Werk des Herrn Weigel blieb für uns unauffindbar. Auch Herr Weigel selbst hatte sich in Luft aufgelöst. Einmal, nachdem wir unserem Nachbarn schon einige Zeit nicht begegnet waren, traute sich Ryan Djahn nach dem heiligen Weigel zu fragen. Meine Mutter antwortete kurz und knapp: »Er ist in seiner Ferienwohnung in Spanien am Mittelmeer. Es tut ihm gut wegen seiner Allergie.«

50.

Seit das Bezirksamt einen handschriftlichen Lebenslauf der Einbürgerungskandidatin angefordert hatte, waren drei Tage vergangen. Es war uns nicht gelungen, für meine Mutter einen erfahrenen deutschen Schönschreiber ausfindig zu machen. Anscheinend beunruhigte sie das nicht besonders, weil sie ungewöhnlich still und in aller Ruhe an ihren Übungen weiterarbeitete. Es war Ryan, der sich die scherzhafte Bemerkung nicht verkneifen konnte, Sima Khanoom habe des heiligen Weigels wegen Liebeskummer und sei deshalb so still.

Die ungewöhnliche Schweigsamkeit meiner Mutter beunruhigte mich zutiefst. Denn ich fürchtete, sie würde unverhofft ihre Contenance verlieren und erneut einen nächtlichen Ausnahmezustand verhängen, um in Einsamkeit zu weinen. Deshalb fragte ich Peter, ob er mit meiner Mutter einige Stunden Schönschrift üben könnte. Seit geraumer Zeit hatte ich ihn nicht mehr mit Problemen und Schwierigkeiten belästigt, die die Hortsäulen der glücklichen Familie Azad immer wieder erschütterten. Diesmal verdrehte er die Augen nicht, sondern sah mich nur fassungslos an: »Weißt du, wie hoch mein Stundenlohn ist? Achtzig Euro! Ich bin keine billige Arbeitskraft.«

Als einzig in Frage kommender Deutscher in unserer Umgebung bot sich jetzt nur noch Kai an, dessen Arbeitskraft stündlich den Preis von drei Würstchen, zwei Packungen Salz-Chips und einer Flasche Coca-Cola kostete. Tatsächlich aber kam Kais Lehrertätigkeit weit billiger. Denn er aß und trank nicht mehr als bei seinen früheren Besuchen, bei denen er meiner Mutter nicht beizubringen hatte, wie man ß oder

Z schön schreiben kann. Sein neuer Status als Lehrer brachte einen weiteren Vorteil, und zwar für Ryan; jene Rechtfertigungen gegenüber Abbas Aghas, der wissen wollte, warum sein Sohn und Erbe noch immer mit »diesem grünäugigen Deutschen« verkehre, entfielen.

Nach Annahme seines Lehrauftrags kam Kai regelmäßig angemeldet oder unangemeldet vorbei, stürzte sich auf den Kühlschrank, aß und trank, wie es ihm beliebte, während er die Hausaufgaben meiner Mutter sorgfältig kontrollierte. Oft musste er bei uns übernachten und schlief nicht nur in Ryans Zimmer, sondern auch in dessen Bett. Er lernte dazu noch eine Reihe persischer Wörter: Liebeserklärungen und obszöne Beschimpfungen. Seine Integration in unsere Familie ging so weit, dass er sogar über die Wochenenden bei uns blieb und Sima Khanoom ihn »mein Sohn« nannte. Jedes Mal, wenn sie über ihn sprach, zählte sie begeistert seine guten Eigenschaften auf: »Was für ein Junge! Nett, geduldig, lustvoll, ordentlich, sorgfältig, arbeitsam, aktiv, verantwortlich ... Schade bloß, dass er Deutscher ist!«

Kai begriff schnell, dass Sima von ihm sprach und ihn lobte. Er schüttelte tief zufrieden seinen goldblonden Schopf und stellte wortlos mit einem breiten Lächeln seine großen, weißen und makellosen Zähne zur Schau.

Ryan Djahn legte ihm dann ohne eine Spur von Neid den Arm um die Schulter, schaute ihm bedeutungsvoll in die Augen und verkündete lachend in Sima Khanooms Tonfall: »Oh, wie ich diesen Kerl liebe!«

Ihr gemeinsames Lachen schallte durch den Raum.

Nach zwei Wochen wurde die kritzelige Schrift meiner Mutter schon ordentlicher und lesbarer. Es versetzte uns in Staunen, als Sima Khanoom ihren Lebenslauf zeigte: Er war so akkurat und korrekt geschrieben, als ob sie Buchstabe für Buchstabe eine Schablone benutzt hätte.

Letzte Woche schließlich gingen Kai und meine Mutter gemeinsam zum Bezirksamt und legten dem zuständigen

Beamten ihr Gesamtkunstwerk vor. Der gut gelaunte Sachbearbeiter nahm das Dokument entgegen, legte es in die Akte Sima Khanooms und verabredete mit ihr einen Termin für heute Morgen um acht Uhr, um die letzte Phase des Einbürgerungsverfahrens hinter sich zu bringen: den erforderlichen Sprachtest.

Vom bisherigen Erfolg meiner Mutter und »ihres neuen Sohnes« begeistert, gingen wir alle gemeinsam in ein italienisches Restaurant und bestellten Pizza Hawaii, statt uns wie gewohnt mit Chelo-Kebab und Wurst vollzustopfen. Eine fröhliche Feier auf italienische Art.

Beim Essen versuchte ich noch einmal, das Gespräch auf das ungeliebte Thema »Aussprache« zu lenken. Meine Mutter stellte sich schwerhörig und ging nicht darauf ein. Ich nutzte die angebliche Schwerhörigkeit meiner Mutter und redete dem freundlichen Kai leise zu, sich ihr dieses Mal als Deutschlehrer anzubieten. Kai, von seinem Verantwortungsbewusstsein und seiner Tätigkeit als Schönschriftlehrer selber zutiefst beeindruckt, stellte Sima sofort seine Dienste zur Verfügung. Sie lehnte seinen Vorschlag mit aller Entschiedenheit ab und sah mich böse an. Sie brauche keine Unterstützung, nein danke, nicht in diesem Fall. Sie könne deutsche Texte genauso gut verstehen und fließend lesen wie persische.

Einen Tag nach unserem Fest unternahm ich einen letzten Versuch, wies meine Mutter auf die Bedeutung der Sprachprüfung für das Einbürgerungsverfahren hin und erwähnte einige in Bayern fehlgeschlagene Versuche. Gelassen antwortete sie mir: »Gott sei Dank, dass wir in Nordrhein-Westfalen leben: Dem Land der Toleranz, des Verständnisses und des friedlichen Zusammenlebens.«

Entgegen aller früheren Vorsätze schüttete ich Peter vorgestern noch während der Werbung im Kino mein Herz aus und erzählte ihm vom Leichtsinn meiner Mutter. Als der Film begann, nahm er meine Hand, drückte sie und sagte leise: »Lass jetzt! Den Rest später!« Ein »Später« gab es leider nicht.

Ich habe ohnehin festgestellt, dass Peter sich in letzter Zeit mit mir nur noch zum Kinobesuch verabredet. In einem verdunkelten Saal sitzt man nur da und schaut nach vorne. Das war's. Nach der Vorstellung ist Peter dann müde oder muss dringend nach Hause, um seine arabischen Übungen zu machen, mit oder ohne Fatma. Noch hatte ich jedoch Hoffnung, dass sich nach seiner Reise in die Wüste Sinai alles automatisch ändern würde.

51.

Als ich gestern bei meiner Rückkehr von einer Einkaufstour die Haustür aufschloss, war das Treppenhaus wieder ganz von der friedhofsmäßigen Weigelmusik erfüllt. Sollte Herbert der Aufenthalt an der mediterranen Küste Heilung gebracht haben und er gesund in die ebene Kölner Bucht zurückgekehrt sein? Ich stieg die Treppen hoch, in Gedanken wie so oft beim Sprachtest. Je mehr ich mich unserer Wohnung näherte, desto klarer und lauter wurde die Musik. Mein Herz begann zu pochen. Stattete Herr Weigel in Begleitung von Brahms meiner Mutter einen Besuch ab? Das hieße, wir, Ryan und ich, mussten uns etwas Neues einfallen lassen, um Abbas Agha die Dreiecksbeziehung Sima – Herbert – Brahms in der eigenen Wohnung ertragen zu helfen. Aufgeregt schloss ich die Wohnungstür auf und folgte dem totenschweren Klang in die Küche.

Sima Khanoom saß alleine da und studierte die religiösen Brahmsschen Liedtexte, die auf dem Esstisch verstreut lagen. Sie streifte mich mit einem Blick und flüsterte nachdenklich: »Ich glaube, Herbert hatte Recht. Die fünf Tischtennisbälle der Sopranistin symbolisieren wirklich den irdischen Bezug dieser himmlischen Lieder. Schau mal, hier steht: ›Und euer Herz soll sich freuen / und eure Freude soll niemand von euch nehmen.‹ Es könnte also durchaus sein, dass die fünf Tischtennisbälle an ihrer Halskette Sinnbilder der fünf irdischen Kontinente waren!«

Und dann begleitete sie die Sopranistin summend bei der Intonation des Wortes Trauuuuriiiigkeit. Selbstverständlich atmete Sima Khanoom im Gegensatz zu der ausgebildeten Sängerin mehrmals zwischendurch und gab mir die Gelegenheit, meine Reaktion zu überdenken. Zuerst wollte ich die Totentrauerstimmen genervt zum Verstummen bringen und Sima Khanoom klarmachen, dass dieser Wehgesang ihrem Alter nicht entspräche. Dann riss ich mich zusammen, weil mir einfiel, wie schwierig das Wort Traurigkeit auszusprechen ist: Nach Bewältigung der zwei konsonantischen Anfangsbuchstaben war der Laut der beiden daran anschließenden Vokale am Gaumengewölbe zu bilden. Also stellte der Versuch, der Sängerin und Brahms eine zweite Stimme zur Unterstützung anzubieten, für meine Mutter eine Art Sprachübung dar. So schloss ich leise die Küchentür hinter mir und trottete den Weg zurück, den ich gekommen war. Ich nahm mir vor, den möglicherweise verheerenden Auswirkungen jener irdischhimmlischen Übung auf Abbas Agha und seiner Reaktion keine große Bedeutung beizumessen, zu Fatma zu gehen – obwohl sie auch nicht viel Zeit hatte –, ihr mein Herz auszuschütten und mit ihr Falafel zu kochen.

Fatma empfing mich ausgesprochen herzlich. Wir hatten mit dem Kochen noch nicht angefangen, da klingelte das Telefon. Es war Peter. Er wollte nur ein paar Fragen zum Arabischen zu klären. Fatma ging auf ihr Zimmer, um mich mit ihrem telefonischen Unterricht beim Kochen nicht zu stören. Anscheinend stellte sich Peter irrsinnig komisch an, denn Fatma lachte die ganze Zeit lauthals. Peters Fragen zogen sich derweil hin, bis ich mit dem Kochen fertig war. Ich war froh, dass ihr Gespräch doch noch rechtzeitig zu Ende ging und meine gebratenen Falafel nicht wie Sima Khanooms Kebab auf dem Teller erkalten mussten.

52.

Heute endlich war der lang herbeigesehnte Tag. Früh am Morgen machte sich Sima Khanoom alleine auf den Weg zur Sprachprüfung. Sie war derart zuversichtlich, dass es mir beinahe leichtsinnig erschien. Sie ließ nicht einmal zu, dass ihr netter Sohn Kai sie begleitete. Vielleicht gelang es ihr deshalb nicht, den Artikel fließend vorzulesen, den der Prüfer ihr vorlegte. Folgerichtig konnte sie auch die Fragen nicht beantworten, die ihr zum Verständnis dieses die Darstellung der wirtschaftlichen Situation eines afrikanischen Landes betreffenden Textes gestellt wurden. Also wurde Sima Khanoom nach neun Monaten Aufruhr, Qual und Streit die heiß ersehnte deutsche Staatsbürgerschaft nicht erteilt. Als ich sie heute Nachmittag aus der Universität anrief, hörte sie sich unendlich traurig an. Weinend fragte sie mich: »Was hat die elende wirtschaftliche Situation Ugandas mit meiner vollen Integration in die deutschen Lebensverhältnisse zu tun?«

Ich wusste es auch nicht.

»Entschuldigung, welchen Tag haben wir heute?«

»Dienstag.«

»Dienstag?!«

»Nein, Quatsch. Mittwoch, es ist nämlich schon zwei Uhr morgens. Wir müssen auch langsam schließen. Hast du kein Zuhause?«

Zuhause? Fragte ich mich. Was für ein Zuhause? In unserer Vierzimmerwohnung saßen nun Abbas Agha und Sima Khanoom beieinander und hielten ein Trauerritual ab – ohne das Requiem von Brahms. Ryan lag im Bett von Kai und Peter in dem von Fatma. Vielleicht liebten sie sich nun auf Arabisch. Ach, was! Mittlerweile war mir alles egal.

Ich holte mir eine Zigarette aus der Packung, und ohne dem Kellner zu antworten, fragte ich ihn: »Hast du Feuer?«

Während ich meine Zigarette anzündete, überlegte ich, ob Sima Khanoom vielleicht Herberts Brief in den Brahmsschen Textheften versteckt hatte.

Glossar

Abbas, der Heilige Abbas – gehörte zur heiligen Familie des Propheten Mohammed und des zweiten Imams der Schiiten, Hossain. Abbas unterstützte ihn im entscheidenden Karobobala-Krieg, bei dem Hossain und seine Anhänger fielen.

Agha – Herr.

Baba Karam – eine Art Tanz, Ursprung: Teheran.

Chelo Kebab – Reis und gegrilltes Fleisch.

»Der Meisterkämpfer Samak« – altpersische Erzählungen. Der Name des Autors ist nicht bekannt.

Dash Akoll – ein Volksheld, der den armen Familien immer geholfen hat.

»Die Altstadt von Teheran« – ein Buch von Djafar Shahri.

Djahn – Leben, Seele.

Doogh – Getränk aus Joghurt, Wasser, Salz und Pfefferminze.

»Drehung, um Abbas Willen, Drehung« – ein Kinderspiel.

Ebne Sina – Philosoph und Arzt. Er hat Ende des 10. bis Anfang des 11. Jahrhunderts nach Christus gelebt und mehr als 200 Werke hinterlassen. Einige Historiker wie Will Durant sind der Ansicht, dass seine beiden Werke »Schafa« und »Qanun« den Höhepunkt der damaligen Wissenschaft bedeuten. Das Werk »Qanun« – »Gesetz« – des Ebne Sina ist ein medizinisches Nachschlagewerk und das größte medizinische Werk muslimischer Ärtze gewesen.

Falafel – gemahlene gebratene Kischererbsen.

Fessendjahn – ein iranisches Gericht aus Walnüssen, Granatapfelmark, Fleisch und getrockneten Pflaumen.

Ghaiescheh – im Koran wird sie als eine besonders giftige Schlange in der Hölle dargestellt.

Ghadjar-Dynastie – eine Herrscherfamilie, die 146 Jahre (1779–1925) in Persien regiert hat.

Ghormeh Sabzi – ein Gericht aus vier Kräutern, Fleisch, roten Bohnen und Reis.

Hafiz – eigentlich Mohammad Shamsaddin. Persischer Dichter, geboren etwa 1320, Shiraz, gestorben um 1390. Er ist der bekannteste Dichter Irans. In Europa ist Hafiz vor allem durch den *Diwan* bekannt, der Goethe für seinen *West-östlichen Diwan* (1812) stark angeregt hat: Hafis' Diwan enthält etwa 500 ebenso lyrische wie sprachlich schlichte Gedichte.

»Hossain, der Kurde aus Schabester« – altpersische Erzählungen; der Name des Autors ist nicht bekannt.

Inshallah – Wenn Gott es will!

Khalkhali, Hojato elslam Sadeq – geistlicher Staatsmann, der nach der Revolution (1979) im Iran viele Hinrichtungen durchgeführt hat.

Khanoom – Frau.

Khomeini, Ruhollah – iranischer Schiitenführer (Ajatollah) und Politiker. Er setzte 1979 die letzte vom Schah ernannte Regierung ab und stellte sich an die Spitze der im April 1979 ausgerufenen Islamischen Republik Iran. Kompromisslos ging er gegen religiös und politisch Andersdenkende vor.

Koko-Sabzi – Gericht aus sieben Kräuter und Eiern.

Nasta'liq – eine Art persische Schönschrift.

Passdaran – Revolutionswächter.

Saadi, Mosharrafedin – persischer Mystiker (geb. 1190, ges. 1283 oder 1291) und volkstümlichster Dichter seines Landes. Neben lehrhaften Schriften ist er unter anderem der Autor des *Gulistan* (»Rosengarten«), von *Bustan* »Duftgarten«, 1258 und einer Sammlung von mit Versen durchsetzten Prosa-Erzählungen (meist »Divan« genannt).

Schiiten, Sunniten – Die Spaltung der islamischen *Umma* (des islamischen Volkes) in Sunniten und Schiiten hat ursprünglich politische Gründe. In den blutigen Konflikten um das Kalifat, d. h. die Nachfolge des Propheten Mohammed, hatte sich 661 der Clan der Umayya durchgesetzt, der ursprünglich zu den erbitterten Gegnern des Propheten gehört hatte. Um Alis jüngeren Sohn, den Prophetenenkel, Husain (626-680) bildete sich eine Partei (Si'a), die den Anspruch der Nachkommen des Propheten verfocht.

Sholeh-Zard – eine Art Brei aus Reis, Mandeln, Zucker und Safran.

»Sieben heilige Bücher dazwischen!« – »Es möge nie passieren!«

Sizdeh Bedar – eine Art Ausflug, der am 13. Tag nach dem iranischen Neujahr (21. März) stattfindet. Es bringt Unheil, wenn man an diesem Feiertag arbeitet.

Sumach – eine Art Gewürz.

Taaroof – Höflichkeitsfloskel.

Toudeh Partei – kommunistische Partei Irans sowjetischer Ausrichtung.

Volksbewegung – Volksaufstand vom 28. Mordad 1332. Der vom Volk gewählte Regierungschef Mohammad Mosadeq hatte die Ölquellen verstaatlicht und wurde durch den amerikanischen Putsch gestürzt (19.08.1953). Die Toudeh Partei hatte in dieser Frage die Politik der ehemaligen Sowejetunion unterstützt und war gegen die Verstaatlichung der Ölquellen im Norden.

Ya allah – Los geht's!

Yazdi-Tuch – Tuch aus der Stadt Yazd, das ein bestimmtes Muster hat.

Fahimeh Farsaie wurde 1952 in Teheran geboren. Wegen ihrer unstillbaren Leidenschaft für engagierte Kunst und Literatur saß die Juristin und Kunsthistorikerin unter dem Schah-Regime 18 Monate im Gefängnis. Unter der Khomeini-Regierung wurde sie ebenfalls wegen einer Erzählung gegen den Krieg verfolgt. Seit 1983 lebt sie in Deutschland, wo sie unter anderem für tageszeitung, Freitag, Saarländischen Rundfunk und Deutschlandfunk als freie Journalistin arbeitet. Fahimeh Farsaie engagiert sich für Migrantinnen und Antidiskriminierung in Deutschland. Sie erhielt den iranischen Fernsehpreis »Tamascha« für junge Autoren, den BARANs-Fond-Preis für die Literatur im Exil sowie diverse Literatur- und Drehbuchstipendien. Bislang erschienen vier Romane und Erzählbände: *Die gläserne Heimat* (1989) und *Vergiftete Zeit* (1991, beide dipa), *Die Flucht und andere Erzählungen* (1994, dipa) und *Hüte dich vor den Männern mein Sohn* (1998, Dittrich).

Zum Weiterlesen ...

Hilal Sezgin **Kleines ABC der Freiheiten**
Feuilletons
ISBN 3-89741-129-6

Ironisch, aber mit Neigung erzählt Hilal Sezgin von Freunden, die dreieckige Wohnungen gut finden, E-mail-fiebrigen Großstädterinnen und Hypochondern verschieden schweren Kalibers. Sie berichtet von deutschen Musliminnen zwischen Kopftuchhysterie und Islamismusverdacht. Ihr besonderes Interesse aber gilt Katzen, Schweinen und dem Tagwerk der Osterhasen ...

Die Journalistin und freie Autorin betreute mehrere Jahre die Sachbuchredaktion der Frankfurter Rundschau